フォークナー作品集
——南部の苦悩

訳 依藤道夫　三浦朝子
Yorifuji Michio　*Miura Tomoko*

The Stories of
Faulkner
—Agony of the South

ウィリアム・フォークナー

（ベネズエラにて撮影［1961 年］。ウィリアム・
ブーザー氏［William Boozer Collection］より提供さる）

For Mrs. Emily Whitehurst Stone,
Mrs. Araminta Stone Johnston & their Family

目次

フォークナー作品集

―― 南部の苦悩

パーシー・グリム

ジェファソンの町に、パーシー・グリムという名の若い男が住んでいた。彼は、二十五才ぐらいで、州兵で大尉だった。彼は、この町の生まれで、夏の野営の期間を除く全人生をここで暮らしていた。彼は、ヨーロッパの戦争〔第一次世界大戦、一九一四―一八〕に行くには若過ぎたのだが、一九二一年か二二年が過ぎたあと、そのような事実に関して、両親を決して許せないと思った。彼の父は、金物商人だったが、そうしたことをよく理解していなかった。父の考えでは、息子は単に不精《ぶしょう》で、全くの役立たずになる見込みが十分だった。だが、実は、少年は、子供でなく大人であるべきだった失われた時代を知るのに遅過ぎただけではなく、まだ間に合って生まれたというひどい悲劇を経験していたのである。そして今や、戦争の興奮が去って、その渦中で最も声高だった人々が、体験し、従軍した英雄たちたる人々が多少横目にお互いを見始めていて、彼グリムには、それを語る、自分の心を開く相手が誰もいなくなっていたのである。実際、彼の最初の真剣な闘いは、元兵士とのもので、その男は、もし再びやらねばならぬとしたら、今度はドイツ人の側に立って、フランス相手に戦うだろうという趣旨の言をなしていた。早速グリムは、彼に食って掛かった。「アメリカに対してもかい」と彼は言った。

「もしアメリカが愚かにもまたフランスを支援し抜くならばな」と兵士は言った。グリムはすぐに兵士を殴った。彼は兵士よりも小柄だった。結果は分かっていた。グリムさえ、疑いもなく、そのことを知っていた。しかし彼は、兵士さえもが見物人たちに少年を押さえてくれと頼むまで、罰を受けた。そして彼は、それのために闘った制服それ自体を後年着ることになったと同じぐらい誇りをもってこの時の闘いの傷跡を体につけていたのである。

グリムを救ったのは、新しい在郷軍人法（ヨーロッパに遠征した兵士たちによりアメリカ在郷軍人団が組織され、一九一九年九月に法制化された）だった。彼は、長い間沼地に、闇の中にいた男のようだった。あたかも彼は、前方に道が見えないだけでなく、一本の道もないと分かっているかのようだった。そして、突然、彼の人生が確として明瞭に開《ひら》けた。彼が、在学中、何らの能力も示さなかった無駄な年月、怠惰で、手に負えなくて、大望もなしとして知られていた年月は、過去のものとなり、忘れ去られた。彼は、今や、自分の人生が自分の前で開けつつあるのを知った。それは込み入ったものではなく、空っぽの廊下のように、避けられないもので、繰り返し考えたり決定したりしなければならないことからもう完全に開放されているわけである。それは義務でもあって、彼の銘のない真鍮記章《しんちゅうきしょう》のようにきらきら輝き、重さがなく勇ましいものとして、彼が引き受け、携《たずさ》えていかなければならないものだった。それは肉体的な勇気と盲目的な服従に対する崇高で絶対的な信頼であり、白色人種はいかなる他のすべての人種にも勝るという信念であり、アメリカ人は他のすべての白色人種より優れている、アメリカの制服はあらゆる人々に優越する、そして、こうした信念、こうした特権の代償としていやしくも彼に求められる唯一のものは彼自身の命であるだろうという信念だった。軍事的なにおいのするどのような国家の休日にも、彼は大尉の制服を着て、町へやって来た。そして、彼を目にした者は、元兵士との争いの日の彼を再び思い出すのだったが、その彼は、射撃名人の記章と軍の線章をつけてきらびやかに威厳たっぷりに姿勢を正して市民の間を歩き、半ば好戦的な、半ば自意識過剰な少年のような誇りを漂わせているのだった。

グリムは、アメリカ在郷軍人会の一員ではなかったが、それは彼の両親の過《あやま》ちで、彼のせいではなかった。だが、〔外見は白人同様ながらも、白黒混血児とされる〕ジョー・クリスマス〔孤児であり、養父を殺して放浪したあと、ジェファソンに戻って働き、家主のジョアンナ・バーデンの愛人となる〕が、その土曜の午後、モッツタウンから連れ戻されて、ミス・ジョアンナ・バーデン殺害の罪で告発された時、グリムは既に在郷軍人会支部の指揮官のところに行っていた。グリムの考え、その言葉は、極めて単純、率直なものだった。「俺たちは秩序を守らにゃあならんのです」と彼は言った。「俺たちは、法律に任せにゃあならんのです。法律即ち国家です。人に死を宣告するのは、いかなる市民の権利でもありません。それゆえ、俺たちジェファソンの軍人は、それを処置する立場にあるんです」

「君は誰かが何か別のことをもくろんでいると、どうして分かるんかね」と支部の指揮官は言った。「君は、何か話を聞いたのかね」

「分かりません。聞いちゃいません」グリムはうそをついていなかった。それは、あたかも彼がこの件について偽《いつわ》りを言うために、民間の市民たちが何を言っていようがいまいが、そんなことに重きを置いてはいないかのようだった。「それは問題じゃあありません。それは俺たちが、制服を身につけた軍人として最初にその立場を言明しようとしているか否かということなんです。そうした人々にまさにこのようなことに関する国の政府の立場を直ちに明示することです。それゆえ、彼らが話すことさえ必要ないんです」彼のもくろみは、極めて単純だった。それは、在郷軍人会を小隊に編成することであり、しかも彼自身にたとえば現役の任務、大尉として、指揮を執らせるというものだった。「しかし、もしみなが俺の指揮を望まないなら、それもよろしい。俺は二番手となりましょう。そう言うのであれば、それとも、軍曹、或いは伍長だって」彼は本気だった。彼が望んだのは、空しい栄光ではなかった。彼は大まじめだった。余りにまじめで、ユーモアに欠けていたので、在郷軍人会の指揮官は、出しかけていた軽率な拒否を引っ込めた。「私はその必要はないとまだ考えとるよ。もしあるとすれば、我々はみな、民間人として行動せねばならないだろう。私は軍人会をそのようには使えない。たとえ出来ても、そうはしないと思うがな」

グリムは彼を見つめたが、怒ってはいなくて、むしろまるである種の情熱家のようだった。「でも、あんたは、かつて制服を身に着けていたんでしょ」と彼は、一種の我慢強さを見せながら、言った。彼は言った。「俺がみなに話すのを遮《さえぎ》る権限をあんたは使わないと思いますが。使いますかい。個人としてですかい」

「いいや、いずれにせよ、私にはそうする権限などないんだ。でも、まさに個人としてなら、気にはなるよ。君は私の名前を使っちゃあいかん」

次いで、グリムは、彼なりのやり方で、相手に突き返した。「俺はそうはしたくないんだ」と彼は言った。そして行ってしまった。それは土曜日で、四時頃のことだった。その日の午後は、グリムは、退役軍人会のメンバーたちが働いている店や事務所を回って過ごした。それで、夕方までには、彼なりに十分満足できる数の連中をまとめ上げて、かなりの小隊を組むことができた。彼は、根気よく、控えめで、しかも力強かった。彼には抗《あらが》い難《がた》い、そして預言者のような風情《ふぜい》があった。だが、その新兵たちは、ある点において、司令官と同じだった。退役軍人会の公式名称は、別でなくてはならなかった――それ故、そして深い考えもないままに、彼はもともとの目的を達成していた。彼は既にして司令官だった。彼は、夕飯の時間の直前には全員をまとめ上げ、分隊に分け、将校たちと参謀を任命した。それは、もっと若い連中で、フランスには行っていないが、その時までにはもう興奮度の高い者たちだった。彼は、彼らに簡素に、冷静に話しかけた。「……秩序だ……正義の問題なんだ……俺たちが合衆国の制服を着ていることをみなに分からせるんだ……それにもう一つ」今や彼は、ずっとくだけてきていた。部下たちをファーストネームで知っている連隊指揮官だった。「俺は、諸君に任せたい。俺は君たちの言うことをやるぞ。この度《たび》のことがきちんと片付くまで、俺の制服を身に着けているのがいいんじゃないかと思ったんだ。そうすれば、人々は、アメリカ政府が単なる精神論以上に関わっているんだと分かる筈だ」

「でも、アメリカ政府は関わっていないぞ」と一人の男がすぐに、急いでいった。彼は、指揮官と同型の人間だった。彼は途中いなかった人物だった。「こりゃあ政府の厄介ごとじゃあないぞ。ケネディ〔ジェファソンの保安官〕は、好まないだろう。こりゃあジェファソンの町の問題であり、ワシントンのじゃあない」

「やつには好きなようにさせりゃあいいんだ」とグリムが言った。「君の軍は何を守るんだい。アメリカやアメリカ人を保護するためというのでないんなら」

「いいや」とほかの者が言った。「俺はこりゃあ見せびらかさないほうがいいと思うんだ。俺たちは、そうしなくても、やりたいことはできるさ。それがいいんじゃあないかい、みんな」

「いいよ」とグリムが言った。俺は君たちが言うようにやるよ。でも、みんな、拳銃がいるな。俺たちは、一時間以内に、ここで小火器の検分をやろう。みんな、ここで報告しろよ」

「拳銃のことで、ケネディは何と言うかな」と一人が言った。

「その点は気を付けとくよ」とグリムが言った。「きちんと一時間のうちに、ここに報告するんだぞ。腰につける武器もな」彼は一同を解散させた。保安官の事務所に向かって彼は、静かな広場を横切った。保安官は自宅だ、とみなが彼に言った。

「自宅だと」と彼は繰り返した。「この時間にかい。やつは今自宅で何をしてるんだい」

「食事中だと思うよ。彼ほどの大きな男は、一日に何度かは食わにゃあならんよ」

「自宅か」とグリムは言った。彼は目を怒《いか》らせるわけではなかった。その表情は、再びあの冷い、超然としたもので、彼が軍人会の指揮官を見ていた時のそれだった。「食事中だと」と彼は言った。彼は出ていったが、早くも急いで歩いていた。彼は空っぽの広場を横切ったが、その静かな広場には誰もいなくて、人々は、その平穏な町や平穏な地方で平穏な夕餉《ゆうげ》の席に着いているのだった。彼は、保安官の家に行った。保安官は、即座に駄目だと言った。

「十五人か二十人の者たちが、ズボンに拳銃を着けて広場をうろつき回るんだって。だめだ、だめだ。そりゃあいかん。わしにゃあそんなことはできんぞ。そりゃあだめだ。このことは、わしにまかせろ」

更にしばし、グリムは保安官をながめた。それから彼は振り向くと、また急いで歩いていた。「分かった」と彼は言った。「そういうやり方がいいって言うんならな。俺はあんたのじゃまはせんさ。あんたも俺のじゃまをせんといてくれ、そういうことならな」それは脅《おど》しのようには見えなかった。それは余りに単調で、それっきり過ぎて、熱のないものだった。彼は去っていった、急いで。保安官は彼を見つめた。それから呼んだ。グリムは振り返った。「お前の拳銃も、家に置いとくんだぞ」と保安官は言った。「聞いてるかい」グリムは答えなかった。彼は進み続けた。保安官は彼が見えなくなるまで見守り、顔をしかめていた。

その夕方、夕食後、保安官は下町に戻った——それは緊急の避けられない用事ができた時以外は、ここ数年、彼がしたことのないことだった。彼は、グリムの部下たちの警戒隊が刑務所のところにいるのを発見した。もう一隊が刑務所におり、三番目のが広場とそこに連なる道々を巡回しているのも見つけた。そのほかの者たちは救援隊で、彼らが保安官に言うところでは、グリムが雇われている綿花事務所にいて、そこをみなが隊の事務室、指令室として用いていたのである。保安官は通りでグリムに会ったが、巡回し点検して回っていたのである。「若いの、こっちに来い」と保安官が言った。グリムは立ち止まったが、近寄っては来なかった。保安官は、グリムのところに行った。彼は太った手でグリムのお尻を叩いた。「わしはお前に拳銃を家に置いとけと言ったぞ」と彼は言った。グリムは無言だった。彼は保安官をまっすぐに見つめた。保安官はため息をついた。「そうだな。もしお前がそうできないんなら、わしが思うに、お前を特別保安官代理にせにゃあならんだろうな。だが、お前は、わしがそうしろと言わなければ、その銃をちらつかせさえしちゃあならんぞ。聞こえたな」

「確かにな」とグリムは言った。「俺がそうする必要がないと思えば、あんたは確かに俺に銃を抜けと求めなくていいやな」

「わしが言っとるのは、わしがそうしろと言うまでは、そうしちゃあならんということだ」

「承知した」とグリムはすぐに冷静に、忍耐強く言った。「俺たち二人ともまさにそう言ったんだ。心配ない。俺はそこにいるさ」

そのあと、町が夜になって静かになり、映画館がはけて、ドラッグストアが一つまた一つと店じまいするにつれて、グリムの部隊も、次第に散っていった。彼は逆《さか》らわず、みなを冷静に見つめていた。彼らは少々弱気で、受け身がちになっていた。再度、そうと分からぬままに、グリムは奥の手を使っていた。彼らが弱気に感じ、どういうものか、グリム自身の冷厳な意気込みには遠く及ばないと感じているという事実の故《ゆえ》に、彼らは、ただ彼に自分たちを見せるためだけとしても、明日戻って来るであろう。数名が残った。ともかく、土曜日の夜だった。そして誰かがどこかから更にイスを持ってきて、彼らはポーカーゲームを始めた。それは一晩中続いた。もっとも、時々グリム（彼はゲームに加わらず、彼に次ぐそこの指揮官、士官の地位に等しいものを持つ唯一の男にもゲームに加わるのを許そうとはしなかった）は一隊を出して、広場の巡回をさせるのだった。この時までには夜間の警官が彼らに加わっていたが、この男はゲームには関《かか》わらなかった。

日曜日は、静かだった。ポーカーゲームは、その日一日中、穏やかに続いた。時々の巡回に中断されはしたものの。その間、控えめな教会の鐘が鳴り、信者たちが、夏の色を帯びた端正な木立の中を集まってくるのだった。広場のあたりでは、特別大陪審が明日開かれることになっているということが、既に知られていた。どういうわけか、ひそやかで取り消し不可能の誘発力を持つグランド・ジュアリー(大陪審)というその二つの単語の響きそのものが、人々の行為を見つめる秘密の、眠ることのない全能の眼らしきものが、見せかけの偽《いつわ》りを帯《お》びたグリムの部下たちをしてこれでよしと改めて思い込ませたのである。人は無意識のうちに、思いもかけず余りにも急に動かされるものなので、それを考えているということが分からないままに、町の人々は、グリムを経緯《いきさつ》と多少の畏《おそ》れとそれなりの信頼と自信をもって突然に受け入れたのである。それはあたかも、なぜかグリムの思いと愛国心と町の人々やこの度《たび》のことに対する誇りの気持ちがみなのそれよりも一層すばやく、一層本物であったかのようだった。彼の部下たちは、ともかくそれを引き受け、受け入れた。眠れない一夜、緊張と休日のあと、自《みずか》らの殉死的献身のあと、彼らは、もし事起《こと》こらば彼のために死すであろう高みまでほとんど上《のぼ》り詰めていた。彼らは、今や、厳粛で少々畏敬の念に掻《か》き立てられたような反射光に包まれて進んだ。その光は、グリムが彼らに着るように望んだ、彼らが着ることを望んだカーキ色の軍服がそうであったであろうとほとんど同じように明瞭なものであり、あたかも彼らが部隊の事務室に戻る度《たび》ごとに、グリムの夢の心地よく、厳しいがあっぱれな断片を新たに身にまとい直していたかのようだった。

これは日曜の夜中《よるじゅう》続いた。ポーカーゲームも進んだ。それを覆《おお》っていた警戒感、こそこそした怪《あや》しさは、今や消え去っていた。そこには、そうした大法螺《おおぼら》に対して余りに確かで当たり前のように自信たっぷりな何かがあった。この夜、彼らが階段に警官の足音を聞いた時、一人が言った。「憲兵に気をつけろ」そしてちょっとの間、彼らは厳しい、ぎらぎらした大胆不敵な目でお互いをちらっと見合った。次いで、一人がかなり声高《こわだか》に言った。「野郎を放り出せ」そして別の一人が唇をすぼめて太古からのような響きを発した。それで、翌朝、月曜日だったが、最初の田舎からの車や荷馬車が集まり始めた時、部隊は再び元の姿になっていた。そして今や彼らは、軍服を身に着けていた。それは彼らの顔だった。彼らの大部分は、同じ一つの時代、世代、経験を共有していた。しかし、それ以上でもあった。彼らは今や深い、厳しい生真面目《きまじめ》さを有していたが、そうした彼らは、人々が群《む》れ成してうろうろと動き回っている場所に立っていて、重々しく、厳粛な面持《おもも》ちで、超然としていて、空《うつ》ろで厳しい目でのろのろした人だかりをながめていた。その群衆は、それと気付かぬままに感じ取り、悟り、彼らの前を漂《ただよ》い、ゆっくりと動き、見つめていた。それで、彼らは、うっとりとして空《うつ》ろで、牛の顔のように不動の顔また顔に近付き、漂《ただよ》い続けては、次々と変わってゆく顔々に取り巻かれるのである。そして朝中《あさじゅう》、声々が穏やかな質疑応答のうちに、往《ゆ》き交《か》うのだった。「あそこに彼がいるぞ。彼らの隊長だぞ。知事に派遣された専任将校だ。彼がすべてを差配するんだ。保安官には、今日は、このことに発言権はないんだ」

あとになって、その時はもう遅過ぎたのだが、グリムが保安官に言った。「あんたがただ俺の言うことを聞いておきさえすればよかったのにな。俺に一隊に守らせている独房からやつを連れ出させてくれていたらな。あのくそビュフォード〔ケネディ保安官の保安官代理〕には、たとえ納屋の扉は射《う》てても、射てやしなかったあの群衆の中を通ってたった一人のくそ保安官代理だけつけて、手錠さえつながないで広場を横切ってやつを送り出すなんてことはしないでな」

「やつが無茶をしようと、ぶち破ろうと思っている、早速そうしようと思っているだろうなんて、わしに分かるわけがないだろうが」と保安官が言った。「スティーヴンズ〔ギャヴィン。ジェファソンの弁護士〕が彼が罪を認めて終身刑を受けるだろうとわしに話しとるのにな」

しかしその時にはもう遅過ぎたのだ。その時にはすべてが終わっていた。それは広場の真ん中で起こり、歩道と裁判所の間の中ほどで、一群の人々が市日のように密集しているど真ん中でのことだった。もっとも、グリムがそれについて最初に知ったのは、保安官代理の拳銃の空中に発射された音を二度聞いた時だった。彼には何が起こったかすぐに分かったが、その時彼は、裁判所の中にいた。彼の反応ははっきりしていて、すばやかった。彼はその発射音の方に向かって既に走っており、肩越しに半ば副官、半ば伝令としてほとんど四十八時間彼にくっついていた男に叫び返した。

「火災報知機を回せ!」

「火災報知器だって?」と副官は言った。「何だって?」

「火災報知器を回すんだ」グリムは叫び返した。「みながどう思おうとかまわんぞ。ただみなに何かがあったと知らしめるためだ……」彼はそれで終わらなかった。彼は行ってしまった。

グリムは走っている人々の間を走り、彼らに追いつき、追い越していた。というのも、彼には目的があったが、人々にそれはなかったのである。人々はただ走っているだけであり、黒い、そっけない、どでかい自動拳銃が彼のために、鋤《すき》のように、道を開いているようだった。人々は、丸い、歯のついた穴のある青ざめ、ぽかんとした顔で、彼の張りつめて、こわばった若い顔を見た。彼らは、ぶつぶつと低い溜息《ためいき》のような長い音を出した。「そら……あんな風にな」しかし、既にグリムは、走りながら、保安官代理が手に持った拳銃を高く上げているのを見ていた。グリムは、一度あたりをちらと見渡し、再び前方へと飛び出していった。保安官代理と囚人を先導する形で広場を横切っていた群衆の中に、ウェスタン・ユニオン会社〔電信会社。一八六一年に大陸横断電信網を完成した〕の制服を着た避けようもなく図体の大きな若者が、避けられないままにいた。彼は自転車を、従順な牛のように、角笛《つのぶえ》を鳴らして進めていた。グリムは、拳銃を皮ケースに押し込むと、その若者をわきへ放り投げて、その自転車に飛び乗ったが、それは流れるような一連の動きによってだった。

その自転車は、警笛もベルもなかった。でも、人々はなぜか彼を感じ取って、道を開《あ》けた。このことも、彼は固い信念をもってやっているように見えた。それは、自分の行為の正しさや絶対的確実性に対する盲目的で乱れることのない信念だった。走っている保安官代理に追いついた時、彼は自転車をゆるめた。保安官代理は、彼に汗にまみれた顔を向け、叫ぶのと走るのとで、ぽかんと大口を開《あ》けていた。「あいつは曲がったぞ」と保安官代理は金切り声を上げた。「あそこの路地の中にだ——」

「分かっとる」とグリムは言った。「やつに手錠を掛けとるかい」

「ええ！」と保安官代理は言った。自転車は突き進んだ。

それじゃあ、やつはとても早くは走れまい、とグリムは思った。やつはいずれ身を隠さざるをえないだろう。ともかく隠れるだろう。彼は急いでその敷地に曲がり込んだ。路地は、二軒の家の間を奥へと入り込んでいた。片側には板塀があった。その瞬間、火災警報サイレンが初めて鳴り響き、次第にゆるやかで持続的な叫びへと高まってゆき、それは、遂には聞くという範囲を超えて、まるで無音の震動のように感覚の領域へと入っていったように思えた。グリムは、自転車で走り続けながら、ある種の激しい、窮屈に抑制された喜びを感じつつ、すばやく論理的に考えていた。まずやつが望むことは、身を隠すことだな、と彼は、あたりを見回しながら、思った。小路は、一方の側は開《ひら》けていて、他の側には六フィート（約一メートル八十三センチ）の高さの板塀がある。小路の突き当りは木製の門《ゲート》で遮《さえぎ》られており、その向こうには牧場があり、更に深々とした溝があって、それは町の境界標《ランドマーク》だった。そこに生えている高い木々の天辺《てっぺん》が、縁《ふち》の上にただ姿を見せているだけだった。そこには連隊が隠れて布陣することができるのだった。「ああ」と彼は大声で言った。止まることなく、また速度を緩《ゆる》めながら、彼は自転車をさっと回して、今そこからやって来たばかりの元の通りへとペダルを踏んで戻っていった。今やサイレンの泣くような悲鳴が消えつつあり、そして再びまた聞こえるようになり、彼は自転車を回して通りに入れた時、走っている人々と彼に押し寄せるように迫って来る車とをちょっと見た。彼がペダルを踏んだにもかかわらず、車は彼に追いついた。乗っている連中が、彼のこわばった前向きの顔に向かって、身を傾けて叫んでいた。「ここに乗れよ！」と彼らは叫んだ。「ここに乗るんだ！」彼は答えなかった。彼らを見ることもしなかった。車は、彼をやり過ごして、速度を緩《ゆる》めた。それでも彼は、早い、無言の、着実な速度を保って車を通り過ぎた。再度車は速度を上げ、彼を通り越し、乗っている者たちが身を乗り出して前方を見ていた。彼も無言のまま、幻影のような微妙なすばやさで、急いで進み、そこにはクリシュナ神〔インドのヒンズー教の神。ヴィシュヌ神の第八化身とされる〕や運命の女神のような執念深い頑固さが見受けられるのだった。彼の背後では、サイレンが再び悲痛な叫び声を高めていた。次に車の乗員たちが彼を求めて振り返った時、彼の姿は完全に消えていた。

　グリムは、全速力で、別の小路に曲がり込んでいたのだ。彼の顔は、岩のようで、落ち着いていて、成就感と重々しく向こう見ずな喜びの表情でまだ輝いていた。この小路は、ほかの小路以上に車の跡があり、それも一層深かった。小路は、とうとう殺風景な小山のところに出て来て、そこでは、自転車が飛び出す間、地面に跳《と》んで落ちながら、彼は町の端に沿った谷の差し渡しの全長を見ることができた。彼の見る谷のながめは、その端に並んだ二、三軒の黒人小屋によって妨げられていた。彼は全く動かず、穏やかで孤独であり、境界標《ランドマーク》のように宿命的でもあった。再び彼の背後の町から、サイレンの金切り声が降って来始めた。

すると彼は、クリスマスを見た。彼はその男が、離れていて小さく思えたが、溝から現れ出てくるのを見た。その両手は一緒にくっついているのだった。見つめていたグリムは、太陽光が手錠に当たった時、その逃亡者の両手が、日光反射信号機のきらめきのように一度きらめいたのを見た。そして、ここからでさえ彼にはその男、今でさえ自由でないその男のあえぎと絶望的な息遣《いきづか》いを聞くことができるように思えた。そして小さな姿が再び走って、最も近い黒人小屋の向こうに消えた。

今やグリムも走った。すばやく走ったが、急いでいる風には見えず、努めてそうしているようにも見えなかった。復讐心に満ちているようにも思えず、また怒りにも激情に駆られている様子もなかった。クリスマスも自身でそれを見た。なぜなら、一瞬、彼らはお互いをほとんど向かい合って見たからである。それは、グリムが走りながら、小屋の角《かど》の向こう側に通り過ぎてゆく最中のことだった。その瞬間、クリスマスは小屋の背後の窓から跳《と》んだが、それはまるで魔術《マジック》の仕業《しわざ》のように見え、彼の手錠を掛けられた両手は高く上げられて、今やあたかも火の上にかかげられたかのようにきらきらと輝いていた。一瞬、彼らは、お互いにらみ合った。一人は跳躍してちょうど屈《かが》んで止まっている時に、もう一人は走っていて、半ばの歩幅のさ中にであり、グリムの勢いが彼自身をして角《かど》を曲がらせる前のことだった。その瞬間、グリムは、クリスマスが重い、ニッケルメッキを施《ほどこ》した拳銃を持っていることを知った。グリムは、ぐるっと回って振り向き、自動拳銃を抜きながら、角《かど》を回って跳《と》び退《しりぞ》いた。

グリムは、あの穏やかな喜びをもって、すばやく、落ち着いて考えていた。やつは二つのことができるな。溝にもう一度挑《いど》んでみるか、または、我々の一人が弾丸を受けるまで家の周りでひらりと身をかわしながら隠れるかだな。そして溝は家のやつの側にあるな。彼は直《ただ》ちに反応した。彼は、今回ったばかりの角《かど》をめぐって、全速力で走った。彼は、まるで魔術《マジック》か神意によって護《まも》られているかのように、そうした。或いは、クリスマスが拳銃を持ってそこで待ってはいない、と分かっているかのように。

今やグリムは、溝の傍《かたわ》らにいた。自動拳銃の鈍い、冷たい柄《え》の上で、彼の顔は、教会の窓の天使の穏やかでこの世のものとも思われぬ輝きを帯びていた。彼は再び動き出しかけていたが、突然止《と》まった。盤上で彼を動かすいかなる指《さ》し手《て》に対しても引き合わないがすばやく、盲目的に従順であろうとしているのだった。グリムは溝へと走った。しかし、彼が急な下り坂をふさいでいるやぶの中に突っ込んでゆこうとし始めた時、彼は爪で引っ掻《か》くように折り返した。その時、彼は、その小屋が地上二フィート〔およそ六十一センチ〕ばかりのところに居座っていることに気付いたのである。彼は、急いでいたために、そのことにそれまで気付いていなかった。今や彼は、一点取られたと悟った。クリスマスが、家の下で、ずうーっと彼の足を見つめていたんだと分かった。彼は言った。「大したもんだ」

グリムは、勢い余ってある距離突進してから、やっと止まれて、上《あ》がって戻ってこれた。彼は疲れを知らないように見えた。生身《なまみ》の人間ではなかった。それはまるで、彼を歩《ふ》として動かす指し手《さて》が、更にまた、彼に呼吸を見つけてやったかのようだった。休むことなく、彼は、再び自らを溝から運び上げた同じ大波の中で、また走っていた。彼は、小屋を回って走って、クリスマスが三百ヤード〔約二百七十五メートル〕先の柵を越えて突進してゆくのを見ることができた。彼は発砲しなかった。なぜなら、クリスマスは、今や小さな庭を突っ切って、まっすぐにある家に向かっていたからである。走りながら、彼は、クリスマスが裏手の階段を跳《と》んで上《あ》がって、その家に入るのを見たのである。

「はあ」とグリムは言った。「牧師の家だな。ハイタワーの家だ」

彼は速度を緩《ゆる》めなかった。もっとも、彼は逸《そ》れて、その家を走って回り、通りへと向かった。彼を通り過ぎて見失い、そして戻って来た車が、ちょうどいるべきだった場所にいた。指し手《さて》が車がいるべきと望んでいたちょうどその場所にいた。それは、グリムからの合図なしに止まって、三人の男が降りてきた。無言のまま、グリムは振り向いて、庭を横切って走り、その家に入ったが、そこには老《お》いた名の穢《けが》れた牧師が一人で住んでいた。三人の男が続いて、玄関広間《ホール》に飛び込み、止《と》まったが、彼らはそのよどんだ、浮世を離れた薄闇の中に、ちょうど今離れて来たばかりの野蛮な夏の太陽光らしきものを持ち込んできていた。その陽光は彼らの上を覆《おお》い、彼ら自《おの》ずからのものでもあった。その恥知らずな野蛮さはである。そこから現れた彼らの顔は、彼らが屈《かが》んで血を流しているハイタワー（ゲイル、元長老教会派の牧師。反奴隷制牧師の息子。彼が勇壮な妄想を抱く祖父は、南北戦争中、鶏を襲って逃走中射殺されていた。妻の変死後、教会を追われる。ジェファソンの隠者的存在）を起こした時、まるで光輪から出てきたもののように実体のない宙に浮いた様《さま》で、ギラギラ光っているように見えた。その床のところで、クリスマスが玄関広間《ホール》を駆け上がり、振り上げられ、武装され手錠を掛けられたその両手は、稲妻《いなづま》のようなどぎつい光ときらめきに満ち満ちていて、それで復讐心いっぱいで怒りに燃えた破滅を告げる神のようだったが、その彼が、ハイタワーを打ち倒していたのである。男たちは、その老人を立たせせた。

「どの部屋だ」グリムは、牧師を揺さぶりながら、言った。「どの部屋だ、じいさん」

「紳士諸君！」とハイタワーは言った。そして彼は言った。「みなさん！　みなさん！」

「どの部屋だ、じいさん」グリムは叫んだ。

彼らはハイタワーを立たせせた。薄暗い玄関広間《ホール》では、陽光の背後では、彼も、その頭は禿げ上がり、大きな青白い顔には血の筋がついていたが、ひどい有様だった。「みなさん」と彼は叫んだ。「聞いておくれ。彼はあの夜ここにいた。彼はあの殺害の夜、私と一緒にここにいたんだ。神に誓ってな――」

「何だと！」とグリムが叫んだ。彼の若い声は、若い牧師のそれのように、はっきりしていて、怒りに満ちていた。「ジェファソンのどんな牧師も、どんなオールド・ミスも、あの臆病者野郎に降参しちまったっていうんかい」彼は老人をわきへ投げ飛ばし、走って進んだ。

それはあたかも、彼が指し手《さて》が再び彼を動かすのをただ待っているだけというかのようだった。なぜならそうした確かな確信をもって、彼は台所にまっすぐ走ってゆき、その入り口を入り、既に発砲していたのであり、そのあとになってやっと彼は、テーブルが引っくり返されて部屋の隅に横倒しになっており、更にその背後にうずくまっている男の光ってきらめいている両手がテーブルの上になった端に置かれているのを見ることができたのである。グリムは、自動拳銃の弾倉を空《から》になるまでテーブルの中へと射《う》ち込んだ。のちほど、誰かが、五発全部をたたんだハンカチで覆《おお》ったのだった。

しかし指し手《さて》はまだ終えてはいなかった。他の者たちが台所に着いた時、彼らは、テーブルが既に脇へ押しやられ、グリムが体の上に屈《かが》んでいるのを見たのだった。グリムがどうしているのか見ようと近付いた時、彼らは、その男がまだ死んではいないことを知った。そして、彼らがグリムのやっていることを見た時、中の一人は詰まった叫び声をあげて、壁の方へとよろめいて退《ひ》いた。そして吐《は》き始めた。すると、グリムもまた跳《と》び退《しりぞ》き、背後に血にまみれた肉切り包丁を投げた。「さあ、これでお前はもう白人の女たちに手を出せんぞ、地獄に行ってさえもな」と彼は言った。しかし、床の上の男は動いていなかった。彼は、ただそこに横たわっており、両目は開いて空《うつ》ろそのものだが、意識だけはあり、口の周りには影のような何かがあった。長い間、その男は穏やかな、測《はか》り難い、耐え難い目で彼らを見上げていた。そして、彼の顔、体、すべてがくずおれ、落ちて自壊《じかい》してゆくように見えた。そして、尻や腰の周りの切り裂かれた衣服から、閉じ込められて鬱積《うっせき》した黒い血液が解き放たれた呼吸のように噴き出しているように見えた。それは、彼の青白い体から、昇ってゆくロケットの噴出する火花のように、突進するように見えた。その黒い噴出とともに、その男が、人々の記憶の中にいつまでも永遠に舞い上がってゆくように思えた。彼らは、このことを忘れることはない。どのような平和な谷においても、どのような昔の穏やかで安らげる小川においても、どのような子供たちの輝《かがや》いて反射する顔の中においても、彼らは諸々の古い災難と新しい希望のことを十分に考えるだろうが、このことはそこに存在し続けて、失《う》せることはないだろう。思いにふけり、静かで、揺らぐことなく、色褪《あ》せず、特に脅威でもなく、それ自体のみ穏やかで、それ自体のみ揚々《ようよう》としているだろう。再び、町から、壁によって少々弱められながらも、サイレンの悲鳴が増してきて、信じられないほどに高まり、そして聞こえる範囲から過ぎ去ってゆくのだった。

モーゼよ、行け

一

　その顔は黒く滑らかで、他人を拒《こば》んでいるかのようであった。あまりにも多くのものを見てきた目であった。その黒人の髪はきちんと手入れされていたので、頭蓋骨は帽子のように覆《おお》われていて、頭頂部は一様にきちんと撫《な》でつけられて、整髪剤が塗られているようで、剃刀《かみそり》を当てられている部分もあったため、その頭は青銅製の頭像にも似ており、だから朽ちることはなく、恒久的なのであった。その男は、メンズショップの広告ではアンサンブルと呼ばれているスポーツウェアの類《たぐい》のものを身につけていたが、それはシャツとズボンが一揃いの、同じ黄土色のフランネルから切り取られている服で、高価過ぎるほどの品物であったし、ドレープは効き過ぎていて、プリーツも過剰に施されていた。そして、鋼鉄製の小部屋にある鋼鉄製の簡易ベッドに横たわって身をもたげていた。そのすぐ外には武装した看守が二十時間も立っているのだけれども、その男はタバコを吸いながら、全くもって南部らしくも、黒人らしくもない口調で、幅のある戸口調査員の書類入れを持って、鋼鉄製の腰掛けに男と向き合って座っている、眼鏡をかけた若い白人男性の質問に答えていた。

「サミュエル・ウォーシャム・ビーチャム。二十六歳。ミシシッピー州ジェファソン郊外生まれ。家族はなし。いねえし——」

「待って」戸口調査員は筆を走らせた。「それはあなたが判決を——シカゴでは、その名前で暮らしていたのではありませんよね」

もう一方の男はタバコの灰をはじき落とした。「違うね。サツを殺したのは別の男だった」

「分かりました。職業は——」

「金持ちに、早過ぎるくらい早くなること。

——何も無し」戸口調査員は筆を走らせた。「ご両親は」

「そりゃ、いるよ。二人。記憶にないけど。ばあさんが俺を育ててくれた」

「おばあさんのお名前は。ご健在ですか」

「知らねえよ。モリー・ウォーシャム・ビーチャム。生きてるなら、ミシシッピー州ジェファソンから十七マイル離れた、キャロサーズ・エドモンズの農場にいるだろう。それだけか」

戸口調査員は書類入れを閉じて立ち上《あ》がった。もう一方の男よりも、一歳か二歳若かった。「あなたが誰なのか、ここの人たちに分からなかったら、その人たちにはどうやって分かるんでしょう――どうやって家に戻る積もりですか」

もう一方の男は鋼鉄製のベッドに横たわり、タバコの灰をはじき落とした。ハリウッド風の高級な服と、その戸口調査員が今まで手にしたことがなさそうなほど立派な靴を身に着けて。「俺にとって、それが何か問題になるっつーのか」と男は言った。

こんな調子だったので、戸口調査員は立ち去った。看守は再び、鋼鉄製のドアに鍵をかけた。そしてもう一方の男は、鋼鉄製の簡易ベッドに横たわってタバコを吸っていたが、しばらくして彼らがやって来て、高価なズボンを切り裂き、金をかけてセットした髪を剃《そ》り、男を独房から連れ出した。

二

同じ日、暑くうららかな七月の朝、ギャヴィン・スティーヴンスの事務所の窓のすぐ外に生《は》えている桑の葉を揺らした、熱く晴れやかな風は部屋の中にも吹き込んで来て、動きからだけだったが、涼しさらしきものがどうにか感じられるかのようではあった。風は机の上を吹き抜けて郡検察官の書類をめくり上《あ》げ、うしろに座っていた男の若白髪《わかしらが》に激しく吹きつけてきて彼を驚かせた――

その顔はほっそりとしており、知的だが落ち着きがなさそうで、しわが寄ったリネンのスーツの襟《えり》の折り返しからは、懐中時計のチェーンにつながれた、ファイ・ベータ・カッパ〔米国最古の学生友愛会〕の鍵がぶら下《さ》がっていた——ギャヴィン・スティーヴンス、ハーバードのファイ・ベータ・カッパ、ハイデルベルクの博士、その事務所は趣味ではあったが、それは生計を立てるものでもあり、本気で取り組んでいる天職は、二十二年間続けているがまだ完了していない、旧約聖書を古典ギリシャ語に訳し戻す仕事であった。訪問してきた人だけがそれを何とも思っていないようだったが、見たところその女性は、その風の中では、火に焼けたあと、元の姿のまま残っている紙切れの灰と同じくらいの重さと強固さしかないようだった——白い頭巾と子供にぴったり合いそうな黒い麦わら帽子の下から、大層年老いた、しなびた顔を覗《のぞ》かせている小柄な老年の黒人女性だった。

「ビーチャムさんですか」とスティーヴンスは声をかけた。「あなたはキャロサーズ・エドモンズさんのところにお住まいですね」

「出て来たんだよ」とその女性は言った。「あたしの子を探しに来たんだ」それから、スティーヴンスの向かい側の硬い椅子に身じろぎもせずに腰かけたまま、詠唱し始めた。「ロス・エドモンズがあたしのベンジャミンを売ったたよ。エジプトで売り渡したんだ。ファラオが手に入れた——」

「待ってください」とスティーヴンスは言った。「待ってください、おばさん」思い出したことや回想していたことが嚙《か》み合って、つじつまが合いそうになったからだ。「お孫さんがどこにいるのか分からないのでしたら、その子に大変なことが起きているって、どうして分かるんですか。エドモンズさんが、お孫さんの捜索の手助けを拒《こば》んだということですか」

「ロス・エドモンズがあの子を売ったんだよ」とその女性は言った。「エジプトで売り渡したんだ。どこにいるのかは分からない。知っているのは、ファラオが捕《と》らえたということだけ。それにあんたは律法の仕事をしている。あたしの子を見つけたいんだよ」

「分かりました」とスティーヴンスは言った。「探してみます。家に戻らないのでしたら、街のどこに滞在するお積もりですか。しばらくかかるかも知れませんよ、お孫さんがどこに行ったか分からないのでしたらね。それに、五年間便りがないんでしょう」

「ハンプ・ウォーシャムのところに滞在してる。あたしの兄弟だ」

「分かりました」とスティーヴンスは言った。驚いてはいなかった。ハンプ・ウォーシャムとは旧知の間柄だった。その黒人の老女に会ったことはなかったが。しかし、たとえ知っていたとしても驚きはしなかっただろう。その人たちもそんな感じだったのだ。二人の人を何年も前から知っているかも知れない。何年もの間、あなたの下で働いていた人たちだったかも知れない、違う名前で。そして突然、まったく偶然に、二人が兄弟、または姉妹だったことを知るのだ。

スティーヴンスは、そよ風とは異なる、熱気を持ったものが動いている中に腰を下《お》ろし、その女性が傾斜のきつい表の階段を、難渋しながらゆっくりと下《お》りて行く音を聞いていた。その孫のことを思い出しながら。その仕事の書類は五、六年前、地方検事の手に渡る前に、彼の机を横切って行ったことがあった――ブッチ・ビーチャムは青年で、市の刑務所を出たり入ったりしていた一年の間、次のような人物として知られていた。彼はその年老いた黒人の娘の子供で、生まれた時に母親を失い、父親には捨てられ、祖母が引き取って育てていた、あるいは育てようとしていたということである。というのは、ブッチは十九歳の時に暮らしていた土地を離れて街にやって来たが、ギャンブルやら喧嘩《けんか》やらで一年間、刑務所を出たり入ったりし、ついには店に押し入った罪が重犯罪とされて起訴されたからだ。

　現行犯で捕《と》らえられたのだが、警官に驚いた彼は、その警官を鉄パイプで殴り、警官がピストルの台尻で彼を殴り倒すと、地面に横たわったまま脱臼した口を開けて罵《ののし》っていた。血の間に浮かび上《あ》がる歯は、怒《いか》り狂《くる》って笑う時のような形をがっちりと留めていた。その二晩後には脱獄し、姿を消した――まだ二十一歳にもならない青年だったが、父親から受け継いだ何かが彼にはあったのだ。息子をもうけたが捨て、今は殺人罪で州の刑務所に入っている父親――暴力的であるのみならず、危険かつ悪しき種。

　それで、自分が見つけて救おうとしている人というのがその男なのだな、とスティーヴンスは思った。というのも、黒人の老女の直観を一瞬たりとも疑わなかったからだ。その老女に、その青年がどこにいるのか、そしてどのような問題が起きているのかを予言することもできたとしても、彼は驚かなかっただろうが、青年がどこにいるのか、また、どのような問題が起きているのかということに自分はなんて早く気付いたのだろうと思って驚いたのは、ずっとあとになってからだった。

最初に考えたのは、キャロサーズ・エドモンズに電話することであった。黒人の老女の夫は長年、キャロサーズ・エドモンズの農場で借地人として暮らしていた。だが、彼女によると、エドモンズはその時既《すで》に一切の関与を拒《こば》んでいたようだった。そういうわけで、スティーヴンスはじっと身じろぎすることもなく座っていたのだが、熱気を持った風は白くふさふさした髪に吹き込んで来た。その時、黒人の老女が言おうとしていたことを理解した。その少年を事実上、最初にジェファソンに送ったのはエドモンズであったことを思い出した。自分の土地の売店に侵入した少年を捕《と》らえ、その場から立ち去るよう命じ、再び戻ることを禁じていたのである。そして保安官、警察じゃないとスティーヴンスは思った。活動範囲がより広範に及んで迅速なもの……スティーヴンスは立ち上《あ》がると、使い古されたが上品なパナマ帽を手に取り、外の階段を下《お》り、昼に差し掛かる時間帯、暑さが滞《とどこお》る中、人気《ひとけ》のない広場を横切り、郡の新聞社の事務所に向かった。編集長はいた。年配だが、髪はスティーヴンスほど白くはなく、黒い紐《ひも》ネクタイを締め、昔風のボイルシャツを着た、随分と太った男だった。

「年を取った黒人の女性、名前はモリー・ビーチャム」とスティーヴンスは言った。「この女性とその夫はエドモンズ家の敷地に住んでいます。この人の孫のことなのですが。覚えていますか、ブッチ・ビーチャムですよ。五、六年前のことです。街に一年間いたんです、ほとんど刑務所の中でしたけど。そしてついにある晩、ラウンスウェルの店に侵入して捕《つか》まっています。ところで、ブッチ・ビーチャムは今、その時よりも悪い状況にあるんですよ。この女性は確かなことを言っていると思います。私はただ、その女性のために、そして私が代表する偉大な国民のために、その子が現在置かれている状況が非常に悪いもので、もしかしたら最終的なものでもあることを期待しているのですが――」

「待って」と編集長は言った。机を離れる必要もなかった。記者協会の通信原稿を長くぎから取り外し、スティーヴンスに手渡した。日付欄には、今朝、イリノイ州ジョリエットから来たものであると記されていた。

ミシシッピー州の黒人、シカゴの警察官を殺害し、死刑執行の前夜、戸口調査員の質問書が完成し、別名が暴《あば》かれる。サミュエル・ウォーシャム・ビーチャム――

五分後、スティーヴンスは再び人影のない広場を横切っていたが、そこには真昼の滞《とどこお》る暑さが一層近付いていた。昼食を取るために下宿に帰ろうとしていると思ったが、そうするのではなかったと気付いた。それに、オフィスのドアに鍵をかけていなかったなと思った。でも、あの人は一体どうやって、十七マイル移動して町まで来ることができたのだろう。歩きすらしたのかも知れないし。「ということは、期待していると言ったのは自分の本心ではなかったようだな」と声を上《あ》げながら、かすんで今はもう風はない、眩《まぶ》しくぎらつく陽光の中、外階段を再び上《あ》がり事務所に入った。スティーヴンスは立ち止まった。それから口を開いた。

「おはようございます、ミス・ウォーシャム」

その女性もかなり年を取っていた――ほっそりしているが背筋を伸ばし、古風に束ねて整《ととの》えた白髪の上に、三十年ものの色褪《いろあ》せた帽子をかぶり、色のさめた黒服を着ていて、擦《す》り切れた傘も今では色褪《いろあ》せ、黒色というよりも緑色がかっていた。その女性とも旧知の間柄であった。父親が残した朽《く》ちかけた家に一人で暮らし、そこで陶器の絵付け教室を開いていて、父親の奴隷の一人の血を引くハンプ・ウォーシャムとその妻の助けを借りながら鶏や野菜を育て、市場で売っていた。

「モリーのことで来たのです」とその女性は言った。「モリー・ビーチャム。彼女が言っていましたが、あなたが――」

スティーヴンスが話している間、その女性はじっと見つめていた。黒人の老女が座っていた硬い椅子に背筋を伸ばして座っており、錆《さ》びた傘は膝《ひざ》にもたれかかっていた。膝《ひざ》の上、組んだ手の下には、スーツケースほどの大きさの、ビーズがあしらわれた古いデザインのハンドバッグを乗せていた。「今夜、処刑されることになっています」

「何もできないんですか。モリーとハンプの両親は、私の祖父のものでした。モリーと私は同じ月に生まれたんですよ。姉妹のように、一緒に育った仲です」

「電話をしました」とスティーヴンスは言った。「ジョリエットの刑務所長とシカゴの地方検事と話をしました。ブッチは公正な裁判を受けて、良《よ》い弁護士が就《つ》いたということなどについて。お金は持っていましたよ。ナンバーズというビジネスに携《たずさ》わっていたんです、彼のような人たちがお金を稼ぐ類《たぐい》のものです」ミス・ウォーシャムはじっと見つめていた。背筋を伸ばしたまま、微動《びどう》だにせずに。「彼は殺人者です、ミス・ウォーシャム。その警官を背後から撃《う》ったんです。悪い父親の悪い息子。彼は後になって、認めて自白しています」

「知っています」とミス・ウォーシャムは言った。その時スティーヴンスは、彼女が自分を見ていないか、少なくとも目を向けてはいないことに気づいた。「ひどいわ」

「殺人もひどいことです」とスティーヴンスは言った。「このほうがいいんです」その時、その女性はスティーヴンスに再び目をやった。

「あの子のことは考えていなかったわ。モリーのことを考えていたんです。モリーが知ってはいけません」

「そうですね」とスティーヴンスは言った。「もうウィルモス氏とは新聞社で話をしてあります。

何も印刷しないことに同意してくれました。メンフィスの新聞社に電話する積もりですが、もう手遅れかも知れない……今日の午後、メンフィスの新聞が出る前に家に戻るようモリーさんを説得できれば……あそこでモリーさんが会う白人はエドモンズさんだけですから。エドモンズさんには電話しておきますね。他の黒人がそのことを聞いたとしても、しゃべったりはしないはずです。それで、二か月か三か月以内にはそこに行って、彼が亡くなって北部のどこかに埋葬されているとモリーさんに伝えることだってできるでしょう……」ミス・ウォーシャムが、今度はとんでもないといった表情で見つめてきたので、スティーヴンスは口をつぐんだ。ミス・ウォーシャムは硬い椅子の上に背筋を伸ばして座ったまま、スティーヴンスが話し終えるまでその顔を見つめていた。

「モリーはブッチを家に連れて帰りたがるでしょう」とミス・ウォーシャムは口を開いた。

「ブッチをですか」とスティーヴンスは言った。「遺体をですか」ミス・ウォーシャムは彼を見つめた。その表情はショックを受けているようでも難色を示しているようでもなかった。それは血縁と悲しみに対する古く、時を超越した女性的な親和性を体現していたに過ぎなかった。スティーヴンスは思った。この人はこの暑さの中、歩いて街へやって来たのだ。ハンプが、卵や野菜を売って回る馬車に乗せて連れて来たのでなかったら。

「あの子はあの人の長女のたった一人の子供なんです。あの人自身の亡くなった最初の子供の。あの子は家に帰らなければなりません」

「あの子は家に帰らなければなりません」とスティーヴンスは静かに言った。「すぐに対応させていただきます。すぐに電話しますよ」

「お優しい方ね」ミス・ウォーシャムは初めて体を揺らし、動いた。その手がハンドバッグを握りしめながら引き寄せるのをスティーヴンスは見ていた。「費用は私が負担致します。どのくらいかお分かりかしら――」

スティーヴンスはミス・ウォーシャムの顔を真っ直ぐ見た。まばたきもせず、たわいないといった風に、早口で嘘をついた。「十ドルか十二ドルもあれば賄《まかな》えるでしょう。箱は提供してくれるでしょうから、あとは輸送だけです」

「箱ですか」彼女は再び、まるで子供を相手にしているみたいに、詮索するような、超然とした表情でスティーヴンスを見つめていた。「あの子はあの人の孫ですよ、スティーヴンスさん。育てるために引き取った時、私の父の名前を取って名付けたんです。サミュエル・ウォーシャムと。ただの箱ではだめですよ、スティーヴンスさん。月に幾らかずつお支払いすれば可能だということは分かっています」

「ただの箱ではだめ」とスティーヴンスは言った。あの子は家に帰らなければなりませんと言った時と全く同じ口調だった。「エドモンズさんは支援したいと思うでしょう、私には分かります。それに、ルーク・ビーチャムじいさんのお金が銀行に幾らかあることも聞いています。それで、ご許可をいただければ――」

「その必要はないでしょう」とミス・ウォーシャムは言った。スティーヴンスはハンドバッグが開くのを見ていた。皺《しわ》の寄った紙幣、それから硬貨をニッケル、ダイム、ペニーの順に数えながら、合わせて二十五ドル、机の上に置く様をスティーヴンスは見つめていた。「これで当面の出費は賄《まかな》えるでしょう。モリーには私から話します――望みがないというのは間違いないことですか」

「間違いありません。今夜、死ぬことになります」

「あの子がその時亡くなると、今日の午後に、モリーに伝えます」

「私の方から伝えましょうか」

「私が伝えます」とミス・ウォーシャムは言った。

「私が会いに行って、それから伝えましょうか」

「ご親切に、ありがとうございます」そう言って彼女は出て行った。背筋を伸ばし、きびきびとした軽い足取りで、勢いがあると言ってもよさそうな歩調で階段を下《お》りて行き、姿を消した。スティーヴンスは再度、イリノイ州の刑務所長に電話を掛け、それからジョリエットの葬儀屋に電話を掛けた。そうしてもう一度、暑い、人気《ひとけ》のない広場を横切った。編集長が食事から戻って来るまでそれほど待たなかった。

「私たちであの子を家に連れて行きます」とスティーヴンスは言った。「ミス・ウォーシャムとあなたと私と他に何人かで。費用は――」

「待って」と編集長は言った。「他って」

「まだ分かりません。二百くらいはかかるでしょう。電話は数に入れていません。それは私の方で支払いますよ。キャロサーズ・エドモンズに会ったらまず、幾らかもらう積もりです。どれくらいかは分かりませんが、幾らかは。それと、広場の周りでは多分五十くらいでしょう。でも、残りはあなたと私ですよ、だってあの人は二十五、私のところに置いて行くと言い張ったんですから。その金額は、説得して払ってもらおうとした費用のぴったり二倍だし、あの人に支払える金額のちょうど四倍なんですよ――」

「待てよ」と編集長は言った。「待ってくれ」

「それであさって、四号の列車で来るでしょう。そして私たちはそれを迎えます。ミス・ウォーシャムとブッチの祖母、年を取った黒人が私の車に乗って、あなたと私はあなたの車に乗ります。ミス・ウォーシャムとおばあさんが彼を家に連れて帰るんです、生まれたところに連れて帰るのです。言い換えるなら、おばあさんが彼を育てたところにですよ。または、育てようとしたところに。それと、あそこの霊柩車はあとプラス十五ですね、花は別にして――」

「花だって」と編集長は大声を上《あ》げた。

「花ですよ」とスティーヴンスは言った。「全部で二百二十五は要りますね。そして多分、そのほとんどがあなたと私ってことになるでしょう。いいですね」

「だめだよ、良《よ》くはないって」と編集長は言った。「だけど、俺にはどうにもできなそうだ。何てこった」と編集長は言った。「どうにかできたとしても、目新しいことだし、それだけの価値はありそうだな。印刷しないと事前に約束した原稿に金を払うなんて、人生初のことになりそうだ」

「印刷はしないと事前に約束してありますよ」とスティーヴンスは言った。そして、その暑くて今は風もない午後の残りの時間に、市役所の役人や治安判事、廷吏が郡の端っこから十五マイルも二十マイルもかけてやって来て、階段を上《あ》がって誰もいない事務所へ向かってはスティーヴンスの名前を呼び、待ちくたびれては立ち去り、戻って来てはまた腰を下《お》ろしたりしていた。皆、息巻いていた。スティーヴンスは広場の辺りで店から店へ、事務所から事務所へと足を運んだ。店主と店員、経営者と従業員、医者、歯医者、弁護士、理髪師などのところへ。型通りの演説を口早にして回りながら。「亡くなった黒人を家に連れ帰るんです。ミス・ウォーシャムのためにしています。書類へのサインは気にしないで下さい。一ドルだけ下さい。または、五十セントでも。または、二十五セントでも結構ですから」

そして例の夜、夕食を終えると風一つない満天の星空の下《もと》、暗闇の中を町外れにあるミス・ウォーシャムの家まで歩き、ペンキがはげた玄関のドアをノックした。ハンプ・ウォーシャムが招き入れた——年を取った男だった。太鼓腹なのは野菜を食べていたからだが、ハンプと彼の妻、そしてミス・ウォーシャムの三人は皆、ほとんどその野菜で暮らしていたようなものだった。老眼で目はかすみ、頭と顔の周りに生えた白髪はローマの将軍のようであった。

「あなたをお待ちしていらっしゃいました」とハンプ・ウォーシャムは言った。「寝室までお上《あ》がりいただけませんかとおっしゃっています」

「モリーおばさんはそこにいらっしゃるのですか」とスティーヴンスは言った。

「みんな居《お》ります」とウォーシャムは言った。

そこでスティーヴンスはランプの灯《とも》る広間を横切り(家全体にまだ油のランプが灯《とも》されていて、水道がないことが分かった)、その黒人の先を歩いて色褪《いろあ》せた壁紙の脇にある、小綺麗《こぎれい》だが塗装がはげた階段を上《あ》がると、年老いた黒人のあとに続いて廊下を抜けて、掃除の行き届いた客用寝室へ入っていった。部屋の中には紛《まぎ》れもない、年老いた独身夫人の香りがかすかに漂っていた。ウォーシャムが言った通り、全員がそこにいた――彼の妻で肌の色が大層明るい女性が、鮮やかなターバンを巻いてドアにもたれかかっており、ミス・ウォーシャムは背もたれがまっすぐな硬い椅子に、その時も背筋を伸ばして座っており、黒人の老女は炉床《ろしょう》の横にたった一つだけあるロッキングチェアに腰掛けていた。炉床《ろしょう》の上ではこんな晩でさえ、灰が少し、かすかにくすぶっていた。

葦《あし》の茎が付いた陶製のパイプを彼女は手にしていたが、吸ってはいなかった。灰は染《し》みがついた火皿の中で死んだように白くなっていた。その人を熟視したのは実際にはこれが初めてで、スティーヴンスは思った。いやはや、この人は十歳の子供ほどの大きさもないじゃないか、と。それから自分も腰を下《お》ろしたので、その四人、スティーヴンス自身とミス・ウォーシャム、黒人の老女とその兄弟が、レンガで作られた炉床《ろしょう》を囲うように輪を作り、その上には人間の結合力と連帯という古来の象徴がくすぶっていた。

「あさってには帰って来るでしょう、モリーおばさん」とスティーヴンスは言った。黒人の老女は目を向けさえしなかった。スティーヴンスのことなど見ていなかった。

「あの子は死んだよ」と彼女は言った。「ファラオが捕《と》らえた」

「ああ、そうだ、主よ」とウォーシャムが言った。「ファラオが捕《と》らえた」

「私のベンジャミンを売り渡したよ」と黒人の老女は言った。「エジプトで売ったんだ」彼女は椅子に腰かけたまま、体をそっと前後に揺らし始めた。

「ああ、そうだ、主よ」とウォーシャムは言った。

「しっ」とミス・ウォーシャムが言った。「黙って、ハンプ」

「エドモンズさんに電話を掛けました」とスティーヴンスは言った。「あちらに着く時までには、準備を整《ととの》えてくれているでしょう」

「ロス・エドモンズがあの子を売り渡したよ」と黒人の老女は言った。椅子の上で前後に揺れている。「私のベンジャミンを売り渡したよ」

「しっ」とミス・ウォーシャムが言った。「黙ってて、モリー。もう、静かになさい」

「違います」とスティーヴンスは言った。「違います、エドモンズさんはやっていません、モリーおばさん。エドモンズさんではありません。エドモンズさんはやっていません――」けど、俺の声は聞こえていないな、とスティーヴンスは思った。彼女はスティーヴンスに目をやることもなかった。彼のことなど見ていなかった。

「私のベンジャミンを売り渡したよ」と老女は言った。「エジプトで売ったんだ」

「エジプトで売ったんだ」とウォーシャムが言った。

「ロス・エドモンズが私のベンジャミンを売り渡したよ」

「ファラオに売ったんだ」

「あの子をファラオに売って、今、あの子は死んだ」

「失礼したほうがよさそうです」とスティーヴンスは言った。すかさず立ち上《あ》がった。ミス・ウォーシャムも立ち上《あ》がったが、スティーヴンスは彼女が先に行くのを待ったりはしなかった。足早に廊下から下《お》りた。まるで走っているかのような速さだった。彼女が自分を追ってきたのかどうかさえ、分からなかった。すぐに外に出られる、と思った。そうしたら、外には空気と広々とした空間があるし、息もできる。その時、うしろから彼女がたてる音が聞こえてきた――きびきびとした軽い足取りで、勢いがあるが、急いではいない歩調の足音。事務所で聞いた、階段を下《お》りて行く足音。そして、そのうしろから声が響いてきた。

「私のベンジャミンを売り渡したよ。エジプトで売ったんだ」

「エジプトで売ったんだ。ああ、そうだ、主よ」

階段を下《くだ》った。駆け下《お》りたと言ってもよかった。もう、すぐそこだった。その時、それが香ってきて感じることもできた。空気のかすかな動きと単一な暗闇、それから、立ち止まって待ち受ける姿勢を取ることができたので、ドアの前で向き直って、ドアまであとをついて来るミス・ウォーシャムをながめていた――背は高く、白く、背筋が伸びた昔風の頭が、昔風のランプの灯《あか》りを通り過ぎて近付いて来る。それから三人目の声が聞こえてきた。ハンプの妻の声だったのだろう――それは本当のコンスタントなソプラノで、兄弟のストローフィ〔the strophe〕とアンチストローフィ〔the antistrophe〕の下《もと》で、言葉もなく流れていた。

「エジプトで売って、今、あの子は死んだ」

「ああ、そうだ、主よ。エジプトで売ったんだ」

「エジプトで売ったんだ」

「そして今、あの子は死んだ」

「ファラオに売ったんだ」

「そして今、あの子は死んだ」

「ごめんなさい」とスティーヴンスは言った。「許して下さい。当然、分かっていなければならないことでした。来るべきではありませんでした」

「大丈夫ですよ」とミス・ウォーシャムは言った。「私たちの嘆きなのですから」

そして次の日、まぶしく暑い日に南へ向かう列車が到着した時、霊柩車が一台と、一つおいて自動車が二台待ち受けていた。十二台以上は自動車が停まっていたが、列車が入ってくるまでスティーヴンスと編集長には、どれだけの人がいるのか分からなかった。黒人と白人の両方がいた。そうして、暇を持て余している白人男性と若者、少年、それにおそらく五十人はいると思われる黒人たちが、男性と女性もいたが、静かに見守る中、葬儀屋の黒人の雇人《やといにん》たちが灰色と銀色で彩《いろど》られた棺を持ち上《あ》げて列車から降ろし、霊柩車まで運んだ。彼らは花輪と、人間の究極的かつ免《まぬが》れない最後を表す、花で作られたシンボルをぱっと摑《つか》み出すと、棺を滑り込ませ、花をうしろに投げ入れてドアをバタンと閉めた。

それから、ミス・ウォーシャムと黒人の老女はスティーヴンスの車に、彼が雇った運転手と一緒に乗り込み、スティーヴンス自身と編集長は編集長の車に乗り込み、霊柩車のあとについて走って行くのであった。霊柩車は方向転換すると駅から続く長い丘を上《あ》がり出し、低速ギアの唸《うな》り音を立てながらスピードを上《あ》げていき、丘の上に達するとそのままかなりの速度で進んでいたが、それは滑らかで、ほとんど司教の声と言ってもよさそうな低音だった。それから速度を落としながら広場に入って行き、そこを横切り、車列は南軍の記念碑と裁判所を一周し、店主や店員、理髪師や専門職に就《つ》いている人たちがそれを見つめていた。彼らはスティーヴンスに一ドルまたは五十セント、もしくは二十五セントを差し出した人たちや、差し出さなかった人たちで、戸口や二階の窓から静かに見守っていた。霊柩車は町の人々がいるところを周回して街路に出た。その通りは街のはずれで舗装されていない田舎道に変わり、十七マイル先の目的地へと続いていたが、霊柩車は早くも速度を上《あ》げ、四人を乗せた二台の自動車が相変わらずそのあとに従っていた。乗っていたのは頭を上《あ》げて背筋を伸ばしている白人の女性と黒人の老女、任命され、正義と真実と権利という大義の為に闘う騎士、そしてハイデルベルクの博士だったが、彼らが黒人の殺人者の棺台《ひつぎだい》を補完する、フォーマルな構成要素の中にいたのであった。殺された狼の。

町のはずれにやって来た時、霊柩車はかなりスピードを出していた。ジェファソン、市境界と書かれた金属製の標識を、今しがた猛スピードで通り過ぎた。そして舗装は消え、また別の長い丘に向かって傾斜が続き、砂利道になった。スティーヴンスが手を伸ばしてスイッチを切ったので、編集長の車は惰走《だそう》し、ブレーキをかけ始めると車は速度を落としたので、霊柩車ともう一台の車はもう、スティーヴンスたちをどんどん引き離し、まるで飛んでいるかのように、雨が降らない夏のさらさらとした砂埃《すなぼこり》を逃げて行くタイヤの下から巻き上《あ》げながら走り去り、やがて消え失せた。編集長が不器用な手つきでギアをギシギシときしませて前後左右に動かしたり調節したりして車を回したら、車は再び道に戻り、街の方角に向きを変えた。それから、編集長はしばらく座り込んでいた。クラッチに足を乗せたまま。

「今朝、あのおばあさんが俺に何を頼んできたか知ってるか、駅でのことだけど」と編集長は言った。

「十中八九、知りませんよ」とスティーヴンスは言った。

「こう言ったんだよ、『新聞にのせるつもりなのかい』」

「何だって」

「言っただろう」と編集長は言った。「そして、あの人はもう一度口にしたんだ。『新聞にのせるつもりなのかい。全てのことを新聞にのせたいんだ。全部』だから、『あの子が本当はどのように死んだのか、もし私が知ってしまったとしても掲載したいんですか』って言いたかったんだけどね。なんてこった、もし俺が知ってしまっていて、俺たちが知っていることをあの人が知ったとしても、あの人はきっとイエスと答えたと思うね。でも、俺は言わなかった。ただ、こう言っただけだ。『何ですって、読めないでしょう、おばさん』そしたらあの人は言ったんだ、『どこを見たらいいのかベルさんが教えてくれるだろうし、そうすればあたしは見ることができる。新聞にのせるんだよ。全部』って」

「何と」という声が、スティーヴンスの口をついて出た。そうだ、と彼は思った。もう、あの人にとってはどうでもいいことなのだ。それは必然のことであって、彼女に止めることはできなかったのだし、もう全てが終わって済んでしまって、もはや望みはないので、彼がどのように死んだのかということには関心がないのだ。ただ、家に連れ帰りたかっただけなのだけれど、ふさわしい形で帰って来て欲しかったのだ。あの棺と花と霊柩車を望んでいて、自分も自動車に乗ってそのうしろについて街を通り抜けたかったのだ。

「さあ」とスティーヴンスは言った。「街に戻りましょう。もう二日間も、自分の机を見ていないんですよ」

黒衣の道化役

彼はすり切れ、色褪《いろあ》せてはいるが清潔な仕事着を着て立っていた。それは、マニー自身がたった一週間前に洗ったものだった。その彼、最初の土くれが松製の箱の上に降りかかる音を聞いた。やがて、彼自身も、シャベルの一つを手にしたが、そのシャベルは、彼の手の中にあっては、子供が岸辺で遊ぶおもちゃのシャベルにも似ているのだった(何しろ彼は六フィート（一メートル八十三センチ）を上回る背丈があり、体重も優に二百ポンド（九十一キログラム）を越えていたからである)。そのシャベルの投ずる半立方フィートの土くれは、子供のシャベルの投ずるほんの滴《しずく》、一《ひと》すくい程度の量の場合とちっとも変わるところがなかった。製材所の者たちのもう一人のメンバーが、彼の腕に触《さわ》って言った。「俺に貸せよ、ライダー」彼はためらうことさえなかった。彼は、片手を半ば打ち付けるように出して、後方へと振り、相手の胸をよぎるようにたたいて、揺らぐように一歩下がらせた。そして、手を戻してシャベルを動かし続け、そのままの怒りを込めて、土を投じた。それで、盛り土自体が高みを増しているように見えた。上から築《きず》き上げられているのではなく、自《おの》ずから地面から押し上がっているのが明らかなように見えるのだった。そういうわけで、遂にその墓は、その粗造《あらづく》りぶりはともかくとして、不毛の場所に陶器や壊《こわ》れたビン、古い煉瓦やそのほかのいろいろなもの、見たところ無意味だが、実のところ意味の深い、触《ふ》れれば致命的なもの、そうした破片によって無秩序に仕切られたほかの墓と同様に見えたのであり、それは、白人には誰にも理解不能のことだったのである。それから、彼はまっすぐになり、片手でそのシャベルを投げ槍のように盛り土に投げて、それは震《ふる》えながら垂直に突っ立った。

そして彼は、振り向いて、歩き去り始めたが、彼の親類や友人そして彼と死んだ妻の両方を二人が生まれた時から知っている二、三人の老人たちのわずかな群れの中から一人の老女が出てきて、彼の前腕をつかんだ時でさえ、なおも歩き続けているのだった。それは彼のおばだった。彼の育ての親であり、彼には両親の記憶が全くなかった。

「どこにゆくんだい」と彼女は言った。

「家に帰るんだ」と彼は言った。

「お前は一人で家に帰りたくはないだろ」と彼女は言った。「食べなくちゃあなんねえ。来て食べな」

「おらは家に帰る」と彼は繰り返して、彼女の手の下《もと》から歩き出したが、彼の前腕は鉄のようであり、それにかかる重みは、蠅《はえ》一匹ほどのものに過ぎず、長たる彼の、製材所の一団のほかのメンバーたちは、静かにわきへよけて、彼を通すのだった。しかし、彼が垣に着く前に、みなの一人が彼に追いついた。それが彼のおばの使いであることは、彼には言われなくても分かっていた。

「待ってくれ、ライダー」と相手が言った。「あのやぶの中にかめがあるんだ――」

そしてその相手は、言う積もりのなかったことを、こんな状況下で彼自身が言うことなど考えもしなかったことを言った。たとえそのことを誰もが分かっていたとしてもである――死者たちが一度住まったところの肉体は土に返されたけれども、その死者たちはこの世を離れないか、離れられないのである。牧師たちが、彼らは後悔がないばかりか、栄光に向かって登りながら、喜びをもってこの世を去っていったんだとどんなに語り、繰り返し、そして確約しようともである。「お前さんはそこに戻りたくはないんだろ。彼女はまだ歩いてるんだ」

彼は止まらず、相手をちらと見下《みお》ろしていて、両眼は、高い、ちょっとうしろに傾けた頭部の中、内側の両隅にあって赤くなっていた。「放っといてくれ、エイシー」と彼は言った。「今、俺に手を出さんでくれ」そして彼は、歩幅を乱すことなく三本の針金を束《たば》ねた垣を踏み越えて進んでゆき、道路を横切って森の中へと入っていった。夕暮れ時も半ばになって、彼は森から現れ、最後の野原を横切って、ひとまたぎでいつもの塀《へい》を越えてゆき、小路へと入っていった。小路は、日曜の夕方のこの時間は、空《から》っぽで――荷馬車に乗った家族もおらず、馬の乗り手もおらず、彼に話しかけたり、彼が通り過ぎた時に彼を目で追うのを注意深く差し控える教会のほうへの歩行者もおらず

——八月の粉末《ふんまつ》のように軽く、粉末のように乾《かわ》いた淡《あわ》い粉塵《ふんじん》の中、そこから長い一週間のひづめや車輪の跡がぶらぶら歩きで急ぐことのない日曜日の靴によって、その下のどこかで、消されていたけれども、失《う》せてはいても完全になくなってはおらず、焼き直されたその粉塵《ふんじん》の中にきちんと留《とど》められているのだった。彼の妻の裸足《はだし》の足の広がり気味な跡は、土曜日の午後、彼が入浴している間に、彼女が翌週の必需品を買うために売店に行ったものだが、その折のもので、彼自身、彼自身の足跡が、彼が大股で歩き続けて彼より小さな男が小走りで走れたであろうとほとんど同じぐらいの速さで動いた今、終わりの区切りをつけて消したのだった。その際、彼の体は、彼女の体が空《から》にした空気をまともに受け、彼の目は、彼女の目が見損なった物——ポストや立ち木、畑、家や丘といった対象物に触《ふ》れるのだった。

その家は、その小路の最後の家であり、彼のものではなくて、地域の白人の地主のキャロザーズ・エドモンズから借りたものだった。しかし、家賃は前もって、遅れることなく支払われ、しかもたったの六か月のうちに彼は玄関《ポーチ》に床板を張り直し、台所を建て直して、屋根を葺《ふ》き、しかもその仕事を、土曜日の午後と日曜日に妻の助けを借りながら、自分自身でやったのであり、更にストーヴも買ったのだった。なぜかというに、彼は十分な金をもうけていたのである。彼は成長し始めて十五、六才になって以来ずっと製材所の仕事をやり、二十四才の今は、製材グループの長になっていた。というのは、彼の率いたグループは、日の出から日の入りまでの間に、ほかのどんなグループよりも三倍の量の材木を動かしたのであり、時々自身の力を自慢する余り、普通なら二人の男がかぎてこを使って扱う丸太を自分一人で扱って見せたのである。仕事がないということは決してなかった。それは、彼が実際に金を必要としていなかったかつての日々、彼が、多分必要だから求めた多くのことが金がかからなかったかつての日々においてさえそうだった――元気のいい、または陰鬱《いんうつ》な女たち、そして言い難いどんな目的のためにも、彼は買う必要がなかったのであり、着る物にも無頓着《むとんちゃく》であり、おばの家では、昼夜どんな時間でも、いつでも彼には食べ物があった。そのおばは、彼が毎土曜日彼女に支払う二ドルを受け取りたいとさえ思わなかった――それで、支払いの必要なのは、土日の博奕《ばくち》とウィスキーだけだったのであり、とうとう彼が初めてマニーに、彼がそれまでもずぅーっと知っていたマニーに会って、「おら、そんなこたあもう全部止《や》めた」と独《ひと》り言《ご》ちたあの六か月前の日となったのだった。こうして二人は結婚し、キャロザーズ・エドモンズからその小屋を借りて、彼らの結婚式の夜、暖炉に火を焚《た》き付けたのだが、それは、その経緯《いきさつ》が語られてきているように、エドモンズの最高齢の借家人のルーカス・ビーチャムが四十五年前にその暖炉に焚《た》き付け、それ以来燃え続けているのである。そして、彼は立ち上がって服を着、ランプの明かりで朝食を食べ、四マイル（約六・四キロメートル）歩いて、日の出までに製材所にゆき、更に日没後正確に一時間後にまた家に入ったものである。それが一週間に五日、土曜になるまでである。そして、正午を過ぎて最初の一時間が経《た》たないうちに、彼は階段を上がり、郵便ポスト或いはドアの枠ではなく玄関の屋根自体の下側をノックし、入って、台所のこすって磨かれたテーブルの上に銀貨をきらきらした滝のように落として鳴らしたものである。そこには、彼の夕食がストーヴのとろ火の上に掛かり、お湯の入ったメッキの施されたたらい、軟石鹸のふくらし粉の缶、熱せられた粉袋を縫い合わせて作られたタオル、そして彼の清潔な作業着やシャツが待っているのだった。そして、マニーは、お金を拾い集め、半マイル〔約八百メートル〕を歩いて売店へ行き、二人の翌週の必需品を買い、残りの金をエドモンズの金庫に預け、帰って二人で五日後の食事を急がず、慌《あわ》てず再び取ったものだった——脇肉や野菜、トウモロコシパン、井戸から持ってきたバターミルク、更に彼女がもう焼くストーヴを持っているので毎日曜日に焼いたケーキなどだった。

しかし、彼が門《ゲート》に手を置いた時、突然に、その向こうには何もないように思えた。その家は、いずれにせよ、彼のものだったためしはなかった。だが、今は、新しい板、敷居、屋根板、暖炉、ストーヴ、寝台すべてがほかの誰かの記憶の一部であり、それで彼は、半分開いた門《ゲート》のところで立ち止まり、大声で言った。それはまるで、彼がある場所で眠り込んでしまい、次いで突然目覚めて、自分が別の場所にいるのを発見したかのようだった。「ここでおらは何してたんだ」そして彼は進んだ。それから彼は、その犬を見た。彼はそれを忘れていた。彼はその犬を見たことも聞いたことも覚えていなかった。なぜなら、犬は、昨日、まさに夜明け前に吠え出したからである——大きな犬で、マスティフ〔大型の猛犬の一種〕の決闘の猟犬だった（彼は、結婚後一か月してマニーに話していた。「おらは大きい犬が要《い》るんだ。お前だけは数週間はむろん、終日おらと一緒にいるんだがな」）。犬はバルコニーの下から出てきて、近付いてきたが、走ってはおらず、むしろたそがれをよぎって、さまよっているように見え、遂には、彼の足を背にしてそっと立っており、彼の指の先がちょうど触《さわ》るまでその頭を持ち上げていて、家に向き、音を立てなかった。それゆえ、あたかもその動物は彼の不在中、その家を管理するかのように、その前で番人として横たわっていて、この瞬間のみいやいやそれを止《や》めるのだが、板張りや屋根板が確固としてしっかりライダーに相対しているようで、その瞬間彼は、とても入れそうにないなと思うのだった。「おら、食わなくちゃあならんのだ」と彼は言った。「おらたちゃあ、食わなくちゃあならんのだ」と彼は進みながら言ったが、犬は彼が振り向いてどなるまで、ついてこなかった。「さあ、こいよ！」と彼は言った。「お前は何を怯《おび》えてるんだい。彼女にもお前が要《い》るんだぞ。おらと同じでな」そして彼らは、階段を上がり、玄関《ポーチ》を横切って、家に入った――たそがれに満たされた一つの部屋、そこには、呼吸する空気の入る余地も全くないまでにここ六か月間が一瞬の時間に詰め込まれているのだった。暖炉の周りに詰め込まれ、押し込まれており、そこでは彼らの終わりの時まで続いた筈だった火が、彼がストーヴを買うことができなかった日々においてその前で、彼が製材所から四マイル歩いて帰り、彼女を見つけたものだったが、彼女の幅狭い背中としゃがんだお尻の姿は、わずかに開いた片手が炎から自分の顔を守っており、炎の向こうでは、もう一方の手がフライパンを持っていたが、その姿は、昨日太陽が昇った時、既に乾《かわ》いた明かるいしみた遺骨になっていた――そして彼自身はそこに立っており、他方、最後の明かりは、彼の心臓の強くて不屈の鼓動と彼の胸の深くて安定した上下動のあたりで消えていったが、その胸の動きは、森や野原のでこぼこのところを急いで歩いたことが高めたのでもなく、静かで色褪《いろあ》せていった部屋にじっと立っていたことがゆっくりさせていたのでもなかったのである。

それから、犬は彼を離れた。軽い圧迫感が彼のわき腹から消えた。彼は、犬が急に去る時、木製の床の上に立てた爪のかりっ、しゅーっという音を聞いた。そして、犬が逃げているんだと最初は思った。しかし犬は正面のドアのすぐ外で止まった。そこで彼は、犬をまだ見ることができた。吠え始めた時、その頭が上向くのを見ることができた。次いで、彼は彼女も見た。彼女は台所のドアのところに立って、彼を見ていた。彼は動かなかった。彼は息もつかず、話しもしないうちに自分の声が大丈夫だぞと分かり、彼の顔も、変わるところもなく、彼女を驚かすものではなかった。「マニー」と彼は言った。「大丈夫じゃ。おら、怖《こわ》かあないよ」次いで、彼は、彼女の方に一歩進んだ。ゆっくりとだが、手を上げることとさえしないで。そして止まった。それから、彼は、もう一歩進んだ。しかし今度は、彼が動くや否や彼女は、薄れ始めた。彼はすぐに止まり、再び呼吸を止め、じっとして、彼女もまた止まっているのを自分の目で確かめようとした。だが、彼女は薄れつつ、去りつつあった。「待って」と彼は言い、今まで自分の声が女に語りかけた中で最も甘く話していた。「じゃあ、おらも一緒に行かせておくれ、お前」しかし、彼女は進み続けた。彼女は、もう急速に進み続けており、彼は、二人の間に、乗り越え難い障壁を実際に感じ始めていた。扱うに二人の男を必要としたであろう丸太を単独で扱うことのできるまさにそうした力を有した障壁を、余りにも強力な、生命にとって無敵の血と骨と肉の障壁を感じ始めていたのである。彼は、少なくとも一度は、自分の目で見て、突然の暴力的な死においてさえ、多分若い男の骨や肉ではなく、その骨や肉の生き続けんとする意志が現実にいかに根強いものかを学んでいたのである。

そして、彼女は消えていった。彼は彼女が立っていたドアを通って歩いてゆき、ストーヴのところに行った。彼はランプの火をつけなかった。明かりは要《い》らなかった。彼は自分でストーヴをしつらえ、皿を入れる棚《たな》を立てていた。その中から感触で二枚の皿を取り出し、冷たいストーヴの上に冷たいままで載《の》っているなべからその皿に、昨日彼のおばが持ってきてくれた食べ物をよそったが、それを彼は昨日食べていて、しかもそれをいつ食べ、それが何だったかももう覚えていないのだった。それから、彼は、その皿を一つの小さな色あせた窓の下のこすって磨《みが》いたむき出しのテーブルに運んでゆき、二個のイスを引き寄せて、座り、彼が自分の声がそうであってほしいと願うものになると分かるまで、再び待つのだった。「さあ、ここに来な」と彼は荒っぽく言った。「ここに来て、お前の夕食を食べな。おらはもう――」そこで止《や》めて、彼の皿を見下ろしながら、強く、深い息をしてあえぎ、その胸は上下していたが、やがてそれを止《や》め、多分半分間動きを止《と》め、そしてスプーン一杯の冷たいねばねばした豆を彼の口に持ち上げるのだった。その凍ったような、生命のない固まりは、彼の唇に触《ふ》れて、はずむように思えた。口の熱で温められたからでさえなくて、豆とスープは皿の上に飛び散り、音を立てた。彼のイスはどーんっとうしろに倒れ、彼が立ったまま、あごの筋肉が口を引き開け始め、頭の上半分を引き上げていた。しかし彼は、正常に戻る前にそれも止《や》め、再びちゃんとして、その間、彼は皿から急いで食べ物を掻《か》き出すようにして別の皿に移し、それを取り上げて、台所を離れ、別の部屋とバルコニーを横切った。そして、皿を階段の下の段に置くと、門《ゲート》のほうへと進んでいった。

犬はそこにはいなかったが、半マイルゆくうちに、彼に追い付いてきた。その時、月が出ていて、彼らの二つの影が木立の中で時折軽やかに飛んで毀《こわ》れ、丘の上の牧場や見捨てられた畑の斜面によぎるように長く、そのままに映るのだった。男は、馬が地面をどんどん進んでゆけたようにほとんどその同じぐらいの速さで進んでゆき、明かりのついた窓が視界に入る度《たび》に、彼の進路を変えるのだった。犬は、そのすぐあとを小走りに追いかけ、その間、彼らの影は、月の曲線に合わせるように、縮《ちぢ》まり、遂には彼らがその影を踏みつけ、そして最後の遠くのランプの明かりが消えてしまい、他方、影は、長く伸び始め、野兎が男の足下から急に飛び出した時でさえ、かかとのところにくっついていて、そして灰色の夜明けの中、男のうつ伏した体のそばに、胸がつらそうな上下動をしているそばに横たわっているのだった。その男の大きくて耳障りないびきは、苦痛のうめき声のようではなく、武器なしで長引く単独の闘いをやっている誰かのそれのように響いていた。

彼が製材所に着いた時、そこには缶焚《かまた》きしかいなかった――もっと年の男で、材木の山から振返って、静かに見守っている間、彼の方は空地を横切って、大股で歩いていたが、それはまるでボイラー小屋を抜けるのみならず、ボイラーも突き抜けるか或いは乗り越えるかして歩いているかのようだった。その仕事着は昨日は清潔だったのに今は引き摺《ず》り、また汚れていて、露で膝《ひざ》まで濡れていた。布製の帽子は、頭の片側に投げかけられたように載《の》り、その先端は耳越しに垂《た》れていたが、それはいつものやり方だった。両目の白目はその周りを赤色に、また何か切迫した、張り詰めたものに縁取られていた。「お前の弁当入れはどこだい」と彼は言った。しかし、缶焚《かまた》きが答える前に、彼は磨かれたラード〔豚の脂〕の弁当入れを柱の釘から持ち上げて、下ろした。「おらはただビスケット〔薄焼きパン〕が欲しいだけだ」と彼は言った。

「それを全部食いな」と缶焚《かまた》きが言った。「俺なら、夕食時にほかの器《うつわ》のを食うからさ。そして家に帰って寝なよ。お前さんは、調子がよさそうには見えんな」

「おらは見てもらいたくてここに来たんじゃあねえ」と彼は言ったが、地面に座ったままで、背中は柱にもたせかけ、開いた弁当入れを両の膝《ひざ》にはさみ、食べ物を両手で口の中に詰め込んで、がつがつ食べていた――再び豆、やはり凍ったように冷たい豆、昨日、日曜日のフライド・チキンの一部、今朝揚《あ》げた脇肉《わきにく》のごろごろした二、三の塊《かたまり》、子供の帽子大のビスケットなど――区別もなく、味もないままにである。残りの仲間たちが今や集まり始めており、ボイラー小屋の外では、人々の声や動き回る音が響いていた。やがて白人の監督が、馬に乗ってその空地に入ってきた。ライダーは見回すことなく、空《から》の弁当箱をわきへやって、身を起こし、誰を見るでもなく、小川のところに行って、うつ伏《ぶ》せになり、顔を水に下ろして、深く、強く、努力して体内に吸い込んだが、それは彼がいびきをかいたり、或いは昨日たそがれ時に空《から》の家で、呼吸しようと努めていた時と同様のことだった。

するとトラックが動き、大気は排気装置の急速な鼓動とのこぎりの立てる哀れっぽいごりごりいう音で脈打ち、トラックは、傾斜した通路を一台また一台と上がってゆき、彼は、順番にトラックに上がり、ゆるめた荷の上にバランスを取って立ち、止めくさびをたたいてはずし、つないだ鎖をゆるめ、彼のかぎてこでイトスギやゴム、樫《かし》の木の材木を一本ずつ整えて、傾斜した滑り材へと動かし、それらを保持していて、ようやく抑えて確保して彼の仲間の次の二人の男が受け取って導く用意ができて、遂には各トラックの荷下ろしがうなり声のような叫び声に中断されながらも、一つの長いごろごろいう大声のようになるのだった。そして、朝が広がり、汗が出てくるのにつれ、歌を歌う文句がゆきかった。彼は、みなと歌わなかった。彼はめったに歌ったことがなかった。そして今朝もほかの朝と全く変わっていなかったであろう——彼自身、彼を見ることを用心深く控えている頭また頭の上に再び人の高さで現れていて、今や腰まで裸で、シャツは脱ぎ、仕事着はお尻のところでズボン吊りのひもで括《くく》り付《つ》けられており、上半身は首に巻いたハンカチを除けば、裸でむき出しであり、ぽんと乗っけた帽子は、右の耳に何となくくっつくようにしており、昇る太陽が、真っ黒な筋肉が固まってはほどけているその上に鋼色《はがねいろ》に汗ばんで光っていた。そして遂に笛が鳴ってお昼を告げ、次いで彼は傾斜した滑り道の先頭にいる二人の男に言うのだった。「用心しろ、そこをどくんだ」そして丸太に乗って、その上に直立して立って、猛然と轟き音を立てて、短いすばやいうしろ向きの駆け足のステップを踏んで、バランスを取りながら、傾斜した通路を下《お》りるのだった。

彼のおばの夫が彼を待っていた――老人で彼ぐらいの背丈だが、やせて、かなり弱々しく、片手ですずの桶を運んでおり、他の手は、蓋《ふた》をした器《うつわ》を持っていた。彼らもまた、ほかの者たちが昼食の弁当入れを開《あ》けていたところからちょっと離れた小川のそばの日陰に座った。その器《うつわ》には、清潔で湿った麻くず糸製の袋に詰めたバターミルク入り果実用保存ビンが入っていた。蓋《ふた》をした皿は桃のパイで、まだ温かかった。「女房がこいつを、今朝、お前に焼いたんだ」とおじは言った。「家に来い、と言っとるぞ」ライダーは答えず、両肘《りょうひじ》を膝《ひざ》に乗せたまま、前向きにちょっとばかり屈《かが》み、両手でそのパイをつかんでがつがつ食べた。ねばねばした中味が彼のあごを汚して、したたり落ち、彼はかみながらすばやくまたたきし、その白目は、這うような赤味に更に少々覆《おお》われるのだった。「俺はお前の家にゆんべ行ったよ。でも、お前はおらなんだぞ。女房が俺を行かせたんだ。女房はお前に家に来てもらいたかったんだ。あいつは、ゆんべずうーっと、お前のためにランプを燃やしとったんだぞ」

「おらは大丈夫だ」と彼は言った。

「大丈夫じゃないぞ。神は与えたもうたし、取り上げなさった。神を信じ、頼りにしな。彼女は、お前の助けになれるんだぞ」

「何の信頼、何の頼りだい?」と彼は言った。「マニーが神に何をしたっていうんだ? 何で神はおらを煩《わずら》わしたいんだい、それに――」

「しっ!」老人は言った。「静かに!」

その時、トラックが再び動いていた。すると、ライダーは、呼吸する理由付けを自らにでっちあげる必要性がなくなった。それで、しばらくして彼は呼吸することを忘れていたんだと信じ始めた。

丸太の絶えざる轟きのために自身が今や呼吸を聞くことができなくなっていたからである。そこで、彼がそのことを忘れていたことを自分が信じているのを知るや否や、彼には自分が忘れていなかったことが分かった。それで、最後の丸太を滑り材へと倒す代わりに、彼は立ち上がり、かぎてこをそれがまるで燃えたマッチであるかのように、投げ捨てたが、最後の丸太のごろごろと下降してゆくその消えゆく反響音の中で、彼が滑り材の二本の傾斜した軌道の間を跳び下《お》りて、まだトラックの上に横たわっているその丸太に相対しているかのようだった。彼は、以前にも、そうしていた――トラックから両手に丸太を取り、バランスを取り、それを持ったまま回り、傾斜軌道の上に投げたが、このサイズの材木ではなかった。それで、排気の鼓動と空《から》ののこぎりの軽やかで自由に動いているひゅーんひゅーんいう音を除けば、あらゆる音がすっかり止《や》んでいる中で、そこのすべての目、白人の監督の目さえも、彼に注がれていたので、彼は丸太をトラックの枠の縁のほうへ肘《ひじ》で押していって、しゃがみ、両の手のひらをその底面に当てた。しばらくの間、何の動きもなかった。それはあたかも非合理で生命のない材木がこの男にそれ自体の原始的惰性力を与え、とりこにしてしまったかのようだった。すると一つの声が穏やかに言った。「彼が持ったぞ。材木がトラックを離れたぞ」そして彼らは空気の間隙《かんげき》、すき間を見て、膝《ひざ》が動かなくなるまで、踏ん張った両足がごくわずかにまっすぐになるのを見守り、その動きは、お腹《なか》の吸い込み、次いで胸のせり上がり、首の腱《けん》を経てかすかに上がってゆき、ついでに白い歯のくいしばりから唇を持ち上げ、頭ごとうしろに引き、血走ってすわった両目のみがそれを受け付けず、両腕とまっすぐ伸びた肘《ひじ》を上がってゆき、遂にバランスを取った丸太が、彼の頭上にあった。「ただ、あの男はあれを持って振り向くことはできんだろう」と同じ声が言った。「そして、彼があれをトラックに戻そうとすれば、あれが彼を殺すだろうな」しかし、誰も動かなかった。そして――大いなる集中的努力は何も見られず――丸太はそれ自体の意志であるかのように突然彼の頭上を後方へと飛び越えて、回転し、すごい音を立てて響き渡りながら、傾斜面を下《くだ》っていった。彼は振り向いて、斜めになった軌道を一跨《ひとまた》ぎで踏み越え、みなが道を開ける中を歩いて、空地を横切って森のほうへと進んでいった。監督がうしろから「ライダー！」繰り返し「ライダー、お前！」とうしろから呼びかけたにもかかわらず。

日没時、彼と犬は、四マイル離れた川の湿地にいた——もう一つの空地で、それ自体は一部屋分をそれほど上回る広さではなくて、小屋があり、それは部分的に板や布で作られた掘立小屋で、その入り口にはひげを生《は》やした一人の白人が立っていて、そこの傍《かたわ》らには、散弾銃が立てかけてあったが、彼が近付いて、四ドルの銀貨を手のひらに載《の》せた手を伸ばした時、その男は、彼をじっと見ていた。

「おら、かめがほしいんだ」

「かめだって？」とその白人は言った。「一パイント〔〇・四七三リットル〕容器のことかい。今日は月曜日だ。お前たちは、今週、ずっと働いてるんじゃあないんかい」

「仕事の途中だ」とライダーは言った。「おらのかめはどこだい？」待っていて、どうも何も見ているわけでなく、高く上げた少々うしろに傾けた頭蓋の中で血走った目をすばやくしばたたかせており、次いで振り向き、かめは彼の曲がった中指から足に向かってぶら下がっていて、その瞬間、その白人は、いきなり急に鋭く彼の目を見たが、それはまるで初めてその目を見たかのようだった

——その目は、今朝は緊張し、切迫して見えていたが、今は視力も失ったように見え、中の白目も全く見えなかった——そして言った。

「さあ、そのかめを俺に渡せ。一ガロン〔およそ四リットル弱〕も要《い》らんだろう。そのパイント容器をお前にやろう。やるからさ。そしたら、ここから出てゆけよ。ここにおるんじゃあない。もう戻るんじゃあないぞ——」そうして白人は手を伸ばしてかめをつかみ、他方もう一人のほうは、それをぐるっと背後に回し、もう一方の腕をさっと振り上げて突き出し、その腕は白人の腕をよぎるように殴った。

「いいかい、白人野郎め」彼は言った。「こりゃあ、おらのもんだ。金を払ったんだぞ」

その白人は彼をののしった。「払ってなんかいないぞ。お前の金はそこだ。そのかめを下に置くんだ。この黒人野郎め」

「こりゃあ、おらのもんだ」彼は言ったが、その声は、穏やかで、柔らかくさえあり、その顔は、赤くなった目のすばやいまたたきを除けば、落ち着いたものだった。「おらは払ったぞ」歯向かうように、背を男と銃の両方に向け、空地《あきち》を再び横切って、犬が道の傍《かたわ》らでまたついてゆくために待っているところに行った。彼は、向こうを見通せないサトウキビの茎の密な壁の間をすばやく進んだが、その壁は、たそがれにある種のブロンド色を加え、圧迫感のようなもの、呼吸する余地の欠如のようなものをはらんでいた。彼の家の壁と同じものだった。しかし、この度《たび》は、そこから逃げるのではなくて、彼は止まり、かめを持ち上げ、保存処理のされていないアルコールのものすごいたそがれのにおいの出る器《うつわ》からトウモロコシの穂軸の栓を抜いて、飲んだ。氷水のように濃密で冷たい液体を、味も熱もないままに、ごくごく飲み、遂に、彼はかめを下げ、そして空気が入った。「はあっ」と彼は言った。「その通りだ。おらを試してみな。試してみな、さあ。おらはもうこでお前をやっつけられるんだぞ」

低地の息の詰まるような闇から一度《ひとたび》出ると、再び月が現れ、彼の長い影と持ち上げたかめのそれが傾いて消えてゆくにつれて彼は飲み、そしてかめを構えて持って、銀色の空気をのどの中へとぐっと飲み込み、遂に再び呼吸ができて、かめに向かって話しかけるのだった。「さあ、こい、お前はいつも俺よりましな人間だと言い張るが、さあ、こい。証明してみろよ」彼は、再び飲んだが、味も熱も抑えられた冷たい液体を飲み込みながら、ずっと飲み続けており、それが燃えるように濃密に冷たく流れ、通過して肺の力強く安定したあえぎを覆《おお》い包むのを感じ、肺のほうも、彼の進みゆく身体が彼の立ち向かって進む銀色の堅《かた》い壁のような空気の中を走るにつれて、突然に動き始めて、自由になるのだった。そして彼は元通りのままで、その大股に歩く影と小走りで進む犬のそれは、丘に沿った二つの雲の影のようにすばやく進んでゆくのだった。彼の静止した影の投射と持ち上げられたかめのそれは、斜面を斜めに切っていたが、彼のほうは、その丘を苦労して進むおばの夫の弱々しい姿を見守っていた。

「みんなが、お前がいなくなったと、製材所でわしに言っとったぞ。と老人は言った。「わしにゃあ、どこを探したらいいか、分かっとる。お前、戻ってくるんだ。このままじゃあ、お前のためにならんぞ」

「もう大丈夫だ」と彼は言った。「もう戻っとる。蛇にかまれたが、毒はおらにゃあ利《き》かん」

「じゃあ、止まって、あいつに会ってやれ。あいつにお前を見させてやるんだ。彼女が求めているのは、それだけだ。ただもう、あいつにお前を見させてやれ——」しかし、彼は、既に進み出していた。「待て」老人は叫んだ。「待つんだ」

「そりゃあ、できんよ」と彼は言ったが、銀色の大気の中に語りかけていて、進んでいる馬をほとんど通り過ぎて流れていったであろうほどにすばやく彼を通り過ぎて流れ始めた銀色の濃密な空気をわきへ押しやって進んでいた。そのかすかな弱々しい声は、既に夜の果てしない広がりの中に消えていて、彼の影と犬のそれは、どこまでもすぅーっと飛んでゆき、彼の胸の深く強いあえぎは、今や空気のように進み放題だったのである。なぜなら、彼は、何の変わりもなかったからである。

そして、飲みながら、彼は、突然その液体が最早彼の口の中に入っていないことに気付いた。飲んでも、それは最早彼ののどを通ってゆかず、彼ののどと口は、今や、硬い動きのない円柱に占められていて、その円柱は、反射作用や急な反動なしに飛び跳ね、円柱状で、完全で、のどの型をまだ保っていて、外へ向かって、月光の中できらめき、粉々になり、露で濡れた草の無数のささやきの中へと消えてゆくのだった。彼はまた飲んだ。再び彼ののどはただ硬く充満し、遂に二筋《ふたすじ》の冷たい細流が彼の口の隅から流れ出た。再びあの完全な円柱が飛び跳ねて銀色になり、きらめき、震えて、その間、彼は冷気をのどの中へとあえいで入れ、かめを口の前に保ち、それに語りかけるのだった。「いいよ。おらはまたお前を試すぞ。お前が、おらがお前を置いたところに居ようと決めるなら、お前をそのままにしておいてやろう」彼は飲み、三度目ののどを満たし、それを元気でそのまま、繰り返す前に一瞬かめを下げ、あえいで、呼吸できるまで冷たい空気を吸い込んだ。彼はトウモロコシの穂軸を注意深くかめに戻し、またたきしたが、彼の孤独な影の長い投射が、丘をよぎり、越えて、斜めに流れてゆき、夜にとらわれた大地の入り組んだ無限の広がりを横切っていった。「大丈夫だ」と彼は言った。「おらは、ただしるしを読み違えただけだ。おらに必要な助けは、全部受けた。おらはもう大丈夫だ。おらに助けはもう要《い》らんよ」

彼は、牧場を横切る時、窓にランプの明かりを見ることができた。砂だらけの溝の黒ずんだ銀色の穴を通過したが、そこは彼が子供の時、空《から》のカギタバコのブリキ缶や錆《さ》びた馬具の留金《バックル》、引《ひ》き鎖《ぐさり》の破片、そして時々は車輪そのもので遊んだ場所だった。更に、春の日々、彼のおばが立って、台所の窓から、彼を見張っている間、彼が鍬《くわ》で掘った庭の一角を通ってゆき、彼がまだ歩けない時にそこのほこりの中を腹這《はらば》い、這った草のない中庭を横切った。彼は家に入り、部屋に、明かりの中に入り、入り口のところで止《と》まったが、その頭は見ることができないかのように少々うしろにかしぎ、かめは彼の曲がった指から足へと垂れていた。「アレックおじさんがあんたがおらに会いたがってると言っとるが」と彼は言った。

「お前に会うだけじゃあない」おばは言った。「戻ってくるんだ。あたいたちが力になれるんだから」

「おらは大丈夫だ」と彼は言った。「おら、助けなど要《い》らん」

「そうじゃないよ」と彼女は言った。彼女はイスから立ち上がり、やって来て、昨日《きのう》墓場でしたのと同じように、彼の腕をつかんだ。再び、昨日《きのう》のように、その前腕は、彼女の手の下で鉄のようだった。「違うんだ！　アレックが帰ってきて、あたいにお前が製材所を歩いて出て行った様《さま》を話し、陽《ひ》がまだ半分も落ちてなかったので、あたいは、その理由と場所が分かったんだ。そりゃあ、お前のためにゃあならんぞ」

「もうおらのためになったんだ。おらはもう大丈夫だ」

「あたいにうそをつくんじゃあない」彼女は言った。「お前はあたいにうそをついたことなど一度もなかったよ。今うそをつくなんて、だめだよ」

するると、彼はそれを言った。それは彼自身の声であり、哀しみも驚きもなく、胸のひどいあえぎは別として、穏やかに話したが、そのあえぎは、今やたちまちこの部屋の壁にもたじろぎ始めるだろう。しかし彼はすぐにいなくなるだろう。

「いいや」と彼は言った。「そのことじゃあ、おらにとって何のいいこともなかった」

「だめだよ！　神様だけがお前を助けられるんだ！　神様にお願いしな！　神様にそのことを話すんだ！　神様はお前の言うことを聞いて、お前を助けたいと思ってらっしゃるんだ」

「もしその人が神なら、おらは話す必要がない。もしそれが神なら、そのことがもう分かってる筈だ。いいよ。おら、ここにおる。神をここにこさせて、おらにとって何かいいことをさせてくんな」

「ひざまずきな！」と彼女は叫んだ。「ひざまずいて、神様にお願いするんだ！」しかし、床にあるのは彼の膝《ひざ》ではなく、足だった。そしてしばらくの間、彼は、彼女の足音も彼の背後の玄関《ホール》の間《ま》の板の上に聞くことができた。そして彼女の声が、ドアのところから、彼を追うように叫んでいた。「スプート！　スプート！」――月光でまだらになった中庭をよぎって彼を追っかけるようにその名を叫んでいた。その名は、子供の頃や青春時代に、更には彼が共に働いた男たちや当然の成り行きとなり、忘れてしまった浅黒い女たちの前で呼ばれていた名前であり、結局は、彼が、その日、マニーに会って、「もう全部止《や》めたよ」と言い、ライダーと呼び始めたのだった。

彼が製材所に着いたのは、ちょうど真夜中過ぎだった。犬はもういなかった。この度《たび》は、いつ、どこでか思い出せなかった。最初は、彼は空《から》のかめを犬に投げたのを覚えているように思えた。しかし、あとになって、かめはまだ彼の手の中にあり、空《から》でもなかった。もっとも、今飲む度《たび》ごとに二筋の冷たい流れが彼の口の隅から落ち、シャツと仕事着を濡らし、遂には、彼は、飲むのを止《や》めた時でさえ、味と熱と香りもまたやわらげられた液体のひどい冷たさの中を絶えず歩いているのだった。「それに」と彼は言った。「おらはやつに何も投げなかっただろう。おら、もしやつが必要とし、十分近くにいたならば、やつを蹴《け》っただろう。しかし、おらは、犬をやっちまってだめにするようなことはしないだろうよ」

彼が空地に入って月光のような金色の材木の山の無言の高まりの中で止《と》まった時、かめはまだ彼の手の中にあった。彼は今や既にさえぎるもののない影のど真ん中にいて、それを再び踏んで歩いているのだが、それは昨晩も踏んで辿《たど》っていたのであり、少々揺れ動き、積み重ねられた材木に目をしばたたかせており、滑り材や明日《あす》を待っている積み上げられた丸太、ボイラー小屋などすべてが、月光の下《もと》、穏やかであり、青白かった。そして元通りだった。彼は再び進んでいた。だが、進んでいるわけでもなかった。彼は飲んでおり、その液体は冷たく、すばやく、味がなく、そもそも飲まれる必要がなかったのだ。それで、彼には、それが体の中を下《くだ》っているのか、外を流れ落ちているのか、どちらだか分からなかっただろう。でも、大丈夫だった。今や、彼は、進んでいて、かめも既になくなっており、それがいつ、どこでだったかも分からなかった。彼は、空地を横切り、ボイラー小屋に入って、そこを通り抜け、時という管《くだ》のこぎりの接合点のない輪を通過して、道具部屋の入り口に行き、板のつなぎ目の向こうにはランタンのかすかな白光、生きている影の上下動、ぶつぶつつぶやく声、サイコロの無言のうちのカチリという音や小走りに次いで、彼の手が閂《かんぬき》を掛けたドアの上でやかましく響き、彼の声も大きかった。「開《あ》けろ！　おらだ。おらは蛇にかまれてるから、きっと死ぬわい」

それから、彼は、入り口を通って道具部屋に入った。同じ顔ぶれだった——彼の材木仲間の三、四人、尻のポケットに重い拳銃を持っている白人の夜警、その前には床の上に貨幣《コイン》とくたびれた紙幣のちいさな山があった。そしてライダーと呼ばれている男、彼は、しゃがんだ輪の上に立って、少々体を揺らし、またまたたきしていたが、白人の男が彼をじっと見上げている間、その顔の死んだ筋肉は、にやりと笑う形になった。「間を空《あ》けてくれ。おらは蛇にかまれてるが、毒はおらにゃあ利《き》かねえ」

「お前は酔ってる」と白人が言った。「ここから出てゆけ。お前たち黒人野郎どもの誰か、ドアを開《あ》けて、こいつをここから追い出すんだ」

「大丈夫だよ、ボス」と彼、ライダーは言ったが、その声は、落ち着いていて、顔は、赤い目をまたたかせながら、かすかな、こわばった笑いのうちにまだ固まっているのだった。「おら、酔ってなんかいねえ。この金の重みで体が下がるので、ただ真っすぐ歩けないだけなんだ」

既に彼もひざまずいて、先週の稼《かせ》ぎの別の六ドルを彼の前の床に置いて、まばたきし、反対側の白人の顔に向かってまだ笑っていた。そしてまだ笑いながら、彼はサイコロが、その白人がその賭《か》け金に賭けている間、人々の輪の中を手から手へと渡ってゆくのを見つめていた。白人の前の汚れて手ですり切れたお金が次第に、着実に増えてゆくのを、そしてその白人がサイコロを転《ころ》がして、二倍の賭け金を続けざまに勝ち取り、二十五セント賭けて負けるのを見つめていた。サイコロが最後に彼のところに来て、彼の拳《こぶし》の中、コップの形をした個室の中で心地好くカチカチ鳴っているのを見ていた。彼は貨幣《コイン》一個を中央へと回《まわ》した。

「一ドル賭けるぞ」彼は言った。そしてサイコロを転《ころ》がし、白人がそれを拾い上げて彼にぱっと投げ返すのを見守った。「おらはこのままにしておく」彼は言った。「おらは蛇にかまれてる。何だってやれるんだ」そう言って、投げた。それで今度は黒人の一人がサイコロを投げ返した。「おらはこのままにしておく」とライダーは言って、転《ころ》がし、白人の動きに合わせて動き、白人の手がサイコロに届かないうちにその手首をつかんだ。二人はしゃがんで、サイコロと金の上で互いに向き合い、彼の左手は白人の手首をつかんだままで、その顔も、まだ硬い弱まった笑いの表情のままで、声は落ち着いていて、ほとんど慇懃《いんぎん》だった。「おらは、過《あやま》ちのしくじりなら見過ごせる。だけど、ここのほかの連中ときたら」遂に白人の手がぱっとはねて開き、別の一対のサイコロが床の最初の二個のそばに音立てて転《ころ》がった。白人は身をよじって自由になり、飛び上がって退《しりぞ》き、手をうしろの拳銃のある尻のポケットのほうに伸ばした。カミソリがライダーの肩甲骨《けんこうこつ》の間に、シャツの内側の首の周りの綿製のひもの輪にぶら下がっていた。カミソリを肩越しに前方に運んだ手の同じ動きが、刃をぐいと開き《ひら》、ひもから自由にした。刃は開き《ひら》、刃の裏側が彼の拳《こぶし》の指関節《しかんせつ》に横たわり、柄《え》を親指が閉じた指の中に押し込んだ。それで、半分抜いた拳銃がバンと発射される前の一瞬のうちに、彼は、事実上、その刃ではなく、彼の拳《こぶし》の決定的な一撃で白人ののどを打ち、同じ動きがそのまま続いたので、血の最初の噴出さえ、彼の手にも腕にもかからなかった。

それが終わったあと——長くはかからなかった。人々はその囚人が、次の日、製材所から二マイル〔約三・二キロメートル〕ばかり離れた黒人の校舎の鐘を鳴らすロープに吊されているのを発見した。そして検死官は、彼の死因を、不明の一人または複数の人物たちの手にかかったものとする判定を出し、遺体を周りの親族にたったの五分のうちに引き渡した——この件に公式に関《かか》わった保安官代理は、この件について妻に話していた。二人は台所にいた。妻は夕食を作っていた。代理は、昨日《きのう》の真夜中ちょっと前の囚人強制釈放以来、寝ておらず、ずっと動いていて、以来相当の仕事をしていた。そして彼は、今、寝不足と急き《せ》立てられた変わった時間の大急ぎの食事で疲れ切っていて、ストーヴのそばのイスに座り、少々ヒステリー状態にあった。

「あの連中、くそいまいましい黒人野郎ども」彼は言った。「神かけて言うが、連中とまあもめごとが少ないのは不思議だな。なぜか。なぜなら、連中は人間じゃあないからだ。連中は人間のように思えるし、人間のようにうしろ足で歩く。そして、連中は話せるし、連中の言うことも理解できる。また、みなが、連中がこっちを理解していると思っている、少なくとも時々は」だが、人間の普通の感じや感情ということになると、連中は、野生のバッファローのくそいまいましい群れ同然だな。まあ、今日はこのことで——」

「あんたのやりたいように」彼の妻は荒々しく言った。彼女はがっしりした女で、かつては美しかったが、今は髪が白くなりつつあり、首は確かに短過ぎるが、ちっともくよくよしているようには見えず、実際、冷静で、ただ、胆汁質《たんじゅうしつ》なところがあった。また、彼女は、その日の午後、クラブのルークパーティ（ルークはチェスの駒で飛車のこと。つまりチェス競技の集まり）に参加していて、第一位になり、五十五セントを獲得していたが、結局、ほかのメンバーが得点の数え直しと一ゲーム丸ごと最終的になしにすることを主張していたのであった。「そんな男、私の台所から連れ出してちょうだいな。あんたたち、保安官さんたち！　長《なが》の一日中、裁判所に座って話してばかりいて。二、三人の男が踏み込んで、囚人たちをあんたたちのまさに鼻の先から連れ出せても、ちっとも不思議じゃあないわ。連中は、イスや机や窓敷居までも持っていっちゃうわよ。そんなに長い間離れていたらね」

「バードソングらは、たったの二、三人どころじゃあないぞ」と保安官代理は言った。「そのつながりで四十二票生きてるんだ。俺とメイデューが投票リストを取って、ある日数えてみたんだ。だが、聞きなよ——」妻は、ストーヴから引き返して、料理を運んだ。

保安官代理は、妻が通り過ぎ、ほとんど彼にかぶさるかのように通過して、食堂に入ってゆく時、すばやく足を引いた。彼は、妻との距離が増したので、少し声を高めた。

「やつの妻が先だって死んだんだ。それはいいとして。でも、やつは悲しんでいたか。やつは葬式で一番大きくて、忙しい男だった。棺桶を墓に入れさえしないうちにシャベルをつかんで、とみんなは俺に言うんだ、土かきができるよりも早く彼女の上に土を放り始めたんだ。まあ、それはいいとして——」妻が戻って来た。彼は再び足を動かし、また変わった距離に合わせて声を変えた。「——多分それが、彼の妻への感じ方なんだ。男がその妻を急いで埋葬しちゃあならんなんて法律はないしな。彼が妻を慌《あわ》てて共同墓地に運んでゆかにゃあならんという状況じゃないならばね。だけど、次の日、彼は、缶焚《かまた》きを除けば、真っ先に仕事に戻ってきたんだ。缶焚きが、蒸気をふかすのは別としても、火を立てる前に製材所に戻って来たんだよ。五分早ければ、彼は、缶焚きがバードソングを起こして、家に帰ってまた寝られるようにする手助けさえしてやれたんだ。或いは、彼が、その時バードソングののどを切って、みんなの手間を省くことさえできたかも知れんのだ。

「このように彼は仕事に戻り、真っ先に仕事についたんだ。この折、マックアンドリューズやほかの誰もが、妻を埋葬したばかりの男が、たとえ黒人野郎といえども、休みを取りたいと思うのは当然だから、休暇を取るものと思っていたんだ。白人だって、妻のことをどう思っていたにせよ、純粋な敬意から、休みを取っただろうし、小さな子供だって、それでも支払ってもらえるという段になれば、休暇を取るに十分な判断をしただろうよ。でも、やつはそうしなかった。そこに真っ先に来て、開始の笛を吹き終わらないうちに一本の丸太を積んだ一台のトラックから別のトラックへと跳び、十フィート〔三メートル余り〕もあるイトスギを一人でさっと持ち上げて、マッチのように投げるんだ。そして、それがやつのやり方なんだ、やつがそうしてほしいと願っているやり方なんだと、みなが遂に考えた時、やつは午後の半ば、マックアンドリューズやほかの誰に対しても、失礼します、とも、ありがとう、とも言わず、『サヨナラ』もなしに仕事を離れて歩き、自分で、丸々一ガロン入りの胸像《バスト》の頭蓋骨《ずがいこつ》と白いラバのついたウィスキーを一人で飲み、まっすぐ製材所に戻り、そしてバードソングが、十五年間にわたって、彼ら製材所の黒人野郎たちを相手に不正なサイコロ博奕《ばくち》を行ってきたその同じクラップ博奕に行くんだ。まっすぐ行くんだが、そこで彼は、そうしたいかさまのサイコロに汚点を見出すに十分大きくなって以来、多分、いつも平均して支払いの九十九パーセントは穏やかに損をし続けてきているんだがな。そして、五分後には、バードソングののどを首の骨のところまできれいに切り裂くんだ」妻は、再度彼のそばを通って、食堂に行った。再び彼は、足を退《ひ》き、声を高めた。

「そこで俺とメイデューは、そこに行くんだ。何かやってやれると思ってるんじゃあない。やつは、恐らく、テネシー州のジャクソンを夜明けごろに通っているんだろうからな。更に、彼を見つける最も簡単な方法は、あいつらバードソングの仲間たちの背後に、まさに近くにいることだろうな。もちろん、連中がやつを見つけたあと、町に連れ帰るだけのこともほとんどないだろうが、でも、それも、一件落着とはなるだろうな。だから、まさにほんのちょっとしたことで俺たちは、やつの家を通ったんだ。俺は、その時なぜ行ったのか、覚えてさえいないよ。でも、行ったんだ。すると、やつはそこにいたんだ。閂《かんぬき》を掛けた正面のドアのうしろに、片膝《かたひざ》に開いたカミソリを乗せ、もう片方に充填《じゅうてん》した散弾銃を置いていた。そうじゃない。やつは、寝ていたんだ。ストーヴには、サヤエンドウを食べてすっかり空《から》になった大きななべが載《の》っており、彼は、裏庭に光に満ちた太陽の下《もと》、寝ていて、ベランダの端、影の中に頭だけ置いて、寝ていた。犬もいたが、それは、熊とスコットランド産の無角黒牛の雄子牛の掛け合わせのように見える犬で、裏手のドアのところから盛んに吠えていたよ。それから、俺たちは、やつを目覚めさせ、やつは身を起こして、言う。「分かったよ。白人さんたち。おらがやったよ。ただ、おらを監禁だけはしねえでくれ」——保安官に忠告し、指図《さしず》していた。彼は確かにそれをやった。それは悪過ぎることだが、それでも、やつにとって、その時、新鮮な空気から切り離されることは、不都合なことだった。そこで、俺たちは、やつを車の中に入れたが、その時、その老女がやって来たんだ——やつの母かおばか何かだ——彼女は、小走りにあえぎながら、道路を上がってきて、自分も俺たちと一緒に行きたいと願い、メイデューが彼女に、もしバードソングの仲間たちが、俺たちがやつを閉じ込められる前に俺たちに追いついたら、恐らく彼女にも何かが起こるだろうと説明しようとしていた。ただ、彼女は、ともかく来ていて、メイデューが言ったように、彼女も同乗していることが、もしバードソングの仲間が俺たちに出くわすようなことがあった場合、却《かえ》っていいかも知れなかった。なぜなら、結局のところ、法律に対する妨害は、許されないことだからである。たとえバードソングの一味たちが、去年の夏のように、メイデューのために、その管轄区の投票数の大半を取ってしまったとしてもである。

「そこで俺たちは、彼女も伴って、やつを町に連れてゆき、ともかく留置所に入れ、次いでケチャムに引き渡した。ケチャムは、彼を二階に上げ、老女も来て、独房に入れたが、彼女はケチャムに言うのだった。「あたしゃ、あの子をまともに育てようとしました。あの子は、いい子でした。あの子はこれまで面倒に巻き込まれたことはねえです。あの子は自分のやったことで悩むでしょう。だけど、あの子を白人たちの手に渡さねえで下せえ」そこで、ケチャムが言った。「あんたと彼は、最初から何もつけないままカミソリで白人のひげをそり始める前に、そのことをよく考えるべきだったな」そこでケチャムは、二人を独房に閉じ込めた。なぜなら、彼も、メイデュー同様に、独房に彼女が彼と一緒にいることは、バードソングの連中にいい影響を及ぼすかも知れないと感じたからである。

もし何かが始まれば、もし彼ケチャムが、メイデューの任期が切れた時、保安官か何かに立候補することもあり得れば、である。そしてケチャムは階段を下りてきたが、ほどなく鎖につながれた囚人の一団が入ってきて、留置場へと上がっていった。そして彼は、事がしばらくの間収《おさ》まったと思った。その時、突然、彼には叫び声が聞こえ始めた。吠え声というのではなかった。叫び声、そこには言葉は含まれていなかった。そして、彼は拳銃をつかみ、先ほどの囚人たちのいる留置場に階段を上へと駆け戻っていった。そしてケチャムは、独房を覗《のぞ》き込むことができたが、そこでは、老女が隅っこに体をすぼめている感じで、また、あの黒人が、ボルトで留めてある床から鉄製の簡易寝台を完全に引きはがしてしまい、独房の中央に立っていて、寝台を赤ん坊の揺りかごのように頭上に持ち上げて、叫んでいて、老女に言っているのだった。『あんたを傷つける積もりなんかねえよ』そして彼は寝台を壁に投げつけ、やって来て鉄の閂《かんぬき》の掛かったドアをしっかとつかんで壁から、煉瓦のちょうつがいも何もかもから引き裂き、まるで薄織の窓覆《まどおお》いのようにドアを頭上に持ち運びながら、独房から歩き出て、叫んでいた。『大丈夫だ。大丈夫だ。おらは、逃げようとしてるんじゃあねえぞ』

「もちろん、ケチャムは、その場でやつを射《う》つことはできたが、彼の言うように、もしそれが法律に反するのでなければであり、そうすれば、バードソングの連中が彼に最初の一撃を加えることが当然となる。そこで、ケチャムは、射たなかった。その代わりに、彼は、黒人の囚人たちの一団が『やつをつかまえろ！　やつを投げ落とせ！』と叫びながらその鉄の扉からちょっと引き下がったところの背後に飛び込んだ。ただ、黒人野郎たちも最初は尻込みし、遂にケチャムが届くところの連中を蹴《け》ることのできる場所に入り、拳銃の平たい部分でほかの者たちをたたき、とうとう連中が彼に襲いかかった。そして、ケチャムが言うに、その黒人野郎は、連中が入ってきた時、たっぷり一分間は彼らをつかまえて、連中をまるでぬいぐるみ人形のように、部屋をよぎって投げ飛ばし、こう言うのだった。『おらにゃあ逃げる積もりはねえ。おらにゃあ逃げる積もりなんぞねえ』そしてとうとう連中が彼を引き倒した——黒人野郎どもの頭や腕、足のどでかい塊《かたまり》が床の上で湯だち返り、そしてその時でさえ、ケチャムが折々言うに、黒人野郎は、飛んできて、部屋をよぎって空中を渡ってゆき、飛行するリスのようにまたがった格好で、目は車のヘッドライトのように突き出し、そして最後には連中は彼を抑え込み、そしてケチャムは入っていって黒人野郎たちをはがし取り、遂に連中の山の下になって横たわっていた彼を見つけることができたのだが、その彼は、笑っており、ガラスのおはじきのような大粒の涙がその顔をよぎって流れ、両手を通過して落ちてゆき、誰かが鳥の卵を落とすように床の上にある種のはじけるような音を立てており、彼はなお笑い、また笑って言うのだ。『考えるしかねえ、どうやらな。どうやら考えるしかねえんだ』お前はこれをどう思うかい」

「あんた、この家で夕飯を食べるんなら、五分のうちにそうしてほしいわよ」と彼の妻が食堂から言った。「そしたら、私は、このテーブルを片付けて、映画にゆくんだからね」

アンクル・バッドと三人のマダム

テーブルはダンス場の片隅に移されていた。各テーブルには、黒いテーブル・クロスが掛けてあった。カーテンはまだ引かれていた。濃いサーモン色の明かりがそれを通して差していた。ちょうど楽団用の舞台の下に、その棺《ひつぎ》があった。高価なもので、黒色に銀の飾りつけが施《ほどこ》してあった。架台は沢山の花で埋まっていた。花輪や十字架や、そして葬送の儀式を表すほかのいろいろな形をしたその大量の花は、象徴的な波となって、棺台《ひつぎだい》や舞台やピアノの上にはじけているように見え、その香りは濃厚で重々しかった。店の主人《オーナー》はテーブルの間を動き回っており、入ってきて座席を見つけている到着者たちに話しかけているのだった。糊のきいた上着《ジャケット》の下に黒いシャツを着た黒人のウェイターたちが既にジンジャーエールのグラスやボトルを持って出入りしていた。彼らは、誇らしげな、礼儀正しい自制を見せながら、働いていた。既にしてその光景は、生き生きとしているが、静かで気味の悪い、少々過熱した様子だった。

賭博部屋へのアーチ型通路は、黒い布で覆《おお》われていた。黒い棺覆《おお》いが、賭博《クラップ》テーブルの上に横たえられており、その上には、あふれんばかりの花々が積もり始めていた。人々は、次々と入ってきて、男たちは、礼儀正しい慎《つつし》みを帯《お》びた黒いスーツを着ており、ほかの者たちは、春の明かるく素敵な色合いのものを着ていて、死の舞踏の逆説気味の雰囲気を増しているのだった。女性たちは――更に若い人たちだが――明かるい色のものも身に着けていて、帽子をかぶり、肩掛け《スカーフ》を巻いていた。より年増《としま》の女たちは、地味な灰色や黒や濃紺色のものを着《ちゃく》していて、それにはダイヤモンドがきらめいているのだった。中年婦人らしい人々は、日曜の午後の遠足に出かけた主婦たちに似ていた。

部屋は、甲高《かんだか》い、或いは抑《おさ》えられたおしゃべりでざわつき始めていた。ウェイターたちは、高く掲《かか》げて不安定な盆《トレー》を持ってここかしこを移動していて、その白い上着や黒いシャツは、写真のネガに似ていた。店の主人《オーナー》は、禿《は》げ頭で、黒い首巻にでっかいダイヤモンドをつけた人物だが、テーブルからテーブルへと進んでゆき、うしろには用心棒を従えていた。その用心棒は、ずんぐりした、硬い筋肉の、弾丸型の頭をした男で、まさにタキシード〔夜会服〕のうしろから、まゆのように、飛び出して来かかっているように見えた。

奥まった食堂では、黒布で覆《おお》われたテーブルの上に、氷と薄切りにされた果物《フルーツ》が浮かんでいるポンチのでっかい鉢《ボール》が載《の》っていた。その傍《かたわ》らには、形の崩れた緑色がかったスーツを着た太った男が、寄りかかっており、その袖からは汚れた袖口が黒い爪に縁取られた両手に垂れていた。汚れたえりは、首の周りに、ぐにゃぐにゃした折り目を伴って、しおれたように見え、模造のルビーの飾り鋲《びょう》のついた脂《あぶら》切った黒色のネクタイで結ばれていた。彼の顔は、湿気で輝き、彼は鉢《ボール》の周りの人々にどぎつい声で依頼していた。

「さあ、みなさん。ジーン〔この土地の酒類密売人《ブートレッガー》〕の持ちですよ。みなさんには無料ですよ。近寄って、お飲み下さい。彼以上にやれる人は誰一人としておりませんでしたよ」人々は飲んでは退《しりぞ》き、コップを差し伸ばして持ったほかの者たちが交替《こうたい》した。時々、ウェイターが氷と果物《フルーツ》を持って入ってきては、それらを鉢《ボール》の中に放り込んだ。ジーンがテーブルの下のスーツケースから、新しいボトルを引っ張り出して、鉢《ボール》の中に注いだ。それから、主人は経営者らしく懇願調で、汗をかきながら、顔を袖で拭きふき、どぎつい一人台詞《ぜりふ》をまた言い始めた。「さあ、みなさん。すべてジーン持ちですよ。私はただの酒類密売者に過ぎません。しかし、彼は、私以上によい友人を持ったためしはありませんぞ。近寄って飲みなさい、みなさん。奥にもっとありますから」

ダンス・ホールからは、音楽の一部が流れてきた。人々は、入って、座席を見つけた。舞台上には、中心街からやって来た、夜会服を着た楽団がいた。主人と二番目の男が指揮者と話し合っていた。

「ジャズを演奏させなさいよ」と二番目の男が言った。「レッド〔レッド・アラバマ、メンフィスでポパイにやとわれたナイトクラブの用心棒。ポパイにより彼の囲い女に通じるように促されるが、結局ポパイに殺された〕同様に、誰もダンスは好きじゃあなかった」

「いや、いや」と主人が言った。「ジーンがみなを無料のウィスキーでとらまえた時にゃあ、みんな踊り始めるだろうさ。そりゃ、ひどいもんだろうな」

「『青いダニューブ』はどうでしょうか」と指揮者が言った。

「だめだ、だめだ。ブルースは演奏しちゃあだめだ。いいな」主人が言った。あの棺台《ひつぎだい》には死者がおるんだ」

「ありゃあ、ブルースじゃあありませんよ」と指揮者が言った。

「じゃあ、何だい」二番目の男が言った。

「ワルツさ。シュトラウスですよ」

「イタリア人かい？」と二番目の男が言った。「そりゃあないぞ。レッドはアメリカ人だった。お前はそうじゃないんだろ、だが、彼はそうだった。アメリカの何かを知らんのかい。『私はあなたに愛しかあげられない』を演奏してくれ。彼が好きだった曲だよ」

「みんなをダンスに導いてくれるかい」と主人が言った。彼は、ちらとテーブルのほうを振り返ったが、そこでは、女たちが少々甲高《かんだか》くしゃべり合っていた。『おお、あなたのもっと近くに』で始めたほうがいいよ。と彼は言った。「そして、みんなの酔いを少しさましてくれ。私は、ジーンに、あのポンチは早く始め過ぎちゃ危《あぶ》ない、と言ったんだ。私が勧めたのは、町へ戻り始めるまで待て、ということだった。しかし、私には、誰かがそれをお祭りに変える必要があると分かっていたんだ。重々しく始めて、私が合図するまでそれを続けるほうがいいんだ」

「レッドは重々しいのは好かんでしょう」と二番目の男が言った。「そして、そりゃあんたにも分かっている筈です」

「それじゃあ、彼をどこかほかの場所に移すんだな」と主人が言った。「私は、これを便宜上やっただけだ。私は、葬儀屋をやっちゃあいないんだ」

楽団は、『おお、あなたのもっと近くに』を演奏した。聴衆は静かになった。赤いドレスを着た女が、ふらつきながら、入り口を入ってきた。

「わあああ」と彼女は言った。「さよなら、レッド。彼はあたしがリトルロックに着けさえしないうちに、地獄にいるだろうね」

「しゅううううう！」声々が上った。彼女は座席に倒れ込んだ。ジーンが入り口のところに来て、音楽が止《や》むまで、そこに立っていた。

「さあ、みなさん」とジーンは叫んだ。太った、勢いのあるジェスチャーで両腕をぐいと引きながら、「来て、取りなさい。ジーンのおごりだ。ここでは、十分以内にのどと目が乾いていちゃあだめですよ」うしろのほうの人々がドアのほうに移動した。主人は飛び上がって、楽団に向かって、手を動かした。コルネット奏者が立ち上がり、『あの安息の地で』をソロで演奏した。しかし、部屋のうしろの人々は、ジーンが立って、腕を振っているドアを通って、減り続けた。二人の中年の女が、花で飾った帽子の下で泣いていた。

人々は、減ってゆく鉢《ボール》の周りに押し寄せて、騒々しく叫んでいた。ダンスホールからは、コルネットの豊かな音《ね》が高らかに聞こえてきた。二人の汚れた若者が、テーブルのほうへと押し進んで、「どいて下さい。どいて下さい」と単調に叫びながら、スーツケースを運んでいた。彼らは、それらを開いて、テーブルの上にボトルを置いた。他方、ジーンは、今やあからさまに泣きながら、ボトルを開けて、鉢《ボール》に注いでいた。「さあ、みなさん。わしは、彼がたとえわしの息子だったとしても、これ以上には愛せなかったでしょうよ」彼は、しわがれ声で叫びながら、袖で自分の顔を拭《ぬぐ》うのだった。

ウェイターが、氷や果物《フルーツ》の鉢《ボール》を持って、テーブルににじり寄り、それらをポンチの鉢《ボール》の中に入れに行った。「一体、お前は何をしてるんだい」ジーンが言った。「そんな残り物をそこに入れたりして。ここから離れろ」

「らあああいいいい！」みなはこう叫びながら、彼らのコップを打ち鳴らし、身振りはともかくとして、すべてを水浸しにし、ジーンは、ウェイターの手から果物《フルーツ》の鉢《ボール》をたたき落とし、再び生《き》の酒をその鉢《ボール》にどんと入れて、それを差し出された手やコップにはね散らかし始めた。二人の若者が、ボトルを、猛烈な勢いで開《あ》けた。あたかも、音楽の金属音の騒々しい大音響の上に押し流されてきたかのように、主人がドアのところに現れたが、腕を振っているその顔は、悩ましげだった。

「さあ、みなさん」彼は叫んだ。「音楽のプログラムは終わりにしましょう。お金が掛かるんです」

「くそくらえ」と彼らは叫んだ。

「誰の金だい？」

「誰が心配するんだい？」

「誰に金がかかるんだい？」

「誰がしぶってんだい。俺が払ってやるよ。神かけて、俺がそいつに二回分の葬式の金を出してやるよ」

「みなさん！　みなさん！」と主人は叫んだ。「あの部屋に棺台《ひつぎだい》があることを分かってないんですか」

「誰に金がかかるんだい？」

「ビールかい？」ジーンが言った。「ビールかい？」彼はつぶれた声で言った。「ここの誰かがわしを侮辱しようとしてるのかい——」

「あいつはレッドに金をしぶったんだ」

「誰がだって？」

「ジョーだよ。しみったれの野郎め」

「ここの誰かがわしを侮辱しようとしてる——」

「それじゃあ、葬儀を移そう。町でほかにも場所はあるぞ」

「ジョーを移そう」

「あの野郎を棺に入れてしまえ。葬儀を二つやるんだ」

「ビールだって？　ビールだって？　誰か――」

「あの野郎を棺に入れろ。どんな気分か見てやれ」

「あの畜生を棺に入れて下さいよ」と赤い衣装の女が甲高《かんだか》い声で言った。みなはドアのほうへ押し寄せたが、そこでは、主人が、頭上で手を振りながら立っていて、彼の声は、振り向いて逃げてゆく前に、その騒音の中で金切り声になっていた。

中心の部屋では、演芸場《ボードビル》からの男性四重唱団《カルテット》が歌っていた。彼らは、ぴったり合った声で母の歌を歌っていた。彼らは、『ソニー・ボーイ』を歌っていた。より年増《としま》の女たちの間に泣き声が広がった。ウェイターたちが、ポンチのコップを彼女たちのところに運び込み、彼女らは、泣きながら、コップを指輪をはめた太った手に持って、座っていた。

楽団が再び演奏した。赤い衣装の女が部屋にふらふらと入ってきた。「さあ、ジョー」と彼女は叫んだ。「勝負事《ゲーム》を始めなさいよ。あの忌々《いまいま》しい死体をここから持ち出して、勝負事《ゲーム》を始めなさいよ」一人の男が彼女をつかまえようとした。彼女は、汚《きたな》らしい言葉を吐きかけて、彼に食ってかかり、覆《おお》いを掛けた博奕《ばくち》のテーブルへと進み、花輪を床に投げつけた。主人が彼女に突進し、用心棒が続いた。その女がもう一つの花輪を持ち上げた時、主人は、彼女をつかまえた。彼女を押さえようと男が介入したが、女は、甲高《かんだか》くののしり、花輪で二人の男を両方ともたたいた。用心棒は、その男の胸をつかんだ。彼はぐるっと回って、用心棒を殴《なぐ》ったが、用心棒は彼を部屋を半分ぐらい先までよぎって打ち倒した。更に三人の男が入った。四人目は床から立ち上がって、彼ら四人ともが、用心棒に襲《おそ》いかかった。

　用心棒は最初の男を打ち倒し、ぐるりと回って、信じられない敏捷《びんしょう》さでもって、中心の部屋に飛び込んでいった。楽団は、演奏を続けていた。それは直ちに突然のイスや金切り声の入り乱れる修羅場でかき消された。用心棒は、再びぐるりと回って、また四人の男の突進に相対した。彼らは、もつれ合った。二人目の男が流れ出てきて、床面に沿って仰のけになったまま、滑ってきた。用心棒は、飛び上がって自由になった。それから彼は、回転して、彼らに襲《おそ》いかかった。それから、彼らは、回転しながら突っ込んでいって、棺台《ひつぎだい》に押し寄せ、その中に音立ててぶつかっていった。楽団は既に演奏を止《や》めており、楽器を持って、彼らのイスの上に上がりつつあった。捧げられている花々が流れるように動いて、棺《ひつぎ》がぐらついた。「押さえろ！」と叫び声がした。彼らは、飛び出したが、棺《ひつぎ》は床に激しくぶつかって、開いてしまった。死体〔レッドの死体〕がゆっくりと、静かに転がり出て、その顔面が花輪の真ん中のままで、止《と》まった。

「何か演奏しろ！」と主人が、両腕を振りながら、どなった。「演奏するんだ！　演奏しろ！」

彼らが死体を持ち上げた時、花輪もくっついてきて、それは死体のほほの中に打ち込んだ針金の隠れたはじっこによって彼にくっついているのだった。死体は帽子をかぶっていたのだが、それは転がり落ちて、額の真ん中の小さな青い穴がむき出しになっていた。その穴は、蠟《ろう》できちんとふさがれて、化粧されていたが、蠟《ろう》が震動ではずれて、なくなっていたのである。彼らは、それが見つからないので、天辺《てっぺん》の留金《とめがね》を外すことによって、帽子を彼の目のところまで引き下げることができた。

行列が下町地区に近付くにつれて、更に多くの車が加わった。霊柩車に続いて、六台のパッカードの大型幌型《ほろがた》自動車が、幌《ほろ》を下げて、そろいのお仕着せを着たお抱え運転手に運転され、花々で一杯になっているのだった。それらは、全く同じに見え、格上《かくうえ》の代理業者によって時間決めで借りられる型《タイプ》のものだった。次に来たのは、タクシーやロードスター、セダンなどの名状し難い行列で、それらは、葬列が限られた地区を通ってゆっくりと進むにつれて、増《ふ》えたが、人々の顔また顔が、下げたブラインドの下から、覗《のぞ》いており、葬列は、町の外の後方に通じる幹線道路に、共同墓地のほうに向かっているのだった。

大通りで、霊柩車は速度を上げ、葬列は、すばやく間隔を置いて延びてゆくのだった。そのうち私的な車やタクシーが離れ始めた。一つ一つの交差点で、それらは、それぞれ道を変え、遂には、霊柩車と六台のパッカードだけになり、お抱え運転手のほかは乗客は誰もいなくなってしまった。道路は広く、今や交通もまれになって、中央の白線は、前方にかけて細くなっていって、滑らかなアスファルトの空白になっていった。ほどなく霊柩車は、時速四十マイル〔六十四キロメートル〕出し、それから四十五マイル、更に五十マイルへとなった。

タクシーの一台がミス・リーバ〔リーバ・リヴァース。メンフィスの売春宿の女将《おかみ》。今は亡きルーシャス・ビンフォードが彼女の恋人。大柄で円熟していて、母性愛にも満ちた女性〕のドアのところに止《と》まった。彼女は降り、そのあとに続いたのは、地味で簡素な服装で、金色の鼻眼鏡を掛けたやせた女とハンカチで顔を隠し、羽飾りのついた帽子をかぶった丈の低い太り気味な女、それに小さな弾丸型の顔をした五才か六才の少年だった。ハンカチを持った女は、歩道を上がり、格子《こうし》のところを入った。その家のドアの向こう側では犬たちが裏声《ファルセット》のような吠え声を上げていた。ミニー〔ミス・リーバの売春宿の黒人召使。ポパイの命令で、彼の囲い女テンプル・ドレイクを見張らせられる〕がドアを開けると、犬たちは、ミス・リーバの足の周りに押し寄せた。彼女は、犬たちを蹴《け》ってどかせた。犬たちは、また彼女をかみつかんばかりのしつこさで、襲《おそ》った。彼女も、再度、犬たちを振り飛ばし返して、ぶつかった壁に無音のドスンという響きを立てさせた。

「お入り、お入り」と彼女は言って、手を胸に当てた。一度《ひとたび》家に入るや、ハンカチを持った女は、大声をあげて泣き始めた。

「彼はやさしそうだったじゃない?」と彼女は言った。「やさしそうだったじゃない!」

「さあ、さあ」とミス・リーバは、彼女の部屋へ案内しながら、言った。「お入り、そして、ビールを飲みな。気分がよくなるわよ。ミニー!」彼女たちは、装飾のある化粧台や金庫、仕切り、それに布飾《ぬのかざ》りをつけた肖像画などのある部屋に入った。「お座り、お座り」彼女は、イスを前に押し出しながら、あえぐように言った。彼女は、身を低めながら、その一つに座り、足のほうにうんと身を屈《かが》めた。

「アンクル・バッド、お前」とその泣いている女が、自分の目を軽くたたきながら、言った。「来て、ミス・リーバの靴のひもを解《と》きなさい」

少年は、膝《ひざ》をついてミス・リーバの靴を脱がせた。「それに、そこの寝台の下の家用スリッパに手が届きさえすれば、ね、お前」少年は、スリッパを取って来た。ミニーが入って来たが、犬たちがうしろについて来た。犬たちは、ミス・リーバにいきなり押し寄せ、彼女が脱いだばかりの靴をくわえて振り回し始めた。

「行っちまえ!」と少年は、犬たちの一匹を手でたたきながら、言った。その犬の頭がすばやく動き、歯がカチッと鳴って、半ばふさいだ目は、悪意に満ちていた。少年は、あとずさりした。

「お前、俺をかむんかい、こん畜生めが」と彼は言った。

「アンクル・バッド!」と太った女が言った。彼女の丸い顔は、脂《あぶら》っこいしわの中でこわばり、涙の筋《すじ》がついていたが、ぎょっとした驚きの色を見せて、少年に厳しく向いた。顔の上で、羽飾りが危《あぶ》なっかしく上下していた。アンクル・バッドの頭はとても丸く、その鼻は、歩道上の夏の大雨の斑点《はんてん》のようにしみで埋まっていた。もう一人の女は、金鎖に着いた鼻眼鏡をつけ、整《ととの》った鉄灰《てっかい》色《しょく》の髪を持ち、とりすましてまっすぐに座っていた。彼女は、学校の先生のように見えた。「とんでもない！」と太った女が言った。「一体全体、どうやってこの子がアーカンソーの農場でそんな言葉を学べるんでしょうか、あたしにゃあ、分からない」

「みんな、どこでも卑《いや》しいことを学ぶんだよ」とミス・リーバが言った。ミニーは、三個の霜で白くなったビール用大ジョッキを運ぶお盆を傾けながら下ろした。アンクル・バッドは、彼女たちが、それぞれの大ジョッキを取る時、丸い、ヤグルマギクのような目で見つめていた。太った女が、また泣き出した。

「あの人は、本当にやさしそうだったわ！」と彼女は言った。

「私たちみんな、耐えなきゃあね」とミス・リーバが言った。「さあて、長い一日となりますように」と彼女は、大ジョッキを持ち上げながら言った。彼女たちは、お互いに儀式ばって会釈をかわしながら、飲んだ。太った女は、両目をふさいだ。二人の客は、型通りの礼儀正しさをもって、唇をぬぐった。やせたほうの女が、口に手を当てながら、脇を向いて、そっとせきをした。

「とてもすてきなビールだわ」と彼女が言った。

「じゃない？」太った女が言った。「あたし、いつも言ってるが、ミス・リーバを訪ねるのは、本当にうれしいことだわ」彼女たちは、礼儀正しいが不完全な文で、ていねいに話し始めた。少々息切れ気味の相槌を打ちながらである。少年は、ふらりと窓辺に移っていて、上げた日よけ《ブラインド》の下で、覗《のぞ》いていた。

「あの子はどれぐらいの間、あんたと一緒にいるんです、マートルさん?」とミス・リーバが言った。

「ちょうど土曜日まで」と太った女が言った。「それから彼は、家に帰るわよ。それは、彼にとって、本当にすてきな、ちょっとした変化になるわよ、あたしと一、二週間いてね。それに私も、彼と一緒で楽しいわよ」

「子供たちは、体《からだ》にとって慰めになるわよ」とやせた女が言った。

「だわね」とミス・マートルが言った。「あの二人のすてきな若い人たち、まだあんたと一緒なの、ミス・リーバ?」

「そうよ」ミス・リーバは言った。「でも、私はあれらを締め出してしまわなきゃあならないわね。私は格別情け深いわけじゃあないから。でも、結局、若い者たちに、それを学ばなきゃあならなくなるまでにこの世の卑《いや》しさを学ばせる手助けをするなんて、無駄なことだわ。私は、既にもう、女の子たちが裸《はだか》で家のあたりを走り回るのを止《や》めさせなきゃあならなかったが、あの人たちは、それが気に入らなかったみたいだわ」

彼女たちは、大ジョッキをそっと扱いながら、再び品よく飲んだ。ただ、ミス・リーバは、彼女のジョッキをまるで武器でもあるかのようにつかみ、もう一方の手は、胸の中で見えなかった。彼女は、大ジョッキを空《から》のまま下《お》ろした。「私はのどが渇《かわ》いちゃったみたい」彼女は言った。「あんた方、ご夫人たち、もう一杯やりませんか?」彼女たちは、仰々《ぎょうぎょう》しくつぶやいた。「ミニー!」ミス・リーバが叫んだ。

ミニーがやって来て、再び大ジョッキを満たした。「本当に、あたし、とても気恥ずかしいわ」ミス・マートルが言った。「でも、ミス・リーバのところには、こんなすてきなビールがある。そして、あたしたちみんなにとり、悩ましいような午後だったわ」

「私は、驚いちゃってる。更にひどいことにならなかったんで」ミス・リーバが言った。「ジーンがしたように、酒を全部ただにしてさ」

「お金が沢山かかったに違いないわね」とやせた女が言った。

「そうだわね」ミス・リーバが言った。「そして、誰にそこから得るものがあったかしら? 教えてちょうだい。一セントも出さない人たちで自分の場所をバカいっぱいにするという名誉は別としてね」彼女は彼女の大ジョッキをイスの傍《かたわ》らのテーブルに置いていた。突然、彼女は、鋭く頭を廻《めぐ》らして、それをながめた。アンクル・バッドは、ちょうど彼女のイスのうしろにいて、テーブルに寄りかかっていた。「お前は、私のビールのところに入ったことはないんだよね、お前」と彼女は言った。

「お前、アンクル・バッド」とミス・マートルが言った。「恥ずかしくないのかい？　あたしゃ、はっきり言うが、そういうことなら、あたしゃ、この子をどこにも決して連れてゆかないからね。あたしゃ、人生でこんな少年がビールをくすねるのを見たことはないね。お前、ここに来て、遊びなよ、さあ、さあ」

「はい」アンクル・バッドが言った。彼は動いたが、特別な方角にというわけではなかった。ミス・リーバは飲んでから大ジョッキをテーブルに戻し、立ち上がった。

「私たちみんな、ずたずたに裂かれたようなものよ」と彼女は言った。「多分、私は、みなさん、ご夫人方にジンを少々すすっていただくよう説得できますわよ」

「いいや。本当に」ミス・マートルが言った。

「ミス・リーバは完璧なホステスだわ」とやせた女が言った。「あんたは、何度あたしがそう言うのを聞いたかしら、マートルさん？」

「あたしはそうまで言わないわよ、あんた」とミス・マートルが言った。

ミス・リーバは仕切りの背後に消えた。

「六月にしては、結構暖かいと思わなかった、ロレーンさん？」とミス・マートルが言った。

「一度も思わなかったわよ」とそのやせた女が言った。ミス・マートルの顔に、再び、しわが寄った。大ジョッキを下に下《お》ろすと、彼女は、ハンカチをまさぐり始めた。

「ただもうこんな風になっちゃうのさ」と彼女は言った。「そして、あの人たち、あの『ソニー・ボーイ』を歌いなんかしてる。あの人は本当にやさしそうだったわ」彼女は号泣した。

「まあ、まあ」ミス・ロレーンが言った。「ビールを少し飲みなさいよ。気分がよくなるわよ。マートルさんのあれがまた始まったわ」と彼女が、声を高めながら、言った。

「あたしゃ、心根がやさし過ぎるもんでね」とミス・マートルが言った。彼女は、大ジョッキを手探りしながら、ハンカチの背後でくすんくすんと鼻を鳴らした。彼女は、一瞬、手探りして探し、そして、ジョッキが彼女の手に触《ふ》れた。彼女は急いで見上げた。「お前、アンクル・バッド」と彼女が言った。「あたしゃ、お前に、そこのうしろから出てきて、遊ぶように言わなかったかい？ お前、分かってるのかい？ あの日の午後、あたしたちが、ここを離れた時、あたしゃ、ずいぶん恥ずかしかったんで、どうしていいか分からなかったよ。あたしゃ、お前のような酔っ払い小僧と通りで一緒にいるところを見られて恥ずかしかったわ」

ミス・リーバが、三個のジンのグラスを持って、仕切りのうしろから現れた。「これが私たちに幾分かの気合を入れてくれるだろうよ」と彼女が言った。私たちゃあ、三匹の年取った、具合の悪い猫のように、ここに座ってるんだわ」彼女たちは、堅苦しくお辞儀をして、グラスで唇を軽くたたきながら飲んだ。次いで、彼女たちは、話し始めた。彼女たちはみなが、同時に話していて、それもまた不完全な言い回しだが、途切れることなく同意や肯定を求めながらだった。

「そりゃあ、あたしたちゃあ娘だわ」とミス・マートルが言った。「まさに男たちは、そうあるべきあたしたちのためにあたしたちを受け入れたり離れたりしているようには見えないわ。男たちは、あたしたちをあたしたちがそうであるものにしておきながら、次にはあたしたちが違うものであってもらいたいと思ってるわ。あたしたちに決して別の男を見ないように求め、他方で、自分たちは、好きなように行ったり来たりしてるわ」

「二度に一人以上の男を弄《もてあそ》びたいと思う女は、ばかだわ」とミス・リーバが言った。「そうした連中はみな、困りものだわ。それに、何で苦労の種を二倍にしたいの？　それに、善良な男を手にした時に、その人に誠を通せない女は、女に一時《いっとき》の不安も決して与えず、またひどい言葉を一つも投げかけない、寛大な金を使う男を〔得た時に〕……」みなを見ながら、彼女の目は、もの悲しい、言い表せない表情、全く理解できない、辛抱強い絶望的な色でいっぱいになり始めた。

「さあ、さあ、」とミス・マートルが言った。彼女は、前屈《まえかが》みになって、ミス・リーバの大きな手を軽くたたいた。ミス・ローレーンは、舌でかすかな、雌鳥《めんどり》がこっこっと鳴くような音を立てた。

「あんたは自分を飛び立たせられるわよ」

「あの人は、そんないい男だったわ」とミス・リーバが言った。「私たちは、二羽の鳩のようだったわ。十一年間、私たちは、二羽の鳩のようだったわ」

「さあ、あんた、さあ、あんた」とミス・マートルが言った。

「こんな時、私にはこんな風にぐっと来るんだわ」とミス・リーバが言った。「あの人がああした花の下に横たわっているのを見ればね」

「ビンフォードさん同様だわ」とミス・マートルが言った。「さあ、さあ。ビールを少し飲みなさいよ」

ミス・リーバは、袖《そで》で両目を拭いた。彼女はビールをいくらか飲んだ。

「あの人は、ポパイの女と一か八かやってみるなんて、分かってなかったね」とミス・ロレーンが言った。「男どもは、それ以上のことは分かってないわ、あんた」とミス・マートルが言った。

「あの人たちはどこに行ったと思う、リーバさん？」

「分からないわ。それは、どうでもいいことよ」ミス・リーバが言った。「そして、いつ彼らがポパイをつかまえて、彼を殺した咎《とが》で焼き殺すかなんて、私、気にもしてないわ。何も気にはしてないわよ」

「ポパイは、毎夏、はるばるペンサコーラ〔フロリダ州北西部の海港〕に母親に会いにゆく」とミス・マートルが言った。「そんなことをする男が、まるで悪人な筈はないわ」

「まあ私も、あんたが彼らをどれぐらいに思ってるか分からないけど」とミス・リーバが言った。「私は、ちゃんとした家をやってゆこうとしているのさ。あそこは、二十年間にわたって、射的場だったんだよ。それをあの人がまるで覗《のぞ》き見世物に変えようとしてるんだわ」

「それであたしたちかわいそうな娘たちがよ」ミス・マートルが言った。「そうした災いすべての原因となって、苦しみすべてを引き受けちゃうってわけさ」

「あたしゃ、二年前に、彼はそのほうではだめなやつだ、と聞いたわ」とミス・ロレーンが言った。「若い男が、女の子たちに湯水のように金を使い、しかもその誰とも決して寝ない。不自然だわね。女の子たちはみんな、その理由は彼が町のどこか別のところに若い女を抱えているからだと思っていたわ。しかし、あたしゃ、言うわよ、いいかね。彼にはどっか変なところがあった。どっかで妙な仕事をしてたんだわ」

「彼は気ままな金の使い手だったわ、そう」とミス・ロレーンが言った。

「あの女の子が買った衣服と宝石、ありゃあ、恥だわ」とミス・リーバが言った。「あの子は中国の部屋着に百ドル払ったわ――輸入物だったわ――それに香水一オンスにつき十ドル払ったわ。次の朝、私がそこに上がってみると、それらはみな隅っこに固められていて、香水と口紅は、その上にサイクロンに遭《あ》ったかのようにぶちまけてあったわ。それが、彼があの子をたたいて、あの子が彼に怒った時のあの子のやり口だったわ。彼があの子を閉じ込めて、その家から出そうとしなかったあと。私の家の前を見張らせてね。まるでそこが……」彼女は大ジョッキをテーブルから彼女の唇へと持ち上げた。それから、それを止《や》めて、まばたきをした。「どこに行った、私の」

「アンクル・バッド!」とミス・マートルが言った。彼女は、少年の腕をつかんで、彼をミス・

リーバのイスのうしろから引っ張り出して、彼を揺《ゆ》さぶったが、その丸い頭は、変わらぬ呆《ほう》けたような表情で肩の上で上下していた。「お前、恥ずかしくないのかい？　はずかしくないのかい？　なぜお前は、このご夫人たちのビールから離れていられないのかい？　あたしゃ、あの一ドル銀貨を取り返して、お前に、ミス・リーバへ一缶《ひとかん》のビールを買わせたい気持ちだよ、本当にね。さあ、お前、向こうの窓のそばに行って、じっとしてなさい、聞いてるのかい？」

「くだらないわ」とミス・リーバが言った。「あんまり残ってなかったわ。ご夫人たち、みなさんも、用意できたかしら？　ミニー！」

ミス・ロレーンは、ハンカチで自分の口に触《さわ》った。眼鏡の向こうで、彼女の目が、隠れたひそかな目つきで脇へと動いた。彼女は、片方の手を自分の平らな独身女性の胸に当てた。

「あたしたちゃあ、あんたの心臓のことを忘れていたわ、あんた《ハニー》」とミス・マートルが言った。

「あんた、今度は、ジンを飲んだほうがいいと思わない？」

「本当に、あたし——」とミス・ロレーンが言った。

「そうよ。そうしなさいよ」ミス・リーバが言った。彼女は、重々しく立ち上がり、仕切りのうしろから更に三個のジンのグラスを持ってきた。ミニーが入って、大ジョッキを再度満たした。彼女たちは、グラスで唇を軽くたたきながら、飲んだ。

「それが今進行中のことね？」ミス・ロレーンが言った。

「最初に私が知ったのは、ミニーが私に何か妙なことが進行中だと話してくれた時よ」とミス・リーバが言った。「ポパイはほとんどここにいなかったのよ、一晩おきに出かけちゃって。それに、彼がここにいた時、ミニーが掃除する翌朝、何の形跡も全くなかったのよ。彼女は、二人が喧《けん》嘩《か》するのを聞いたものよ。そして、女が出てゆきたいと言い、ポパイがそうさせようとはしなかった。ああしたすべての衣服を彼が女に買ってやっていることからして、いいですか、彼はあの子がその家を出ることを望まなかった。そして、彼女は怒り、ドアに鍵を掛け、彼を入れようとさえしなかったものだわ」

「多分、彼は、立ち去って、こうした腺《せん》の一つに罹《かか》り、それが治《なお》ったんだわ」とミス・マートルが言った。

「それから、ある朝、ポパイはレッドとやって来て、彼を連れて上《あ》がった。彼らはそこに一時間ばかりいて、立ち去ったわ。そして、ポパイは、次の朝まで、再び現れなかった。それから、彼とレッドは戻ってきて、上に一時間ばかりいた。彼らが行ってしまった時、ミニーが来て、起こっていることを私に話したのよ。そこで、次の日、私は彼らを待った。私は、彼をここに呼び入れて、言ったわ。『ごらんよ、あんた、たまげたこった』彼女は止《や》めた。一瞬の間、彼女ら三人は、少々前向きのまま、身動きもせずに座っていた。それから、彼女らの頭がゆっくりと回って、テーブルに寄りかかっている少年を見た。

「アンクル・バッド、お前《ハニー》」とミス・マートルが言った。「お前、行って庭でリーバやビンフォードさん〔犬たちのこと〕と遊びたくはないかい」

「はい」少年は言った。彼はドアのほうに行った。彼女らは、ドアが閉《し》まるまで彼を見つめていた。ミス・ロレーンは、彼女のイスを引き寄せた。彼女たちはともに寄り合った。

「そして、それが二人がやってたことなの?」ミス・マートルが言った。

「私は言った。『私は二十年間この家をやって来てるのよ。でも、その中でこんなことが起こってるなんて、初めてのことだわ。もしあんたたちの女の子に種馬をつけたいなら』私、言ってやったわ。『どっかほかのところでそうしてちょうだい。私は、自分の家をフランス人の溜《た》まり場にゃあしたくないんだよ』」

「畜生め」ミス・ロレーンが言った。

「あの男にはもっと分別がなきゃあね、醜い老人をつかまえるとか」ミスマートルが言った。「あたしらの可哀そうな女の子たちをあんな風にそそのかすなんて」

「男たちは、いつもあたしたちに誘惑には負けないようにと期待するんだわ」とミス・ロレーンが言った。彼女は、学校教師のように、まっすぐに座っていた。「ひどい野郎たちだわ」

「自分たちの時を除けばね」とミス・リーバが言った。「それじゃあ、連中を見張ってなきゃあね
……四日間、毎朝、そうだったんだよ。そして、彼らは戻ってこなかった。一週間、ポパイは全く

姿を見せなかったわ。そしてあの娘《こ》ったら、若い雌馬のように無茶苦茶、気ままな娘《こ》だよ。私、彼が多分、用事で町から外に出ていると思ったわ。ミニーがそうじゃないと私に言うまではね。それに、彼は一日五ドル彼女に払って、あの子を家から出さないように、また電話も使わせないようにさせたっていうじゃない。そして、私は、彼に伝言をして、来て、この家であんなことが行われているのはいやだから、彼女を私のところから連れ出してくれるようにと伝えようとしてるんだよ。そうなんだよ、ミニーが言うには、連中二人が二匹の蛇のように裸《はだか》になって、ポパイはベッドの足元でかぶさるようにして、帽子さえ取らないで、馬のいななくような声を立ててるんだよ」

「多分、彼は、二人をあおってたんだよ」ミス・ロレーンが言った。「汚《けが》らわしい畜生だわ」

足音が玄関広間《ホール》にやって来た。みなはミニーの声が懇願調で高まるのを聞くことができた。ドアが開いた。彼女は、片手でアンクル・バッドをまっすぐに抱えて入ってきた。彼は、膝《ひざ》が萎《な》えて、ぶら下がり、その顔は、生気のない呆《ほう》けたような表情に固まっていた。「リーバさん」ミニーが言った。「この子はアイスボックスに押し入り、ビールを丸ごと一本飲んじまってるわ。この子ったらねえ！」と彼女は、彼を揺さぶりながら、言った。「立ちなよ！」アンクル・バッドは、歩行の釣合がとれないままぶら下がっていて、その顔は、よだれを垂らしてにたにた笑いをしながらも、こわばっていた。次いで、その顔に浮かんできたのは心配と狼狽《ろうばい》の表情だった。彼が吐き始めたので、ミニーは、彼を荒々しく振り投げた。

ブローチ

一

電話が彼を起こした。彼は目覚めるやいなやあわてながら、暗闇の中で、手さぐりでローブとスリッパを探していた。なぜなら、起きる前に知っていたからだ。自分のベッドの隣のベッドはまだ空《あ》いていて、受話器は階下のドアのすぐ向かいにあるのだけれども、そのドアの向こう側には母親が五年の間、ベッドの上に背筋を伸ばしてもたれていたことを。そして、自分が目覚めた時には手遅れだろうということは分かっていた。なぜなら、母親には既に聞こえていただろうから。家の中で起こることはいつでも全て聞いていたのだから。

母親は未亡人で、彼は一人っ子だった。彼が大学に入った時、母親もついていった。卒業するまでの四年間、バージニア州シャーロッツヴィルに居を構えた。母親は裕福な商人の娘だった。夫は行商人で、夏のある日、紹介状を手に街にやって来たのだった。一通は牧師あてで、もう一通は彼女の父親あてだった。三か月後に、その行商人と娘は結婚した。行商人はボイドといった。ボイドはその年のうちに自分の仕事を辞め、妻の家に移り住み、ホテルの前に座り込んで、弁護士や綿花農園の農園主らと日々を過ごしていた。肌の浅黒い男で、女性の前では慇懃《いんぎん》に悠々《ゆうゆう》と帽子を脱ぐのであった。二年目に息子が生まれた。六か月後にボイドは去っていった。ただ、立ち去ったのである。妻あてのメモを残して姿を消したのだが、そこには、店から持って来た包みの結び紐を取っておいて、それを空《から》の糸巻きに巻いていく妻の姿を、夜、ベッドに横たわって見ているのがもう耐えられないと書かれていた。ボイドの消息が再び妻の耳に入ることはなかったが、父親が結婚を無効にして、息子の名前を変えることを彼女は拒んだ。

その後、商人は亡くなり、全財産を娘と孫に残した。孫は、七歳か八歳の頃から小公子風のスーツは着ていなかったが、十二歳になると平日でも子供ではなく小人《こびと》のように見える服を身に着けた。他の子供たちと長く付き合うことはできなかっただろう、母親がそうさせようとしたとしても。時期が来ると母親は、丸みを帯《お》びたジャケットと男性用の硬い帽子を身に着けても罰を受けることがない男子校を探し出したが、二人がその後の四年間を過ごすためにシャーロッツヴィルに移る頃には、息子は小人《こびと》のようには見えなくなっていた。今ではダンテの登場人物のように見えた。父親よりも少し華奢《きゃしゃ》だけれども、父親のように肌が浅黒くハンサムな風貌《ふうぼう》の男性だったが、母親が一緒にいない時でさえ、通りにいる若い女の子たちの前を、頭を背《そむ》けて急ぎ足で通り過ぎるのだった。シャーロッツヴィルでそうだっただけでなく、失せたようなミシシッピーの小さな集落でもそうだった。二人は今、そこに戻ってきていたのだが、十五世紀の寓話に出てくる若い修道士か天使のような表情をしていた。その後、母親が脳卒中で倒れ、今、母親の友人たちが病床で、おそらく母親も息子が関係を持つだけでなく結婚したら良《よ》いと期待するような、まさにそんな感じの少女について報告していた。

エイミーという名前の子で、鉄道車掌の娘だったが、父親は事故で亡くなっていた。今は下宿を営む叔母と暮らしていた。活発でセクシーな少女で、その後の評判は不良行為というよりも、愚かさと、南部の小さな街の社会的階級制度のハンディキャップによるものであったが、いよいよという時には間違いなく、〔火の無い所に煙は立たぬと言うが〕火よりも煙だった。より形式ばったダンスにはいつも招待されていたが、彼女の名前は噂の中では軽んじられていた。特に、エイミーの未来の夫が生まれた、このように朽ちかけた古い家の娘である、年老いた女性の間では。

そのため今では、息子は家に入り、ドアの前、母親がその向こう側でベッドにもたれて寝ているドアの前を通り抜け、暗闇の中で階段を上《あ》がり、自分の部屋に向かう技術を身につけていた。だがある夜、そのように上《あ》がり損《そこ》ねたのであった。家に入った時、母親の部屋のドアの上の欄間はいつものように暗かったし、そうでなかったとしても、この日の午後に母親の友人たちが立ち寄ってエイミーについて話したことや、母親が暗闇の中で背すじを伸ばしたまま、床《とこ》に身をあずけて五時間横たわり、見えないドアを見つめていたことは、彼には知る由《よし》もなかった。いつものように静かに、靴を持って入ったのだが、母親が彼の名前を呼んだ時は、玄関のドアはまだ閉めてすらいなかった。母親は声を張り上げはしなかった。彼の名前を一回呼んだ。

「ハワード」

彼はドアを開けた。その時、ベッドの横のランプの灯《あか》りがついた。それはベッドの脇のテーブルの上に置かれたままになっていた。その横には、死んだ顔をしたような文字盤の時計がそのまま置いてあった。二年前に手を動かせるようになった時に母親が最初にしたことは、それを止めることだった。ハワードがベッドに近付くと、母親はそこから見つめていた。ずんぐりした女性で、真っ白な髪の下の顔色は蠟《ろう》のようで、瞳は暗く、瞳孔も虹彩もないように見えた。「何《なに》」と彼は言った。「具合が悪いの」

「もっと近くに来て」と母親は言った。ハワードは近寄った。二人はじっと見合った。その時、ハワードは理解したようだった。ひょっとしたら、それを期待していたのかもしれない。

「誰がかあさんと話していたのか分かっているよ」と彼は言った。「あの忌々《いまいま》しい猛禽《もうきん》のようなおいぼれどもだろ」

「腐った肉と聞いて嬉《うれ》しいわ」と母親は言った。「あなたが私たちの家にそういうのを持ち込むことはないでしょうから、もう安心だわ」

「いいかげんにしろよ。あんたの家だって言いなよ」

「その必要はないわ。レディが住んでいる所ならどんな家でも」病室のあの古臭い冷光を灯《とも》している、揺らぐことのないランプの灯《あか》りの中で二人は見合った。「あなたは男ですから。咎《とが》めたりはしませんよ。驚いてもいません。ばかなことをする前に、忠告しておきたいだけです。家と馬小屋を混同してはいけませんよ」

「混同する——ははっ！」とハワードは声を上《あ》げた。後ずさりし、父親そっくりに芝居がかった尊大な身振りでドアを押し開けた。「かあさんの許可があればね」と彼は言った。ドアを閉めはしなかった。母親は枕の上に背すじを伸ばしたまま身をもたせ掛け、暗い廊下に目をやって、息子が電話があるところに向かい、その娘に電話を掛けて明日結婚してほしいと頼んでいる声を聞いていた。その後、息子は再びドアの前にやって来た。「かあさんの許可があればね」と繰り返し、父親を思い出させるような尊大な身振りでドアを閉めた。しばらくしてから母親は灯《あか》りを消した。部屋の中には夜明けの光が差し込んできていた。

けれども、二人は翌日、結婚しなかった。「怖《こわ》いのよ」とエイミーは言った。「お母さんが怖いのよ。お母さんはあたしのこと、何て言っているの」

「分からないよ。かあさんには君のことを話していないんだ」

「あたしを愛してるってこともお母さんに言っていないの」

「そんなことはどうでもいいだろう。結婚しよう」

「そして、お母さんと一緒にあそこに住むって言うの」二人は互いを見合った。「働きに出て、あたしたちの家を手に入れてくれない」

「何で。お金は十分にあるんだ。それに、家も大きいし」

「お母さんの家でしょ。お母さんのお金じゃないの」

「いつか僕のもの――僕たちのものになるんだよ。頼むから」

「来てちょうだい。また、踊ってみましょう」そこは下宿の応接間で、娘はそこでハワードにダンスを教えようとしていたのだが、うまくできないでいた。音楽は彼にとっては何の意味もなかった。ノイズ、もしくは恐《おそ》らく彼女の体の感触が、彼が持ち得たわずかな協調性を破壊してしまったのである。だが、ハワードはその娘をカントリークラブのダンスに誘った。二人が婚約していることは知られていた。それでも娘はダンスはせずに、他の男たちと一緒にずっと外にいた。暗い芝生の辺《あた》りに停まっている自動車の中にいたのである。ハワードはそのことと飲酒のことで、娘を説きつけようとした。

「それじゃ、外で座って一緒に飲もう」とハワードは言った。

「あたしたち婚約しているのよ。あなたと一緒にいても楽しくないわ」

「そうだね」と、一つ一つの拒絶を素直に受け入れるかのようにハワードは言ったが、突然動きを止め、エイミーを真っ直ぐ見た。「僕と一緒にいても楽しくないってどういうこと」ハワードが肩を摑《つか》んできたので、エイミーは少したじろいだ。「僕と一緒にいても楽しくないってどういうことだよ」

「ああっ」とエイミーは言った。「痛いじゃない！」

「分かってる。僕と一緒にいても楽しくないってどういうことだよ」

その時、別のカップルがやって来たので、ハワードは手を離してエイミーを行かせた。一時間後の休憩時間に、ハワードは声を上《あ》げ、取っ組み合いながらエイミーを暗い自動車から引きずり出し、今は誰もおらず、お目付け役の人たちが劇場の観客のように並んでいるダンスフロアを横切ると、椅子を引いて彼女を自分の膝《ひざ》の上に乗せ、ぴしゃりと叩《たた》いた。夜明けまでに、二人は二十マイル離れた別の町まで車を走らせ、結婚した。

その日の朝、エイミーはボイド夫人を「お母さん」と呼んだ。それが最初で（一度あったのは別にして。それにその時は恐《おそ》らく驚いたか、歓喜したからだろうし）最後だったのだが、同じ日に、ボイド夫人はエイミーに正式にブローチを贈った。古くて不細工だが、高価なものだった。エイミーはそれを自分たちの部屋に持ち帰り、ハワードはエイミーがそれを見つめながら立っているのをじっと見ていた。実に冷たく、実に不可解であった。それからエイミーはブローチを引き出しの中に入れた。開いた引き出しの上にそれをつまんだ二本の指を持っていき放すと、二本の指を腿《もも》の向こう側に引いた。

「時々はそれを身に付けないといけないよ」とハワードは言った。

「あら、そうするわよ。感謝の気持ちを表すわ。心配しないで」その頃は、ブローチを付けるのを喜んでいるように思えた。というのも、エイミーがそれをしょっちゅう身に付けるようになったからである。その後、喜んでそうしているのではなく、報復するために場違いな行動を取ろうとしていたことにハワードは気付いた。エイミーはそれを一週間付け続けたが、一度はギンガムチェックの部屋着、エプロンの胸元に付けていた。だが、ボイド夫人の目につくところではいつでもそれを身に付けていた。ハワードと二人で出かける際に外出着に着替えて、おやすみを言うために母親の部屋に立ち寄る時はいつもそうしていたのである。

二人は二階に住んでいて、一年後にはそこで子供が生まれた。ボイド夫人に見せるために子供を階下に連れていった。ボイド夫人は枕の上で頭の向きを変えて、子供を一瞥《いちべつ》した。「ああ」と彼女は言った。「話に聞いているエイミーのお父さんには、一度も会ったことがないわ。もっとも、汽車に乗って出掛けたことが余りなかったものね」

「意地悪なばあさん――意地悪なばあさん――」エイミーは体を震わせてハワードに取りすがりながら叫んだ。「何で、あたしをそんなに嫌うの。あたしが何をしたっていうのよ。引っ越しましょ。あなた、働けるわよ」

「いや。かあさんだってずっと生きられるわけではないんだ」

「そうよ、生きるわ。永遠に生きるでしょうよ、あたしを憎むためだけに」

「いや」とハワードは言った。翌年、子供が死んだ。エイミーは再び、ハワードに転居を迫った。

「どこでもいいわ。どうやって暮らさないといけないのかっていうのはどうでもいいから」

「いや、背中が動かないかあさんを置いていくわけにはいかないよ。君はまた外出を始めないといけなそうだね。ダンスだよ。そうすれば、そんなに悪いことにはならないだろう」

「そうね」とエイミーは声を落として言った。「そうしないと。耐えられないのよ」

一方が言うのは「君」、もう一方が言うのは「あたし」。どちらも「自分たち」と言うことはなかった。それで土曜日の夜になると、エイミーは着飾って、ハワードはスカーフとオーバーを、時にはシャツの上にそのまま羽織《はお》って階段を下《お》り、ボイド夫人の部屋のドアの前で立ち止まり、そうしてハワードはエイミーを車に乗せて、彼女が運転して走り去るのをじっと見ているのであった。それから家に戻り、結婚前にいつもしていたように、靴を手にして階段を上《のぼ》って戻るのだ。灯《あか》りのついた欄間の前をすり抜けて。真夜中近くになると、オーバーとスカーフを再び羽織《はお》ってすり足で階段を下《お》り、まだ灯《あか》りがついている欄間の前を通り過ぎ、エイミーが車でやって来るのをポーチで待っているのである。それから二人は家に入り、ボイド夫人の部屋を覗《のぞ》いて、おやすみなさいと言うのであった。

ある夜、一時になっていたがエイミーはまだ戻ってこなかった。ハワードはポーチでスリッパとパジャマ姿のまま一時間待っていた。十一月のことだった。ボイド夫人の部屋のドアの上の欄間は暗かったので、二人は足を止めなかった。

「ゼリービーンズみたいなしょうもない連中が時計の針を戻したのよ」とエイミーは言った。ハワードに目をやることもなく、服を引っぱって脱ぎ、ブローチを他のアクセサリーと一緒に化粧台に放り投げた。「あなたがあそこに立ってあたしを待ってるほど、ばかじゃなかったらいいんだけどって思っていたわ」

「今度、そいつらが時計の針を戻したら、待たない積もりだ」

エイミーは突然立ち止まり、身じろぎ一つせず肩越しに彼を見つめていた。「どういうこと」と彼女は言った。ハワードは目をそらせていた。エイミーが近付いてきて隣に立つ音が聞こえ、気配が感じられた。そしてエイミーはハワードの肩に触れた。「ハワード」と言った。ハワードはじっとしていた。それからエイミーは彼にしがみついてきて、膝《ひざ》の上に飛び乗って激しく泣いた。「あたしたちに何が起こっているの」我を忘れたかのように、自分の体を彼に激しく打ちつけてきた。「何なのよ、何なのよ」ハワードはエイミーを黙って抱きしめていたが、それぞれのベッドに入った後（それはもう二台あった）、エイミーがベッドの間を横切って、再び自分に怖《こわ》いくらい激しく、我を忘れたかのように体を投げ出してくる音が聞こえ、気配が感じられた。暗闇の中、女というよりも子供のように。そして彼を包み込み、ささやくのであった。「あたしを信用しなくたっていいのよ、ハワード！　あなたにはできるわ！　あなたにはできるわ！　しなくたっていいのよ」

「うん」と彼は言った。「分かってる。大丈夫だ。大丈夫だから」そういうわけでその日以降、ハワードは十二時少し前に、オーバーとスカーフを羽織《はお》り、階段を忍び足で下《お》りて、灯《あか》りのついた欄間の前を通り過ぎ、玄関のドアを大きな音を立てて開閉し、それから母親の部屋のドアを開けるのだが、母親は上体を高く起こしたまま枕の上にもたれていて、本は開かれたまま膝《ひざ》の上に伏せてあるのであった。

「もう戻って来たの」とボイド夫人は言う。

「うん。エイミーはもう上《あ》がったよ。何か欲しいものはある」

「いいえ。おやすみなさい」

「おやすみなさい」

それから彼は二階へ上《あ》がってベッドに入り、しばらくして(時には)眠るのであった。だが、時にはその前に、時にはそれと一緒に眠りにつくのだが、彼は考え、自分に言って聞かせるのであった。力の無いインテリの、あの静まりかえった宿命論的な悲観主義を抱えたまま。でも、これが永遠に続く筈《はず》はない。いつか、夜に何かが起きるだろう。かあさんがエイミーを捕《と》らえるだろう。そして僕には、かあさんが何をするのか分かっている。でも、僕はどうしたらいいんだ。自分は確かに分かっているとハワードは思っていた。どういうことかというと、頭は分かっているよと彼に納得させていたのだが、彼がそれを割り引いて考えていたということである。知性がまた出てくるのだ。それを葬《ほうむ》るのでも、そこから逃げるのでもなく。ただ、それを割り引いて考えるだけなのである。無力について躊躇《ちゅうちょ》することなく声を上《あ》げる知性。与えられた状況、一連の状況において自分が何をするのかは誰にも分からないから。賢明な人たちは、恐《おそ》らく他の人たちだが、結論を導き出しているが、決して彼自身ではないのだ。次の日の朝には、エイミーは別のベッドにいるだろうし、その後、昼間の明かりの中でそれは消えてしまうだろう。だが時折、日の光の中でもそれは戻ってきて、彼は自分の大脳作用から分離することで自分の人生を熟考し、それはつまり、あの不完全な完全物の三分の一をそのうちの二人が生み出したのだが、その欠けた部分をその二人は埋めることができなかったという思考であり、そして自分に言い聞かせるのであった。そうさ。あの人が何をするのか分かっているし、エイミーが僕に何をして欲しいと言ってくるのか分かっているし、僕はそれをしないだろうということは分かっている。けれど、僕はどうしたらいいんだろう。だが、長く続くことはなく、今のところ起こっていないし、とにかく土曜日まで六日もあると、今、自分に言い聞かせるのだ。つまり、今はもう無力で知力すらないのだ。

二

そういうわけで、鳴り響く電話の音で目覚めた時、自分の隣のベッドがまだ空《あ》いていることを彼は既に知っていたのだった。どんなに急いで電話に出たとしてもすでに手遅れであると分かっていたのと同様に。スリッパを履く時間を取りはしなかった。氷のように冷たくなった階段を駆け下《お》り、母親の部屋のドアの前を通り過ぎる時に欄間に灯《あか》りがともるのが目に入ったが、電話に向かい、受話器を手に取った。「ああ、ハワードね、ごめんなさい――マーサ・ロスよ。起こしちゃったかしら、本当にごめんなさい。でも、エイミーがきっと心配しているって思ったの。車の中で見つけたって伝えてくれるかしら、私たちが家に戻った時だったのよ」

「分かった」と彼は言った。「車の中だね」

「私たちの車の中よ。あの子が車の鍵をなくした後、私たちが家まで、曲がり角まで送ったの。一緒に家に行ってハムエッグを食べようって誘ったんだけど、あの子は――」その後、声が消え失せた。ハワードは冷たい受話器を耳に当て、電話線のもう一方の端の声に耳を傾けた。沈黙、吸い込まれた息にも似た、ある種狼狽《ろうばい》のようなものが満ちている。それは直観的で女性的で、自己防衛的なものだった。だが、声が途切れたこと自体は、途切れたとは言い難いものだった。即座にと言ってよいほどの早さで声が続いたが、もう完全に変わっていて、うつろだが滑らかで、遠慮がちな声になっていた。「エイミーはベッドにいると思うけれど」

「うん。ベッドにいるよ」

「まあ。本当にごめんなさい、迷惑をかけちゃったわね、起こしてしまったわ。でも、きっと心配しているって思ったの、あなたのお母さんのだから。ご家族の品物でしょう。でももちろん、無くなっているのにエイミーがまだ気付いていないいんだったら、起こす必要はないわよ」電話線がぶーんとうなり、張り詰めた空気が漂《ただよ》った。「私が電話したこととかもね」電話線がぶーんとうなった。「もしもし。ハワード」

「しないよ」とハワードは言った。「今夜は起こさない。君も朝になってから電話できるし」

「そうね、そうするわ。本当にごめんなさい、迷惑をかけちゃったわ。あなたのお母さんを起こしていないといいんだけれど」

ハワードは受話器を戻した。寒けを感じていた。空虚なドアに目をやりながら立ち尽くしていた時、はだしのつま先が氷のような床から反り返るのが感じられた。その向こう側では母親が、上体を起こしたまま枕の上にもたれて座っているのであろう。顔色は獣脂のようで目は暗く、不可解で、髪の毛は風雨にさらされた綿みたいだとエイミーが言っていたが、そのような風貌《ふうぼう》で時計の隣にいるのだ。五年前の午後、再び動けるようになった時に最初にしたのが、針を自分で四時十分前で止めることだったが、その時計の隣に。ドアを開けた時、彼が思い描いていたイメージは正確なものだった。手の位置までもほぼその通りだった。

「あの子、この家にいないわね」とボイド夫人は言った。

「いるよ。ベッドにいる。僕たちがいつ入って来たか知っているだろう。エイミーは今夜、マーサ・ロスのところに指輪を一つ置き忘れて来ちゃったから、マーサから電話があったんだ」

だが、母親はハワードの言うことなど聞いてすらいないようだった。「つまり、あの子が今この瞬間、この家の中にいると断言するというのですね」

「ああ。もちろんいるよ。寝ているって言っているだろう」

「それなら、ここに下《お》りて来て、私におやすみの挨拶をするように言いなさい」

「ナンセンスだ。そんなことするか」

二人はベッドのフットボードを挟《はさ》んで見合っていた。

「拒否するの」

「ああ」

二人はもうしばらく見合っていた。それからハワードが目を背《そむ》けた。母親がこちらを見ているのが感じられた。「それなら、他のことを言いなさい。あの子が失くしたのはブローチだったのでしょう」

これにも答えなかった。ドアを閉める時に、母親に再度目をやったが、それだけだった。不思議なことに二人は似ていた。緊密な血縁の猛烈な嫌悪の中にいる、死ぬべき運命の和解し難い敵。彼は出て行った。

寝室に戻り、灯《あか》りをつけ、スリッパを見つけると暖炉へ向かい、残り火の上に石炭を幾つかくべて、叩いたり突いたりして火を起こした。炉棚の上にある時計は一時二十分前を指していた。やがて炎が上《あ》がってきて良《よ》く燃え出した。震えが止まった。ベッドに戻って灯《あか》りを消したので、炉火の光だけが家具の上と、化粧台のガラスの小瓶と鏡の間、そして自分のたんすの上にあるもっと小さな鏡の中で脈打ち、ほのかに光っていた。たんすの上には銀製の写真立てが三つ置かれていて、二つある大きめの写真立てには自分とエイミーの写真が入っていたが、その間に置かれている小さめの写真立てには何も入っていなかった。ハワードはただ横になっていた。何も考えていなかった。ただ一度、静かに思っただけだった。だからそういうことなんだ。だからもう、多分、自分がやろうとしていることが分かるだろう、突き止めるだろう。そして、それ以上のことはせず、それについて再び考えることすらなかった。

家の中には今も、強情な反響のような甲高い電話の音が満ちているようだった。そして、炉棚の上にある時計の音が聞こえてきた。繰り返す音は冷たかったが、けたたましくはなかった。灯《あか》りをつけて、開いたまま伏せてあった本を枕元のテーブルから取り上《あ》げたが、時計が鳴らす音のために言葉に集中することができないことに気付いたので、立ち上《あ》がって暖炉に近づいた。時計の針は今、二時半を指していた。時計を止めて文字盤を壁に向けると、本を暖炉の前に持ってきた。そして、今度は言葉や感覚に集中することができるし、時間に悩まされることなく読み続けることができると感じた。だから、本を読むのを止《や》め、顔を上《あ》げたことに気付いたのがいつだったのか正確には分からなかった。音は聞こえなかったが、エイミーが家にいることは分かった。どうやってそれが分かったのかは分からなかった。ただ、息を殺してじっと座っていて、安らかな本は持ち上《あ》げられ、身じろぎもせずに待っている。そうしたら「私です、お母さん」と言うエイミーの声が聞こえてきた。

「お母さん」と言ったなと思ったが、まだ動きはしなかった。また「お母さん」と呼んだな。今度は動いて、読んでいた箇所に印を付け、本を注意深く置き、部屋を横切る時は足音を殺して歩こうともせず、自然な歩き方でドアに向かって行き、開けるとエイミーがボイド夫人の部屋から現れたところだった。エイミーは階段を上《あ》がり始めたが、歩き方も自然で、夜に縛られた家の中で硬いヒールは鋭く響き、不自然に高い音を立てていた。母親が彼女を呼び止めた時は立ち止まり、スリッパをまた履いたに違いないと思った。彼女にはまだ彼が見えておらず、一歩一歩上《のぼ》ってきたのだが、薄暗い廊下の灯《あか》りの中で、その顔は毛皮のコートの襟《えり》にぼんやりと花びらのように浮かび上《あ》がり、前方の彼が待っているところへ、そこからちょうど現れたばかりだった凍った夜の、バラのようでクリスタルのような香りを既に放っていた。それから、階段の上に彼がいるのを見た。ほんの一瞬、つかの間、彼女は死んだかのようにぴたっと動きを止めたが、立ち止まったと言えるか言えないかのうちに再び動き始め、彼の前を通り過ぎる時には声を出していて、彼は脇へ寄り、彼女は寝室に入って行った。「これってすごく遅いのかしら。ロスさんたちと一緒にいたのよ。曲がり角で降ろしてくれたところなの。クラブで車の鍵を失くしちゃったから。車がお母さんを起こしたんだと思うわ」

「いや。かあさんはもう起きていたよ。電話が掛かってきたんだ」

エイミーはコートを着たまま暖炉に近づき、手を掲《かか》げた。ハワードの声は耳に入っていないかのようで、炉火の光の中で顔はバラ色になり、その存在は彼女よりも先に階段を上《あ》がってきたあの冷たい香り、あの冷ややかな芳香を放っていた。「そうだと思う。お母さんの部屋の灯《あか》りはもうついていたわ。玄関のドアを開けた時、あたしたち終わったってすぐに分かったわ。家の中にまだ入っていなかったのに、お母さんが『エイミー』って言うから、『私です、お母さん』って言ったら『こっちに来てちょうだい』って言われて、そしたらそこには目尻も目頭も全然ない目つきをして、去年の綿梱《わたこり》の真ん中から誰かが引き抜いたような髪の毛が生えたお母さんがいて、こう言ったのよ。『今すぐこの家を出て行かなければならないことは、当然、分かっているわよね。おやすみ』」

「そうだよ」とハワードは言った。「十二時半頃から起きていたんだ。でも、君はもうベッドで眠っていると言い張って、運を天に任《まか》せる以外にできることはなかったんだ」

「つまり、全然眠っていなかったっていうこと」

「いや。電話だよ、さっき言ったけど。十二時半頃」

両手を火に掲《かか》げたまま、エイミーは毛皮で覆《おお》われた肩越しにハワードを一瞥《いちべつ》した。顔はバラ色で、その目は楽しいことがあった後の女性の目のように明かるく輝いていたが同時に重く、無頓着《むとんちゃく》な素振りで、共謀しているかのようで、そして哀れみを湛《たた》えていた。「電話ですって。ここに。十二時半にかかってきたの。まったく、ひどいじゃない――でも、どうでもいいや」それから彼に向き直ったが、温まるまで待っていただけだったかのようで、高価なコートはドレスのはかない輝きの上に開かれていて、今の彼女には実際に美しい性質があった――それは、非の打ちどころのないレプリカが毎月出る千冊の雑誌の表紙から覗《のぞ》かせる顔ではなく、その容姿でもなく、つまり何マイルもの長さのセルロイドフィルムがそこへ種族全体の女性の体を収れんさせる、意図的に中性的な挑発をするような姿でもなく、古い不朽の様式の中の、完全に女性的な性質であり、そして原始的で自信ありげな、冷酷な風貌で彼に近づいて来たのだが、その時彼女は既に腕を上《あ》げていた。「そうよ！　運だってあたしも言うわ！」と言い、彼の体に腕をまわし、上体をうしろに反らせて彼の顔を覗《のぞ》き込んだのだが、彼女の顔は勝ち誇っていて、その香りは今、温かい女性の香気になって、冷ややかな芳香は解《と》けていった。「今すぐって言ったのよ。だから、あたしたち行けるわ。ほら。分かっているの。もう出て行けるのよ。あのお金はお母さんにあげよう、全部あげちゃいなさいよ。あたしたちが構うことじゃないわ。あなたは仕事を見つけられるわよ。どこでどうやって暮らさなくちゃいけないかなんて、どうだっていいことだわ。もう、ここにいる必要はないのよ、もう、お母さんと一緒になんか。お母さんはね——何ていうのかな、あなたを自分から放免したのよ。ただ、あたし車の鍵を失くしちゃったの。でも、それは問題じゃないわ。あたしたち歩けるから。そう、歩くの。何も持たないで、お母さんのものは何も持って行かないでね、あたしたちがここに来た時みたいに」

「今だって」とハワードは言った。「今夜だっていうのか」

「そうよ！　今すぐって言ったのよ。だから、今夜でないと」

「いや」とハワードは言った。それだけだった。どの質問に答えたのか、どの質問を否定したのか述べることもなかった。とはいえ、そうする必要はなかった、まだエイミーが彼を抱きしめていたから。変わったのは彼女の表情だけだった。それはまだ死んではいなかったし、まだ怯《おび》えてすらいなかった。ただ、信じられないわといった表情になっただけだった、子供が信じられないといった表情をしているかのように。「つまり、まだ行く積もりはないってことなの。まだお母さんから離れないっていうの。今夜はあたしをホテルに連れて行こうかっていうだけで、あなたは明日、またここに戻ってくる積もりなの。それとも、今夜一緒にホテルに泊まる積もりもないっていうの。あたしをそこに連れて行って、あたしを置いて、そしてあなたは——」エイミーはハワードを抱きしめ、見つめていた。そして口を開いた。「待って、待って。何か理由があるに違いないわ、何かが――待って」とエイミーは声を上《あ》げた。「待って！　言ったわよね、電話って。十二時半に」エイミーはまだ彼を見つめていた。手にはぐっと力が入り、瞳孔《どうこう》は彼を凝視し、顔には怒りが満ちていた。「そうなの。そういうことなのね。あたしのことでここに電話をかけてきたのは誰なの。教えなさい！　言ってみなさいよ！　説明するわ。教えなさい！」

「マーサ・ロスだよ。さっき曲がり角で君を降ろしたって言っていた」

「嘘をついたのよ！」と、その名前が聞こえるのを待つか待たないかのうちにエイミーはわっと泣き出した。「嘘をついたのよ！　あの時、あたしを家まで送ったんだけど、まだ早かったから、マーサたちの家にそのまま一緒に行ってハムエッグを食べることにしたの。それで、フランクがUターンする前に呼んで一緒に行ったの。フランクは本当だって言うわよ！　マーサは嘘をついてるわ！　あの人たちがたった今、曲がり角であたしを降ろしたのよ！」

　エイミーはハワードをじっと見た。二人が見つめ合っていた間、時は完全に静止していた。それからハワードが口を開いた。「それじゃあ、ブローチはどこ」

「ブローチですって」とエイミーは言った。「何のブローチのこと」だが、コートの中に隠れた手が上に向かって動く様子がハワードにはもう見えていた。それだけでなく、エイミーの顔も目に入り、激しく、だがじっとしたままわっと泣き始める前に息を切らしている子供のように、口を大きく開ける様子をうかがうこともでき、エイミーは涙を流しながら子供のようにむせび、息せき切り、そして完全に絶望的に降参したといった風にこう言った。「ああ、ハワード！　そんなことする積もりはなかったのよ！　そんな積もりじゃ！　そんな積もりじゃ！」

「分かったから」とハワードは言った。「もう、静かにして。しーっ、エイミー。かあさんに聞こえるよ」

「分かったわ。泣かないようにするから」だが、エイミーはまだ、あの締め付けられるように苦しそうで奇妙なほど硬い表情のまま、ハワードに顔を向けていたが、信じ難いほどの水分の流れの下で、目ではなく全ての毛穴がいっせいにわき出させたかのようだった。今、彼女もまた、考えていることを率直に話し、主題や状況には触れなかったが、反抗や否定以上のものではなかった。

「もし見つけていなかったら、あたしと一緒に出て行ったの」

「いや。それでも出て行かないよ。かあさんを置いては行かないよ。かあさんが死ぬまでは置いて行かない。この家だって。置いては行かない。置いては行けないんだ。僕は——」二人は互いを見合い、エイミーはハワードを見つめていた。まるで、彼女自身ではなく、階段の下の羊皮紙色の顔——盛り上《あ》げられた汚れた白髪、恐ろしく容赦ない目——が、彼の瞳孔《どうこう》に映っているのを見ているかのように——彼女自身のイメージは、単なる盲目を越えたものによって薄れて行った。つまり、決然とした、頑強な、磔刑《たっけい》に処されて責め苦しめられるような性質によって。

「ええ」とエイミーは言った。どこからかシフォンの切れ端を取り出し、目をそっと軽く叩《たた》き始めた。そのような時でさえ本能的にマスカラでつく筋に注意しながら。「あの人はあたしたちを打ち負かしたのよ。あのベッドに横たわって、あたしたちを打ち負かしたのよ」エイミーは背を向けるとクローゼットの前へ行き、小型旅行かばんを取り出し、化粧台からクリスタル製品を取り上《あ》げるとその中に入れ、それから引き出しを開けた。「今夜、全部は持って行けないわ。しなくちゃいけないのは――」

ハワードも体を動かし、小さな何も入っていない写真立てが置かれているたんすから財布を取り出し、そこから紙幣を出すと戻ってきて、エイミーの手に握らせた。「これは大した金額ではないと思う。でも、明日までお金は必要ないだろう」

「ええ」とエイミーは言った。「あたしの持ち物の残りも、その時送ってくれたらいいわ」

「そうだね」とハワードは言った。彼女は指で紙幣を折り、しわを伸ばした。ハワードを見てはいなかった。エイミーが何を見ているのか、それがお金ではないということ以外は、ハワードには分からなかった。「財布か何か、それを入れるものはないの」

「あるわ」とエイミーは言った。だが、彼女は紙幣を折ったりしわを伸ばしたりするのを止めず、依然としてそれに目をやることもなく、意識すらしていないようだった。紙幣には何の価値もないかのように。それに気を向けることなく、緩慢《かんまん》な動作でつまみ上《あ》げただけだった。「ええ」と彼女は言った。「あの人はあたしたちを打ち負かしたのよ。あそこで、いつか人が入ってきて運び出すまで、決してそこから動くことはないベッドに横たわって、あのブローチを利用して、あたしたち二人を打ち負かしたのよ」そう言うとエイミーは泣き出した。今度は話し声と同じくらい静かな泣き声だった。「あたしの小さな赤ちゃん」とエイミーは言った。「あたしの愛する小さな赤ちゃん」

ハワードが「静かに」と言うこともなかった。エイミーがまた涙を拭《ぬぐ》うのをただ待っていたのだが、彼女はきびきびと動き、奮起したかのようであったし、微笑んでいるかのような表情で彼を見つめていた。彼女の顔、化粧、慎重そうな夜の顔はやつれて縞《しま》模様が入り、疲れ果てていたが、安らかな涙の余波が満ちていた。「さて」とエイミーは言った。「もう遅いわね」彼女は屈《かが》んだが、ハワードが先にかばんを手に取った。二人で一緒に階段を下《お》りた。ボイド夫人の部屋のドアの上の欄間に明かりが灯《とも》っているのが見えた。

「あいにく、車がないな」とハワードは言った。

「そうね。クラブで鍵を失くしちゃったの。でも、修理工場に電話したわ。朝には持って来てくれるわよ」

二人は玄関広間で立ち止まり、ハワードが電話をかけてタクシーを呼んだ。そうして、時折静かに言葉を交わしながら待っていた。「すぐに寝た方がいいよ」

「ええ。疲れたし。すごく沢山踊ったから」

「どんな音楽だったの。良《よ》かった」

「ええ。分からないわ。良《よ》かったと思う。自分が踊っている時は音楽が流れているのかどうか、普通、気付かないもの」

「そうだね、そう思うよ」やがて車がやって来た。外へ出てそちらへ向かったが、ハワードはパジャマの上にローブを羽織っていた。大地は凍り、鉄のように硬く、空は冷酷に輝いていた。エイミーがタクシーに乗る時に手を貸してやった。

「さあ、家に走って戻って」と彼女は言った。「オーバーも着ていないじゃない」

「ああ。荷物を早めにホテルに届けるから」

「余り早くなくていいわよ。走って行きなさいよ、さあ」エイミーはもう座席に深く腰かけていて、コートに身を包んでいた。ハワードは以前、寝室で、温かい女性の香りが時折、どのように再び凍りつくのかということに気付いていたが、彼女が今また、あのほのかな冷ややかな香りを放っていたことに気付いた。はかなく永続することのない、わびしい香りを。車は走り去り、彼が振り返ることはなかった。玄関のドアを閉めようとした時、母親が彼の名前を呼んだ。だが、彼は立ち止まらず、ドアに目をやることもなかった。ただ、そのまま階段を上《あ》がって行った。生命の無い、単調な、眠ることの無い、威圧的な声の届かぬところへ。火の勢いは弱まっていた。濃いバラ色の輝きが安らかに静かに、暖かく、鏡と光沢のある木に映し出されていた。本はまだ、開かれたまま椅子の上に伏せてあった。それを手に取り、二つのベッドの間にあるテーブルに向かい、以前はパイプクリーナーが入っていた、栞《しおり》として使っているセロファンの包みを探してそれを見つけると、読んでいたところに挿《はさ》んで本を置いた。それはコートのポケットに入るサイズの、モダン・ライブラリーの『緑の館』（ウィリアム・ヘンリー・ハドソン著）だった。彼はこの本を思春期に見つけた。それ以来、この本を読んでいた。その頃、彼は存在しないリオラマを探す三人の旅の部分だけを読んだ。その部分を探し出してこっそり読んでいたのだ。普通の少年であれば、普通のありきたりの好色本や猥褻《わいせつ》なものを持っているだろうが、そのように。リマと一緒に不毛な山を登ってほら穴に向かうのであるが、その時は、彼が探していたのがほら穴のシンボルであるということは知らず、そしてついにはリマと同様の、逃れて脱出したいという望みや必要性から逃げ、彼女のあとに続いてほら穴を進み、彼女が落ち着いているところまでやって来るのだが、彼を待ってすらいないし、冷たく悲嘆することもない月の中で、マッチの炎のように弱弱しく、限られた時間しか存在しないのであった。当時、あどけなかった彼は、ある種の切迫した絶望的な喜びを伴いつつ、彼女に関する謎は物理的なものであるから謎ではないと信じていた。つまり、彼女は身体的に入り込めず、不完全であるということであった。平和的な絶望を伴いつつ、彼自身には何も欠陥がないということによって(そのように信じていた)かつての彼自身を正当化し、正しいということを立証しているのであった。若者がするように、本で読んだ内容によって。だが結婚した後は、子供が亡くなり、土曜の夜が始まるまで、ハワードが再びその本を読むことはなかった。そうして、かつては探していたリオラマへの旅を避けた。今、彼はアベル(自分が独りぼっちであることを知っていた、地上で一人の男)が、鳥の声が満ちた、なんびとも通すことなく、行く手をはばむ森の中でさまよっているところだけを読んだ。それから彼はたんすへ向かい、財布を入れておいた引き出しを再び開け、しばし立ちつくしていた。引き出しのへりに手をかけたまま。「そう」と静かに言い、声を上げ《あ》げた。「自分がしようとすることに関しては、いつも正しかったようだ」

浴室は廊下の突き当りにあった。それはあとから建て増しされた部屋で、暖かくもあったのはエイミーのために電気ヒーターを点《つ》けておいたのだけれど、二人ともそのことを忘れていたからだった。彼がウィスキーをしまっておいたのもここだった。母親が脳卒中で倒れてから飲み始め、最初は自分の自由だと考えていて、子供が死んでからはコーンウィスキーの二ガロンの小樽《たる》を浴室に置いておくようになっていた。浴室は家から完全に切り離されていたし、母親の部屋から見ても十分に奥まった所にあったにもかかわらず、彼はドアの周りと下に入念にタオルを詰め、それからタオルを取りはずすと寝室に戻り、エイミーのベッドから羽毛の掛け布団を取ると戻ってきて、ドアを再びふさぐと、その前に掛け布団を吊り下《さ》げた。だが、それでもまだ納得しなかった。そこに立ち尽くしていた。考え込み、沈思にふけり、少しずんぐりしており(ダンスを習うことを諦《あきら》めてから運動は全くしておらず、今ではひっきりなしに酒を飲んでいたので、体型にイタリアの若い修練士らしいところはもはやほとんどなかった）、手からは拳銃が下《さ》がっていた。ハワードはあたりを見回し始めた。折り畳《たた》まれて浴槽のへりにかけられていたバスマットに視線が落ちた。手も拳銃も丸ごとマットで包むと、後方の壁にそれを向けて発砲した。その銃声はこもった不快な音を立てたが、けたたましく響くことはなかった。それでもなおハワードは、この距離からでも聞こえることを期待しているかのように、立ったまま耳を傾けていた。だが、何も聞こえなかった。ドアが再び開かれ、彼が静かに廊下を伝って行き、階段を下《お》りて、母親の部屋のドアの上の暗い欄間がはっきりと見えるところまで行った時も。けれども、この時も立ち止まりはしなかった。冷ややかで無力な推論を聞きながら、静かに階段を上《あ》がり戻っていくのであった。おまえの父親のように、どちらとも一緒に暮らすことはできないようだが、おまえの父親とは異なり、彼女たちがいなければ生きていくことはできないようだな、という声に耳をそばだてることはなかったが、「そうだな、正しかったようだ。僕よりも自分たちのことをよく知っていたようだ」と静かに心の中でつぶやきながら。そうして浴室のドアを再び閉め、その周りと下に入念にタオルを詰めた。だが、今回は掛け布団を吊り下《さ》げなかった。自分の上にそれを引き寄せるとしゃがみ込み、その中にうずくまった。パイプのように歯の間に銜《くわ》えられた拳銃の銃口。分厚く柔らかい掛け布団で頭をくるみ、急いですばやく体を動かした。既に窒息しかかっていたから。

屍(カルカソンヌ)

そして我《われ》は淡黄色の仔馬《ポニー》に跨《また》がり、それは青い電気のような眼ともつれ、からまった炎のようなたてがみを持っていて、丘を駆け上がり、この世の高天にまさに入ってゆく。

彼の骸骨《がいこつ》は静かに横たわっていた。多分、それは、このように考えていた。ともかく、しばらくして、それは、呻《うめ》いた。だが、何も言わなかった。それは確かにそなたのようではない、と彼は考えた。そなたはそなた自身のようではない。しかし、少々の静けさは、喜ばしいことではない。

彼は、一枚の広げたタール塗りの屋根葺《ふ》き用の紙の開いた断片の下に、横たわっていた。それが彼のすべてである。ただし、それと別なのは、虫《インセクト》にも気温にも影響されないその部分であり、それに、目的地のない仔馬《ポニー》に乗ってたゆみなく疾駆して、蹄《ひづめ》が反響することも足跡を残すこともなく、決して到達することのない青い絶壁に向かってゆくその部分だった。その部分は、肉体のものでもなく、魂《たましい》のものでもなく、彼は、タールを塗った紙の寝具の下に横たわりながら、少々愉快げに欠乏気味の瞑想にふけって、疼《うず》きを覚えるのだった。

眠りの技《わざ》も、夜間の巣ごもりのそれも、簡単だった。毎朝、寝台《ベッド》全体が逆転して糸巻になり、隅《すみ》に直立して立った。それはまるで、ああした眼鏡、老婦人がよくつけていた読書眼鏡のようだった。特に目立たない金色の小ぎれいな箱に入っている心棒に巻き付いたひもにつながっている、眠りの母の深々とした胸につながっているあれのようだった。

彼は、静かに横たわって、こうしたものをじっくりと味わい、楽しんでいたのである。彼の下《もと》で、リンコン（スペイン語圏の港町の名前）は、その宿命的でひそやかな、毎夜の追求に従っていたのだった。そこでは、街路の濃い、生気のない暗闇の中で、明かりのついた窓やドアが、幅広のたっぷり含まれた筆の油じみた、ぬるぬるした筆跡のように横たわっていた。波止場からは、船の警笛がどこからともなく、響いてきた。一瞬、聞こえたが、次いでそれは、静けさを、大気をめぐり、鼓膜に真空状態をもたらしたが、その中には何ものも、静けささえもがないのだった。それからそれは止《や》んで、退《ひ》いてゆくのだった。静けさが、砂が金属の薄板をよぎってしゅーっと鳴るように、ヤシの葉がぶつかり合うような音でもって、再び息づくのだった。

依然として、彼の骸骨は、不動のまま横たわっていた。多分、それは、このことについて考えていたのであり、それに、彼は、彼のタール塗りの紙の寝台《ベッド》を、彼が毎夜、それを通して夢の織物を見る一対の眼鏡とみなしていた。

一対の透明な眼鏡をよぎって、その馬は、からまりもつれたのたうち回る炎のように、まだ、疾駆しているのである。引き締まってぴんと張った丸い腹部を背にして、前後へとその足は、動き回り、リズミカルに伸びてはまた伸び過ぎ、その都度蹴飛ばすごとの伸び過ぎが、ひょいと動くやわらかい蹄《ひづめ》によって、区切りをつけるように、強調されるのだった。彼は、鞍帯《くらおび》と、乗り手の足の鐙《あぶみ》に乗せた裏を見ることができる。その帯は、馬を、ちょうど鬐甲《きこう》〔馬や犬の肩甲骨間の隆起〕のうしろのところで、二分している。しかし、馬はリズミカルで衰えることのない怒りをもって、しかも前進することなく、なお疾駆し続けるのである。そして、彼は、サラセン人の土侯に向かって疾駆していったあの乗り手のないノルマン人の軍馬のことを考えるのである。その土侯は、目はかくも鋭く、剣を振る手首は、かくも細やかで強力であって、その疾駆する動物を一刀のもとに切断したのであり、分断されたものが聖なるほこりの中で轟《とどろ》き続けながら進んだが、そこでは、陰鬱な退却の中で、ブイヨンの誰それ〔第一回十字軍の将軍、フランスのロレーヌ公ブイヨンのゴッドフリー［一〇六〇？―一一〇〇］であろう〕やタンクリッド〔一〇七八？―一一一二、第一回十字軍時のフランス、ノルマンディの戦士〕もまた、打ち合ったのだった。二分された幾つかは、我々の意気地のない首長の集まった敵どもを貫いて轟き続けて進んだが、それらは、依然として突撃の怒りと誇りに包まれており、己《おのれ》がもう切られて、死んでしまっているのが分からないのである。

屋根裏の天井は、廃《すた》れて傾斜し、低い軒《のき》の方へと傾《かたむ》いていた。暗くて、その体《ボディ》の意識は、見る役目を負いながら、彼の心眼の中では、彼の動きのない体《ボディ》を形作っており、それはあの着実な腐敗によって燐光を放っていた。その腐敗は、彼の生まれた日に、その体の内部に備《そな》わっていたものなのである。肉体は自らの再生、更新を通してつましく自活し、自らを糧《かて》として生き、存在し続ける死者であり、決して死に絶えることはないであろう。なぜというに、我は復活と生命《いのち》であるから。男については、虫《ワーム》は丈夫で、やせて、毛で覆《おお》われているべきである。女については、まあ、素敵に聞こえる音楽のような繊細な娘《ガールズ》については、虫《ワーム》は品よく形作られるべきであり、減じて餌《え》を食して愛らしくなり、餌《え》を食すべきである。だが、我は復活と生命《いのち》である。我にとってはそれは煮え立つ新《あら》たな乳《ちち》として以外何だというのだろう。

暗かった。材木《ウッド》の苦悶は、こうした緯度によって和《やわ》らげられた。空《から》の部屋は、きしまず、損《そこ》なうこともなかった。多分、材木《ウッド》は、しばらくすれば結局は、そのほかのどのような骸骨のようにもなったのだ。ひとたび古い強制の反映が潰《つい》えてしまえばである。骨は、波の消えゆく反響《こだま》によってみな打倒されて、やむなく海の下に、海の大洞窟の中に横たわっているのであろう。自分たちに跨《またが》った下手な乗り手たちを呪う馬たちの骨のようで、それらは、一流の乗り手と関《かか》わりを持ったであろうことを互いに自慢し合っているのである。しかし、誰かが、いつも、一流の乗り手たちに厳《きび》しく当たっていた。そして、海の大きな或いは小さな洞窟の中で、引き潮の力尽きた動きに任せて打ち合う骨となるのがより望ましいのである。

ブイヨンの誰それとタングリッドも何処《いずこ》にや。

彼の骸骨は再び呻《うめ》いた。一対の透明な滑らかな板をよぎって、馬はまだ疾駆していた。たゆむことなく、前進することなく、その目的地は、眠りが宿《やど》っている納屋である。暗かった。ルイ、彼は、階下の酒場を営《いとな》んでいるが、彼が屋根裏部屋で眠るのを許してくれた。しかし、スタンダード石油会社（J・D・ロックフェラーのオハイオ・スタンダード石油会社（一八七〇年）に始まるアメリカの巨大な石油会社。のち、シャーマン法の成立により、終にはエクソン、シェブロン、モービルなど三十三の独立企業に分かれた）は、その屋根裏部屋と屋根葺《ふ》き用の紙を所有していて、暗闇もまた持っていた。そこはウィッドリントン夫人の、スタンダード石油会社の夫人のもので、暗闇を彼は、眠るのに利用していた。彼女は、もしそなたがどこであれ働かなければ、そなたを詩人にもしたであろう。彼女は信じていたが、もし呼吸する理由が彼女に受け入れられなければ、それはもう理由たり得なかったのである。彼女にとり、もしそなたが白人であって、働かなければ、そなたは浮浪者か、さもなければ詩人だろう。多分そなたは、そうだった。女というものは、とても賢《かしこ》い。彼女たちは、現実に乱されることなく生きる術《すべ》を知っていて、現実に動じないのである。暗かった。

そして、我の骨を打ち合わせるのである。暗闇だった。小さな足の立てる妖精のようなパタパタ音でいっぱいの暗闇。ひそやかで余念のないものだった。時々、顔面上のその冷たい足音が、夜中に彼を目覚めさせた。そして、彼の動きに対して、それらは、まるで風の中で枯葉が突然バラバラになるように、目には見えないが、ささやくようなアルペッジョ調の細やかな音を立てて、慌てて小走りし、こそこそと貪欲《どんよく》な、薄いが確かな臭気を残したのである。時々、軒《ひさし》の荒れ果てた傾斜に沿って日光が斜めに灰色に差している間、そのように横たわりながら、彼は、薄暗がりから薄暗がりへと移るそれらの影の多いぴくぴくした動きを見守ったが、それは、猫のように影が多く、とても大きくて、よどんだ静けさに沿って妖精のような足のああしたささやくようなほとばしりをあとに残すのだった。

ウィッドリントン夫人は、ねずみを所有してもいた。だが、裕福な人々は、それだけ多くのものを持たなければならないのである。ただ、彼女は、ねずみたちが、詩を書くことによって、彼女の暗闇と静けさを利用することに対して、つぐないをしてもらうことを期待してはいなかった。それらができなかったであろうというのではなくて、恐らくかなり立派な詩だったのである。バイロン〔ジョージ・ゴードン、一七八八―一八二四、イギリス十八世紀初期ロマン主義時代の代表的詩人の一人〕に関《かか》わるねずみの何かである。ひそやかな貪欲《どんよく》さの説示である。血なまぐさいアラス織りの背後の小さな足の妖精のようなパタパタ音である。そこでは落ちそこでは落ちそこでは我は王の中の王だったしかしその女は我の骨を打ち合わせる犬の目を持った女とともに。

「我は何かを成し遂げたいんだ」と彼は、暗闇の中で音も立てずに唇を形作りながら、言った。そして、その疾駆する馬は、彼の心を再び音のない轟きで満たした。彼は、鞍帯《くらおび》と乗り手の鐙《あぶみ》に乗せた足の裏を見ることができた。そして彼は、あのノルマン人の軍馬のことを想《おも》った。それは英国のゆったりした湿っぽい緑の谷々で鉄の鎖帷子《くさりかたびら》をつけた沢山の父親たちから生まれた軍馬で、熱暑と渇きとちらちら光る無に満たされた地平線に荒れ狂い、更に生じた勢いのリズムと溶け合って、それと気づかぬままに、切断されたままで雷《いかずち》の如くに轟き進んだのである。その頭は、鎖帷子に覆《おお》われて、前方を全く見ることができなくて、金属板の中央から突き出しているのは――突き出しているのは――

「面鎧《めんよろい》だ」と彼の骸骨が言った。

「面鎧《めんよろい》だ」彼はしばし、想いをめぐらした。その間、死んでいることが分からぬその獣は、イエス・キリストの敵の横隊が聖なるほこりの中で開いて通す中を轟き進んだのである。「面鎧《めんよろい》だ」と彼は繰り返した。それがしたように、隠退した生を生きる。彼の骸骨はこの世のほとんど無同様のものを知ることができた。だが、それは、彼の心から一時的に流れ出たわずかのささいな情報を彼に提供する驚くべき、腹立たしくもある方法を有していたのである。「そなたの知ってることは、我がそなたに話すことだけなんだ」と彼は言った。

「必ずしもさにあらず」と骸骨は言った。「我には、生の終わりは穏やかに横たわることだということが分かっておる。そなたは、まだそのことを学んでいない。或いは、そなたは、ともかく、そのことを我に話しちゃあいない」

「おお、我にはそのことが分かっているよ」と彼は言った。「我はそれをもう十分に言い聞かされているんだ。それは違うんだよ。我は、それが真実だとは信じちゃあいないんだ」

骸骨は呻《うめ》いた。

「我はそれを信じてないんだ、いいね」と彼は繰り返した。

「いいよ、いいよ」と骸骨は、いらいらしながら言った。「我はそなたと争いはしないよ。決してそうしない。ただ、そなたに忠告だけはしておくよ」

「誰かがそうしなくちゃあ、思うにね」と彼は、不機嫌そうに、応じた。「少なくとも、そんな風に思えるな」彼は、妖精のパタパタ音でいっぱいの静けさの中で、タールを塗った紙の下に静かに横たわっていた。再び彼の体が傾き、上方へとぼんやりと溶解してゆく、消えゆく陽光のあばら骨で穹稜状《きゅうりょうじょう》になっている乳白光の通路を通して、下方へと傾いていった、そして遂には、海の風のない庭園に安らぐようになった。彼の周りには、揺れる大洞窟や小洞窟があり、そして彼の体《からだ》は、小さく波打つ床の上に横たわり、潮の流れの揺らめくこだまに呼応して平穏に、前後に揺《ゆ》れるのである。

我は何か大胆で悲劇的で、簡素なことを成し遂げたい　彼は、パタパタいう静けさの中で音にならない言葉を形作りながら、繰り返した。我は跨《また》っているが、それは、青い電気のような目をして、もつれた炎のようなたてがみを持ち、丘を上がって疾駆し、まさにこの世の高天の中へと入ってゆく淡黄色の仔馬《ポニー》なのだ。なお疾駆して、その馬は外界へと舞い上がる。なお疾駆して、それは、天の長い、青い丘を轟《とどろ》いて上がり、そのたてがみを炎のような黄金の渦巻き状になびかせて、投げ上げているのである。軍馬と乗り手は雷《いかずち》のように轟《とどろ》いて突き進み、轟いて、細まり、小さくなってゆくのである。暗闇と沈黙の広大無辺の中の消えゆく星は、そこでは不変のまま薄れながらも懐《ふところ》深く、横腹も重々しくあって、彼の母たるこの大地の暗く、悲劇的な姿に深く想いを馳《は》せるのである。

二人の兵士

オレとピートは坂道を下《くだ》ってキルグルーじいちゃんの家に行って、ラジオを聞いてたもんだった。夕飯が済むまで、暗くなるまで二人で待っていて、キルグルーじいちゃんちの居間の窓の外に立っていたんだけど、そうしていれば、キルグルーじいちゃんのかみさんは耳が不自由なので、最大の音量でラジオを流すから、オレとピートにも、キルグルーじいちゃんのかみさんに聞こえるのと同じくらいはっきりと聞こえていたと思う。締め切った窓の外に立っていてもね。

そしてその夜、オレは言ったんだ。「なに。日本人って。パール・ハーバーってなに」そしたらピートに「黙ってろ」と言われた。

そいでオレとにいちゃんはそこに立っていて、寒かったんだけど、ラジオの中のやつが話しているのを聞いていて、でもオレだけがまるっきし理解できていなかった。それからそいつが、これまでに入っている情報は以上ですと言ったので、オレとピートは坂道を歩いて上《あ》がって家に戻って、ピートが何のことだったのか話してくれたんだ。だって、ピートは二十歳近かったし、去年の六月には統合学校を卒業していて、すっごく沢山のことを知っていたから。あいつら日本人がパール・ハーバーに爆弾を落としたことや、パール・ハーバーが水の向こうにあることとかね。

「どの水の向こうなの」とオレは言った。「オックスフォードにある、政府の貯水池の向こう側なの」

「ちげえよ」ピートが言った。「おっきな水の向こうだよ。太平洋」

家に着《つ》いた。かあちゃんととうちゃんはもう眠っていて、オレとピートはベッドに横たわったけど、オレにはまだ、そこがどこなのか分からなかった。それで、ピートはもう一度教えてくれたんだ。太平洋だって。

「どうしたんだい」とピートが言った。「お前はもう九歳になるんだろう。九月から学校に通っているじゃないか。まだ何も習ってないのか」

「まだ太平洋まで進んでいないと思う」とオレは言った。

オレたちはまだヴェッチ〔緑肥や飼料として利用するソラマメ属の植物〕の種を蒔《ま》いていたところで、十一月十五日までには蒔《ま》き終えないといけなかったんだけど、なぜかというと、とうちゃんが、オレとピートにとうちゃんのことが良《よ》く分かるようになってからずっとそうなんだけど、遅れていたからなんだ。薪《まき》も取り込まなくちゃいけなかったけど、毎晩、オレとピートは坂道を下《くだ》ってキルグルーじいちゃんちに行って、寒い中、居間の窓の外に立ってラジオを聞いていた。それから家に戻ってベッドに横になってから、何の話だったのかピートが教えてくれていたんだ。どういうことかっていうと、ちょっとの間は教えてくれようとしてたってことだ。それから、教えてくれなくなった。これ以上、もう話したくないといった感じだった。黙ってろ、寝たいんだ、と言われたんだけど、眠たそうには全然見えなかった。

ピートはそこに横たわっているんだけど、眠っている時よりもずっと静かだったので、何かがあったのだろう。それがピートから出てくるのが感じられたんだ、オレに腹を立てている時のみたいのが。でも、オレのことを考えていないことだけは分かったし、それか、何かを心配しているみたいだったけど、そういうわけでもなかった。だって、心配事なんか何もなかったから。ピートがとうちゃんのように遅れることは決してなかったし、居残りをすることなんか、もちろんなかった。統合学校を卒業した時、とうちゃんはピートに十エーカーの土地をあげて、オレもピートも、とうちゃんは少なくとも十エーカーの土地を手放して、自分の悩み事が減ったと喜んでいやがったと思っていた。そしてピートは十エーカー全部に種を蒔《ま》いてヴェッチを育てて開花させて、敷き詰めて冬に備えていたので、それでもなかった。でも、それは何かだった。そして、オレらは毎晩キルグルーじいちゃんちに行ってラジオを聞き続けていてさ、やつらは今、フィリピンで活動しているけど、マッカーサー将軍が防いでいた。それから家に戻ってベッドに横たわるんだけど、ピートは何も教えようとしないし、しゃべろうともしなかった。じっと横たわっているので、マチブセコウゲキをしているみたいだったし、触ると脇腹や足が鉄みたいに硬くて動いていないように感じられて、そして少ししたらオレは寝ちゃっていた。

そしてある晩――二人で薪《まき》を割っていたところで、薪《まき》を必要なだけ割っていないってきつくしかってきたほかは、オレに向かって何も言わなかったのは初めてだったんだけど――ピートがこう言ったんだ。「行かなくっちゃ」

「どこへ行くの」とオレは言った。

「あの戦争に行くんだ」とピートが言った。

「まきを取り込む前に行くの。まだ終わっていないのに」

「薪《まき》なんか。ちくしょう」とピートは言った。

「分かったよ」とオレは言った。「オレたちいつ出発するの」

でも、ピートは聞いてすらいなかった。そこに横たわっていた。硬く、じっとしたまま。暗闇の中の、鉄のように。「行かなくっちゃ」とピートは言った。「ガッシュウコクに対してあんなふうに応じてくるやつらには我慢ならねえ」

「そうだね」とオレは言った。「まきがあってもなくても、オレたち行かなくっちゃと思うよ」

この時は、オレの言葉を聞いてくれていた。ピートはまた横になってじっとしていたけれど、その静けさは別の種類のものだった。

「おまえがか」とピートは言った。「戦争へ行くのか」

「にいちゃんはおっきなやつらを叩きのめして、オレはちっちゃなやつらを叩きのめすんだ」と言った。

そしたらピートは、オレは行けないと言ってきた。オレに追いかけられるのはごめんだと思っているのかと、初めは考えた。タルんちの女の子たちを誘いに行く時に、オレを一緒に行かせないみたいな。そしたらピートは、オレが幼な過ぎるから陸軍が行かせないと言った。本気でそう言っていて、とにかく、どうしても行けないということが分かった。そしてなぜか、オレはその時までピートが自分で行くなんて考えていなかったんだけど、自分が行くんだ、オレを一緒に行かせる積もりは全然ないんだ、と今分かった。

「それじゃ、みんなのためにまきを割って、水を運ぶよ！」とオレは言った。「まきと水がいるでしょ！」

とにかく今、ピートはオレの言う事を聞いてくれていた。もう鉄みたいじゃなかった。横を向いてオレの胸に手を置いたのは、仰向けになったまま体を伸ばして硬くなっていたのがオレのほうだったから。

「だめだ」とピートは言った。「お前はここにいて、とうちゃんを手伝わなくっちゃ」

「何を手伝うの」とオレは言った。「とうちゃんはどうやったって挽回できっこないよ。これ以上遅れっこないよ。オレとにいちゃんがあいつら日本人を叩きのめしている間、このシャツのすそくらいちっぽけな畑の世話くらいきっとできるさ。オレも行かなくっちゃ。にいちゃんが行かないといけないんなら、オレも行かなくっちゃ」

「だめだ」とピートは言った。「しっ。黙ってろ」それで、ピートは本気でそう思っていて、オレにはそうだってことが分かった。オレだけが本人の口から確認したんだ。オレは口をつぐんだ。

「そしたら、オレは行けないってことだね」と言った。

「だめだ」とピートは言った。「お前は行けないってことだ。第一、幼すぎるし、第二に――」

「分かったよ」とオレは言った。「それじゃ、黙って寝かせてよ」

そしたらピートは黙って、くつろいだように仰向けになった。そして、オレはもう寝ちゃったみたいにそこに横たわっていたら、ピートはすぐに眠り出した。戦争に行きたいということが気をもませていて、それで眠れなかったんだということが分かったし、今、ピートは行くことを決めたので、もう悩んではいなかったんだ。

次の日の朝、ピートはかあちゃんととうちゃんに話していた。かあちゃんは大丈夫だった。かあちゃんは泣いていた。

「だめよ」と言っていた。泣きながら。「あの子に行ってほしくないの。できることなら、自分が代わりに行きたいわ。国を救いたいわけじゃないのよ。日本人たちが国を奪って留《とど》まっていたっていいわ。私と私の家族と私の子供たちを放っておいてくれるんなら。でも、あのもう一つの戦争に行った兄弟のマーシュのことを覚えているからね。まだ十九歳だった時に戦争に行かなければならなかったけど、あの時のお母さんはそれを理解できなかった。今の私と同じように。でも、行かなければならないのなら、行かなければならないわね、とマーシュに話していたわ。だから、ピートがこれに行かなければならないのなら、行かなければならないわね。何でなのか分かって欲しいとは言わないでちょうだい」

でも、とうちゃんがそうだった。そういうやつだった。「戦争に行くのか」と、とうちゃんは言った。「何でだ、ちっとも役に立たないと思うけどな。徴兵を受ける年齢ではないし、この国も侵略されていないし。ワシントンＤ・Ｃにいる大統領が状況を見ていて、俺たちに知らせるだろう。それに、お母さんが今言ったように、あのもう一方の戦争では、俺は徴兵されてテキサスに送られて、やっと戦闘が終わるまで八か月近くそこに留《とど》め置かれていたんだ。フランスの戦場で実際に傷を負ったマーシュおじさんも含めて、国を守るために俺と俺の家族がしなきゃなんねえことは、それで十分だと思うけどな。少なくとも、俺が生きている間は。それに、お前が行っちまったら、誰に畑を手伝ってもらったらいいんだい。ずいぶんと遅れちゃいそうだなあ」

「オレの記憶にある限り、とうちゃんはずっと遅れているだろ」とピートは言った。「とにかく、行く積もりなんだ。行かなくっちゃ」

「もちろん、行かなくっちゃ」とオレは言った。「日本人のやつら……」

「黙りなさい！」かあちゃんは泣きながら言った。「お前には誰も話しかけていないよ！　薪《まき》を一抱え分持って来なさい！　それがお前にできることでしょう！」

それで、薪《まき》を持って来たんだ。そして次の日には一日中、オレとピートととうちゃんは、その日のうちに運べるだけ沢山の薪《まき》を取り込んでいて、というのも、とうちゃんの頭にある沢山の薪《まき》っていうのは、かあちゃんがまだ火にくべていない、壁に立てかけられてあるあと一本の薪《まき》のことだとピートが言っていたからなんだけど、その間、かあちゃんはピートの出発の準備をしていた。かあちゃんはピートの服を洗って繕って、糧食を作って靴箱に詰めてやっていた。そしてその夜、オレとピートはベッドに横たわったまま、かあちゃんが荷造りをしながら泣いているのを聞いていたんだけれど、しばらくしてピートが、ナイトシャツを着たまま起き上《あ》がって、あっちに戻って行って、二人が話しているのが聞こえてきたんだ。そして最後になってかあちゃんは、「行かなきゃいけないのだから、行って欲しいと思うわ。でも理解できないし、決して理解できやしないから、期待しないでちょうだいね」と言った。それからピートは戻ってきてまたベッドに入って、また仰向けになって、鉄のように固くじっと横たわって、そしてつぶやいていた。オレに話しかけてはこなかったし、誰に話しているのでもなかった。「行かなくっちゃ。ほんと、行かなきゃなんねえ」

「もちろん、行かなくっちゃ」とオレは言った。「日本人のやつらめ——」ピートは激しく寝返りを打って、押し寄せて来るような勢いで体を横に向けて、暗闇の中でオレを見つめていた。

「どっちみち、お前は大丈夫だ」と言った。「お前とのやり取りのほうが、他のみんなを合わせたよりも、もっと面倒なことになるんじゃないかって思っていたんだ」

「自分にもどうにもできないと思うから」とオレは言った。「でも、あと数年は続くかもしれないし、そしたらオレもそこに行けるかもしれない。歩いていて、いつかにいちゃんにばったり出会うかもしれないから」

「そうならないといいけど」とピートは言った。「楽しむために戦争に行くんじゃないんだぞ。ただ楽しむためだけに、泣いているかあちゃんを置いて行ったりはしないんだからな」

「それじゃ、なんで行くの」とオレは言った。

「行かなくっちゃ」とピートは言った。「ただ、行かなきゃなんねえんだ。もう寝ろ。朝早く来るバスに乗らなきゃなんねえんだ」

「分かったよ」とオレは言った。「メンフィスはおっきなところだって聞いてるよ。陸軍がどこにいるのか、どうやって探すの」

「どこに行ったら入れるのか、誰かに聞いてみるさ」とピートは言った。「もう寝るんだ」

「そういうふうに聞くの。どこで陸軍に入るのかって」とオレは言った。

「そうだ」とピートは言った。そして、また仰向けになった。「黙って寝ろ」

オレたちは眠りについた。次の日の朝、ランプの灯《あか》りで朝ご飯を食べた。バスが六時に通るからだった。かあちゃんはもう泣いていなかった。ただ、険しい表情で忙しくしているように見えて、オレたちが朝ご飯を食べている間、テーブルに食べ物を置いていた。それからかあちゃんはピートの荷物をまとめ終えたんだけど、ただ、ピートは戦争にかばんを持って行きたがらなかった。でもかあちゃんは、ちゃんとした人は着替えとそれを入れて運ぶものを持たないままどこへも行きはしないよ、戦争にだって行かないよ、と言った。フライドチキンとビスケットが入った靴箱を入れて、聖書も入れて、そうしたら出発の時間になった。オレたちはその時まで、かあちゃんはバスのところに行かない積もりだということを知らなかった。かあちゃんはピートのキャップとオーバーを持って来ただけで、その時ももう泣いてはいなくて、ただピートの肩に手を置いて立ったまま動かなかったんだけど、どういうわけか、それにピートの肩を抱いているだけだったんだけど、昨日の夜、ピートがベッドでオレのほうを向いて、どっちみち、お前は大丈夫だと言った時と同じくらい硬く恐く見えた。

「国を奪って留《とど》まっていたっていいわ、私や私の家族の邪魔をしない限り」とかあちゃんは言った。それからこう話しかけた。「自分が誰なのかを決して忘れないでね。あなたはお金持ちではないし、フレンチマンズベンド（ジェファソンの32キロメートル余南東の川沿いの一地区）の外の世界の人たちは、あなたのことを知りもしないわよ。でも、あなたの血筋はどこの人の血筋とも同じように良《よ》いものよ、だからそれを決して忘れないようにね」

　それからかあちゃんはピートにキスをして、それからオレたちは家を出て、ピートがそうして欲しがっていたかどうかは分からないけど、とうちゃんはピートのかばんを運んで来た。郵便受けの前を通っているハイウェイにしばらく立っていたけれど、まだ夜は明けていなかった。そうしたら、やって来るバスのライトが見えたので、バスが近付いてきてピートが合図をして止めるまで、オレは眺めていた。そしたら、やっぱり陽が射してきた――オレが見ていない間に陽が昇ってきたんだ。そして今、オレとピートは、とうちゃんが前みたいに、マーシュおじさんがフランスでどのように負傷したかってことや、とうちゃんが一九一八年にテキサスへ旅したことが、一九四二年にガッシュウコクを救うのには十分なことであるはずだという話とか、何かバカなことを言うだろうと期待していたんだけれど、とうちゃんは何も言わなかった。とうちゃんもちゃんとやっていたよ。「さようなら、俺の息子。お母さんが話したことを忘れないで、時間がある時にはいつでもお母さんに手紙を書きなさい」とだけ言った。それからピートの手を握ったんだけど、ピートはオレにちらりと目をやって頭に手を置くと、首がもげそうになるほどめっちゃ強く頭をこすってバスに飛び乗った。運転手がドアを取り込んで閉めた後、バスはブルブルと音を立てて動き出して、ブルブル、ギシギシというう なり音がどんどんおっきくなって、スピードを上《あ》げて行った。後ろに付いている小さな二つの赤いライトはちっちゃくなるようには見えないで、一緒に走って行ってすぐにくっついて一つの光になるように見えた。でも、そういうふうには全然ならなくて、バスは行っちゃって、そしてほんと、そんなだったんだけど、オレはほとんど泣き出しそうになった、もうすぐ九歳だっていうのに。

オレととうちゃんは家に戻った。その日はずっとオレたちは薪《まき》を割っていたので、夕方近くまで全然チャンスがなかった。それからオレはパチンコを取って来たんだけど、鳥の卵もみんな取りたかったんだ。だってピートがオレに自分が集めた分をくれたし、オレの分も手伝ってくれたんだから。箱を取り出して卵を眺めたいだろうし、オレみたいにね、もうすぐ二十歳だっていうのに。でも、箱はおっき過ぎて遠くまで運ぶのは大変だし、気を使わなくっちゃならなかったので、サギの卵だけ取り出したよ、一番いいやつだったから。そして、それを上手にマッチ箱に入れて、それとパチンコを納屋の隅っこの下のほうに隠しておいた。それからオレたちは夜ご飯を食べてベッドに行って、その時オレは、もう一晩でもこんな感じでその部屋とそのベッドに居なくちゃならないとしたらどうすると考えたけど、そんなの我慢できやしなかった。そしたらとうちゃんがいびきをかいているのが聞こえてきたけど、かあちゃんからは全然聞こえてこなかったので、眠っていたのかどうか分からなかったけど、かあちゃんは眠ってはいなかったと思う。それで、オレは靴をつかんで窓の外に落として、よじのぼって外に出た。ピートがまだ十七の頃にそうしているのをよく見ていたんだ。とうちゃんは、夜に遊び回るにはまだ若すぎるって言って出かけさせなかったから。

で、オレは靴を履《は》いて納屋に行って、パチンコとサギの卵を取り出してから、ハイウェイに出たんだ。

寒くはなかった、ただ、ものすごく真っ暗で、あのハイウェイはオレの目の前に伸びていたんだけど、誰も使っていないので、まるで人間が横たわる時にするみたいに、もう半分さらに伸びたようだった。それでしばらくは、ジェファソンまでのあの二十二マイルを歩き終える前に、真ん丸の太陽がオレを捕《つか》まえるんじゃないかって思っていた。でも、捕まえてはこなかった。丘を上《あ》がって街に入る時、夜が明け始めた。小屋の中で朝ご飯を作ってる匂いがしたので、冷めたビスケットを持って行くことが頭にあったらよかったのにと思ったけど、もう手遅れだった。そしてピートは、メンフィスはジェファソンのちょっと先にあるとこだって話していたけど、八十マイルも先だとは知らなかった。それで、あの誰もいない広場に立っていたら、太陽がどんどん昇ってきて、街灯《がいとう》はまだ燃えていて、あのおまわりがオレを見下《みお》ろしていて、オレはメンフィスからまだ八十マイルのとこにいて、たった二十二マイル歩くのに一晩かかったので、その速さで歩いてメンフィスに着《つ》く頃までには、ピートはもうパール・ハーバーに向けて出発しちゃっていただろう。

「どこから来たんだい」とおまわりは言った。

だから、もう一回言った。「メンフィスに行かなくちゃいけないんだ。にいちゃんがそこにいるんだ」

「ここには知り合いがいないってことかい」とおまわりは言った。「そのおにいちゃんの他に誰もいないのか。こんなに遠く離れたところで、君は何をしているんだ、おにいちゃんはメンフィスにいるのに」

それで、オレはもう一回言ったんだ。「メンフィスに行かなくっちゃいけないんだ。そのこと話してたら時間の無駄だから、それに、歩いてたら時間がなくなっちゃう。今日、着《つ》かなくっちゃいけないんだ」

「ほら、おいで」とおまわりは言った。

おまわりと別の通りに向かった。そしたら、バスが停まっていた。ピートがきのうの朝乗った時のみたいなバスで、違っていたのは、今はライトが点《つ》いていなくて、誰も乗っていなかったことだった。そこは汽車の駅みたいな定期バスの発着所で、切符売り場があって、そのうしろに人が一人いた。おまわりに、「あそこに座っていなさい」と言われたのでベンチに座ったら、おまわりは「電話をお借りできますか」と話していた。少しの間、電話でしゃべっていたけど、受話器を置いて、切符売り場のうしろにいた人に言葉をかけていた。「この子を見ていてくださいね。ハバーシャムさんが起きて支度ができたら、すぐに戻りますから」おまわりは出て行った。オレは立ち上《あ》がって、切符売り場に向かった。

「メンフィスに行きたいんだ」とオレは言った。

「そうだよね」とそいつは言った。「ほら、ベンチに座っていなさい。フットさんがすぐに戻って来るからね」

「フットさんは知らないよ」とオレは言った。「あそこの、メンフィス行きのバスに乗りたいんだ」

「お金はあるの」とそいつは言った。「切符代は七十二セントなんだよ」

オレはマッチ箱を出して、サギの卵を取り出した。「これをメンフィス行きの切符と交換しようよ」とオレは言った。

「それは何だい」とそいつは言った。

「サギの卵だよ」とオレは言った。「見たことないでしょう。一ドルの値打ちがあるんだよ。七十二セントでいいよ」

「だめだよ」とそいつは言った。「そのバスのオーナーは現金で支払うことになっているって言っているからね。もし、チケットを鳥の卵や家畜なんかと交換し始めたら、首になっちゃうよ。ほら、ベンチに行って座っていなさい、フットさんが言ったように――」

オレはドアに向かって歩き始めたけど、そいつがオレを捕《つか》まえた、切符売り場のカウンターに片手をついて飛び越えてオレに追いついて、手を伸ばしてオレのシャツをつかもうとしたんだ。オレはポケットナイフをさっと取り出してパチンと開いた。

「オレに手をかけたら、切り落としてやる」とオレは言った。

そいつを避けて、ドアに向かって走ろうとしたんだけど、そいつは今まで見たどの大人よりも速く、ほとんどピートと同じくらい素早く動くことができた。オレを遮《さえぎ》って、ドアに背を向けて片足を少し上《あ》げて立っているし、他に出て行けるところはなかった。「あそこのベンチに戻っていなさい」とそいつは言った。

それに、他に出口はなかった。それにそいつはドアに背を向けてそこに立っていた。だからベンチに戻ったんだ。その後、バスの発着所は、人があふれるほどいっぱいいるみたいになった。またあのおまわりがいて、毛皮のコートを着た女の人も二人いた。化粧も、もうしている。でも、まだ急いで起きたみたいに見えてて、まだ嫌そうにしていた。年取った人と若い人が、オレを見下《みお》ろしていたんだ。

「オーバーも着ていないじゃないの！」と年取った方が言った。「一体どうやって、一人でここまで来たのかしら」

「お願いします」とおまわりは言った。「兄がメンフィスにいて、そこに戻りたいということ以外、何も聞き出すことができなかったんです」

「そうだよ」とオレは言った。「今日、メンフィスに行かなきゃならないんだ」

「もちろん、行かなければなりません」と年取った方は言った。「メンフィスに着《つ》いたら、お兄さんを本当に見つけられるの」

「見つけられると思うよ」とオレは言った。「一人しかいないし、生まれてからずっと知っているから。会ったらまた分かると思う」

年取った方がこっちに目をやった。「なんとなく、この子はメンフィスに住んでいるようには見えないわ」と話していた。

「たぶん、住んではいないでしょう」とおまわりは言った。「でも、分かりませんよ。どこかには住んでいるのかもしれません、オーバーホール〔分解して点検、修理すること〕しても、しなくても。今の時代は、朝飯を食べたいと期待する所を飛び出して、夜通し散り散りになっていますからね、少年だって少女だって。上手に歩けるようになるかならないかのうちに。昨日はミズーリかテキサスにいたのかもしれませんよ、分かる範囲ではそんな感じですかね。でも、兄がメンフィスにいることに何の疑問も抱いていないようです。私に分かる方策は、この子をそこに送って確かめさせることだけです」

「ええ」と年取った方が言った。

若い方はベンチにいるオレの横に座って、かばんを開けて万年筆と紙を何枚か取り出した。

「さて、ぼく」と年取った方が言った。「私たちは、あなたがお兄さんを見つけるのを見届けますが、まず最初に、私たちの書類に経歴を記録しておく必要があります。あなたとお兄さんの名前、どこで生まれたのか、それからご両親がいつ亡くなったのか知りたいのです」

「経歴だって必要ないよ」とオレは言った。「メンフィスに行きたいだけなんだ。今日、そこに着かなきゃならないんだ」

「ほらね」おまわりは言った。面白がっているみたいな口ぶりだった。「言ったでしょう」

「運が良《よ》かったですよ、ハバーシャムさん」バスのやつが言った。「銃を持っているとは思わないが、そのナイフを開きかねない、それ——いやあ、どんな男にも引けを取らないほどの速さですよ」

でも、年取った方はそこに立って、ただオレを見ていた。

「さて」とその人は言った。「さて、本当にどうしたらいいのかしら、分からないわ」

「分かるさあ」とバスのやつが言った。「俺の自腹で切符をやるさ、暴動や流血から会社を守る手段としてね。そしてフットさんがそのことを市の委員会に話したら、それは市の問題になって、市は返済してくれるだけじゃなくて、メダルもくれるだろう。なあ、フットさん」

でも、誰も聞いてなかった。年取った方はまだ立ちつくしたままオレを見下《みお》ろしていた。そしてまた「さて」と言った。その後、財布から一ドル札を取り出して、バスのやつに渡した。「子供の切符で乗れるんじゃないですか」

「えぇっと」とバスのやつは言った。「どういうきまりなのか分からないんだけど。この子を木箱に入れて、そいつに毒マークを付けなかったら、たぶん解雇されるだろう。でも、それは承知の上だよ」

そしてみんな行っちまった。その後、おまわりがサンドイッチを持って戻ってきて、それをオレにくれた。

「そのお兄さんは、本当に見つけられるのかな」とおまわりは言った。

「まだ納得できないなあ、もちろんだよ」とオレは言った。「最初にピートがオレの目に入らなかったとしても、ピートにオレが見える。にいちゃんもオレのことを知っているから」

そしておまわりも行っちまったので、オレはサンドイッチを食べた。その後、もっとたくさん人がやって来て切符を買って、バスのやつが出発の時間ですと言ったので、オレもピートと同じようにバスに乗り込んで、オレたちは出発したんだ。

街を全部見た。全部見たんだよ。バスが順調に進み出したら、どっと疲れを感じて眠くなってきた。でも、見たことのないもので溢《あふ》れていたんだ。ジェファソンを出て、野原と森を通り抜けて、別の街に入って行って、そこから出て行って、また野原と森を通り抜けて、それから店と綿繰り機と貯水タンクのある別の街に入って、しばらく鉄道に沿って走って、信号機が動くのを見て、汽車を見て、それからまたいくつか街を見て、すっかり疲れ切って眠くなっちゃったんだけど、危険を冒すことはできなかった。そしてメンフィスが始まったんだ。それは何マイルも続いているように、オレには思えた。店が立ち並んでいるところを通り過ぎたので、それは本当にそうだと思ったし、バスも停まるだろうと思った。でも、そこはまだメンフィスじゃなくて、また進んで、貯水タンクや工場の上にある煙突を通り過ぎて行ったんだけど、もしそれが綿繰り機や製材所だったとしたら、あんなにたくさんあるなんてことは知らなかったし、あんなにおっきなものも見たことがなかったし、それを動かせるだけの綿や丸太をどこで手に入れていたのか、オレには分からない。

そして、メンフィスを見たんだよ。今度は当たっているって分かった。それは空に向かってそびえていた。ジェファソンよりもおっきくて、それが全体で一ダースくらいあるほどの町が野原の端っこに築かれているみたいで、ヨクナパトーファ郡にあるどの丘よりも高く、空に向かってそびえていた。それからオレたちはその中にいて、バスは数フィート進んでは止まる感じで、車がバスの両側をぶっ飛ばして行って、通りはその日、町のあっちこっちから来た人たちでごった返していたんだけど、その時までオレには、オレにバスのチケットを売ってくれる人がミシシッピーに一人も残っていなかったら、ましてや経歴を書く人だって残っていなかったらどうなっていたか、分からなかったんだ。それからバスが停まった。それは別のバス発着所で、ジェファソンのなんかよりずっとおっきかった。それで、オレは言ったんだ。「よっしゃ。みんな、どこで陸軍に入るの」

「何だって」とバスのやつが言った。

それで、オレはもう一回言ったんだ。「みんな、どこで陸軍に入るの」

「ああ」とそいつは言った。そして、行き方を教えてくれた。メンフィスみたいにおっきな町でどうしたらいいのか分からないと、最初は不安だった。でも、ちゃんと分かった。あと二回以上聞く必要はなかった。そしてオレはそこにいて、ぶっ飛ばす車やグイグイと押してくる人たち、ひっきり続いたそんな騒ぎから抜け出すことができて、やれやれと思った。そして、もうすぐだと思ったんだけど、もう軍隊に入隊した人がそこにもいっぱい集まっていたらどうしようかと考えた。でも、オレが見つける前に、ピートの方がきっとオレを見つけるだろう。だから、部屋に入って行ったんだ。でも、ピートはそこにはいなかった。

にいちゃんはそこにもいなかった。おっきな矢じり模様が付いている袖を動かして何かを書いている兵士がいて、その前に二人立っていたんだけど、他にも何人かいたと思う。そこにはたしか他にも何人かいたと思うよ。

オレは、兵士が書きものをしているテーブルに行って「ピートはどこ」と言った。そしたら兵士は顔を上《あ》げたので、こう言った。「にいちゃんだよ。ピート・グリア。どこにいるの」

「何だって」と兵士は言った。「誰だって」

それで、オレはもう一回言ったんだ。「きのう、陸軍に入ったんだ。パール・ハーバーに行くんだよ。オレもだ。にいちゃんの出発に間に合いたいんだ。にいちゃんをどこに連れていったの」その時、全員がオレを見ていたんだけど、オレは全然気にしなかった。「ねえ」とオレは言った。「にいちゃんはどこ」

その兵士は手を止めた。テーブルの上に両手を広げた。「おい」と兵士は言った。「お前も行くってゆーのか、ははっ」

「そうだよ」とオレは言った。「まきと水が必要でしょう。割って運べるよ。ねえ。ピートはどこ」

その兵士は立ち上《あ》がった。「誰がお前をここに入れたんだ」と言った。「冗談はよせっ。あっちへ行けっ」

「ちきしょう」とオレは言った。「ピートがどこにいるのか教えてくれよ――」

驚いたのなんのって、そいつはバスのやつより素早かった。テーブルの上を飛び越えて来たりはしないでテーブルを周って来たのに、いつの間にかオレの傍《そば》に来ていたので、オレは飛びのいてポケットナイフをさっと取り出し、パチンと開いて一撃《ひとう》ちすることしかできなかったんだけど、そいつは大声で叫びながら飛びすさって、片手をもう一方の手で摑《つか》んで、立ちすくんだままののしったり叫んだりしていた。

そこにいた一人がうしろからオレを摑《つか》んだので、オレはそいつにナイフで一撃《いちげき》を喰《く》らわせた。でも、届かなかったんだ。

そして二人がオレをうしろから捕《つか》まえてきて、別の兵士が後方のドアから出てきた。馬用の革製のストラップが付いたベルトを締めていて、そのストラップは片方の肩に掛かっていた。

「何してやがるんだ」とそいつが言った。

「あのちびが俺をナイフで切りつけたんだ！」最初の兵士が叫んだ。そう口にした時、オレはまたそいつに襲い掛かろうとしたけれど、二人のやつがオレを摑《つか》んでいた、二対一だった。そうしたら、裏打ちされたストラップを肩に掛けた兵士が「こらこら、少年、ナイフをしまうんだ。誰も武装していないぞ。男なら、素手のやつを相手にナイフで戦ったりしないぞ」と言った。それから、そいつの言うことが聞けるようになった。ピートがオレに話しかけているみたいだった。「その子を放せ」とそいつが言った。やつらはオレから手を放した。「それで、一体何で騒ぎになっているんだ」だから、オレは説明したんだ。「なるほど」とそいつは言った。「それでお前は、兄さんが行っちまう前に、大丈夫かどうか確かめに来てるんだな」

「違うよ」とオレは言った。「オレが来たのは――」

でも、そいつはもう、最初の兵士が手にハンカチを巻き付けている方を向いていた。

「その子のことは分かったのか」とそいつは言った。最初の兵士はテーブルに戻ると、書類に目を通した。

「ここにいますよ」と言った。「きのう、入隊しています。今日の午前に、リトルロックに向けて出発する分遣隊にいます」そいつは腕時計をはめていた。時計に目をやった。「汽車はおよそ五十分後に出発します。自分が知っている田舎の子たちは、おそらく今頃、みんな駅にいるでしょう」

「ここに連れてこい」とストラップを掛けたやつが言った。「駅に電話しろ。タクシーを呼ぶよう、ポーターに伝えるんだ。それで、お前は俺と一緒に来なさい」と言った。

そこは裏にある別のオフィスで、テーブルが一つと椅子がいくつかだけあった。オレたちはそこに座っていて、その間、兵士はタバコを吸っていたけれど、それほど長くは待たなかった。足音が聞こえてきて、すぐにそれがピートのだと分かった。最初の兵士がドアを開けて、ピートが入って来る。軍服は着ていなかった。昨日の朝、バスに乗った時と全く同じように見えたんだけど、とにかく一週間は経ったように感じられた。だってたくさんのことが起こって、あんなに長い距離移動しなければならなかったんだから。ピートは入って来てそこにいた。オレを見ていたんだ、まるで家から一歩も出ていないみたいに。ここがメンフィスで、パール・ハーバーに向かうところだったということを除いては。

「お前、こんなとこで何してやがるんだ」とピートは言った。

それでオレは言ったんだ、「料理するのにまきと水がいるでしょ。みんなのためにオレが割って、運んであげられるよ」

「だめだ」とピートは言った。「家に帰るんだ」

「だめだよ、ピート」とオレは言った。「オレも行かなくっちゃ。行かなくっちゃ。胸が張り裂けそうなんだよ、ピート」

「だめだ」とピートは言った。そして兵士を見た。「弟に何が起きたのか分からないんです、中尉殿」と言った。「これまで、生まれてから一度も人にナイフを向けたことなんかないんです」ピートはオレの方に顔を向けた。「何でこんなことしたんだ」

「分からないよ」とオレは言った。「どうしても。どうしてもここに来なくちゃいけなかったんだ。どうしてもにいちゃんを見つけなくっちゃいけなかったんだ」

「まったく、二度とこんなことするなよ、聞いてるのか」とピートは言った。「そのナイフをポケットに入れて、そこにしまっておくんだぞ。誰かに向けてそいつを引き抜いたってもういっぺん聞いたら、どこにいたって戻って来て叩きのめしてやるからな、聞いてるのか」

「もしそれでにいちゃんが戻って来てずっといるんなら、まじで喉を切るよ」とオレは言った。「ピート」オレは言った。「ピート」

「だめだ」とピートは言った。その口調はもう、厳しくも早口でもなくて、穏やかとも言える声だった。そして、ピートを変えることは絶対にできないとその時分かった。「家に帰らなくちゃだめだ。お前がかあちゃんの面倒をみなくっちゃ、それに、俺の十エーカーの世話をしてもらいたいんだ、お前を頼りにしてるんだからな。家に帰って欲しいんだ。今日だ。聞いてるのか」

「聞いてるよ」とオレは言った。

「一人で家に帰れるのかなあ」と兵士が言った。

「一人でここまで来ています」とピートは言った。

「戻れると思うよ」とオレは言った。「一か所にしか住んでいないから。そこが動いて行っちゃうとは思えないし」

ピートはポケットから一ドル取り出してオレにくれた。「それで、うちの郵便受けまでまっすぐ行くバスのチケットが買えるからな」とピートは言った。「中尉殿の言うことを聞くんだぞ。バスまで送ってくださるだろう。そして家に帰って、かあちゃんの面倒を見て、俺の十エーカーの世話をして、そのいらつかせるナイフをポケットに入れておくんだぞ。聞いてるのか」

「聞いてるよ、ピート」とオレは言った。

「よし」とピートは言った、「もう行かなくっちゃ」ピートはまたオレの頭に手を置いた。でも、今度は首をひねったりはしなかった。少しの間、頭に手を置いていただけだった。そして体を屈《かが》めてオレにキスをしたからびっくりしたよ、そしてピートの足音が、それからドアの音が耳に入ってきたんだけど、オレは顔を上《あ》げもしなくって、それっきりだった。そこに座ったままピートがキスしたところをさすっていたら、兵士は椅子にのけぞって、窓の外を眺めながら咳払いした。その兵士はポケットに手を入れて、周りを見回すこともなく何かをくれた。一枚のチューインガムだった。

「ご親切にありがとうございます」とオレは言った。「さて、僕も出発したほうが良《よ》さそうです。

ちょっとした距離を行かなくっちゃいけませんから」

「待ちなさい」とその兵士が言った。それからまた電話を掛けていて、オレはもう一回、出発したほうがいいと言ったんだけど、兵士がまた言ったんだ。「待ちなさい。ピートがお前に言ったことを覚えているだろう」

それでオレたちは待っていて、そうしたら別の女の人が入って来た。その人も年取った人で、やっぱり毛皮のコートを着ていたけれど、匂いは大丈夫だったし、万年筆は持っていなかったし、経歴の書類も持っていなかった。その人が入って来て、兵士は立ち上《あ》がり、その人はさっと見渡してオレを見つけるとこっちにやって来て、オレの肩にそっと、さっと、優しく手を当てた、かあちゃんみたいに。

「いらっしゃい」と女の人は言った。「お家《うち》に行ってご飯を食べましょう」

「行かないよ」とオレは言った。「ジェファソン行きのバスに間に合わなくちゃいけないんだ」

「知っていますよ。時間はたっぷりあります。先に家に行って、ご飯を食べましょう」

その人は車に乗って来ていた。そして今、オレたちは他の車のただ中にはまっていた。バスの真下にいるみたいで、道にはあの大勢の人たちがいたんだけど、知り合いだったら話しかけられちゃいそうなくらい近くにいたんだ。しばらくして、その人は車を止めた。「着《つ》いたわよ」と言ったのでオレは目をやったんだけど、もしそれ全部がその人の家なら、大家族がいるはずだ。でも、全部がそうってわけじゃなかった。木が茂っている玄関のホールを横切って小さな部屋に入ったんだけど、そこには何もなくて、兵士たちのよりもずっとぴかぴかな軍服を着た黒人が一人だけいて、その黒人がドアを閉めたので、オレは「気をつけろ！」と叫んで摑《つか》んだ。でも大丈夫だった。その小さな部屋は、部屋全体がそのまま上《あ》がって行って止まると、ドアが開いて、オレたちは別のホールにいて、その女の人がドアの鍵をあけて中に入って行ったら、別の兵士がいたんだ。年取った人で、その人も馬用の革製のストラップを掛けていて、銀色の鳥が両方の肩に付いていた。

「着《つ》きましたよ」と女の人が言った。「マッケロッグ大佐ですよ。さて、ご飯は何がいいかしら」

「ハムエッグとコーヒーだけでけっこうです」とオレは言った。

その人は受話器を手に取ろうとしていた。ぴたっと動きが止まった。「コーヒーですって」と言った。「いつからコーヒーを飲んでいるの」

「分かんないです」とオレは言った。「記憶できるようになった時よりも前だと思います」

「君、八歳くらいよね」とその人は言った。

「いいえ」とオレは言った。「八歳と十か月。もうすぐ十一か月になるんです」

それからその人は電話を掛けた。そしてオレたちはそこに座って、あの朝、ピートがパール・ハーバーに向けて出発したばかりだってことや、オレも一緒に行く積もりだったけど、かあちゃんの世話と、ピートの十エーカーの土地の世話をするために家に戻らなければならないことについて話したら、その人は、その人たちにも体の大きさがオレと同じくらいの小さな男の子がいて、東部の学校にいるって話をしたんだ。それから、裾《すそ》の短いコートを着た黒人、別の人が、手押し一輪車のようなものを部屋の中にコロコロと運んで来た。そこにはオレのハムエッグとグラスに牛乳一杯と、パイも一切れ乗っていて、オレはお腹が空いていると思った。でも、最初の一口を食べた時、飲み込めないやって思って、ぱっと立ち上《あ》がった。

「行かなくっちゃ」とオレは言った。

「お待ちなさい」とその人は言った。

「行かなくっちゃ」とオレは言った。

「ちょっと待ちなさい」とその人は言った。「もう電話して車を呼んであります。そんなにかからないわよ。牛乳も飲めないの。それとも、コーヒーをいくらか飲んだらどう」

「いらないです」とオレは言った。「お腹は空いてないです。帰ってから食べます」その時、電話が鳴った。その人は電話に出さえしなかった。

「ほら」とその人が言った。「車が来ていますよ」そしてオレたちは着飾った黒人と一緒に、あの小さな動く部屋でまた下《お》りて行った。今度のは、兵士が運転しているおっきな車だった。オレはその兵士と一緒に前の座席に乗り込んだ。女の人は兵士に一ドル渡している。「お腹が空くかもしれないから」とその人は言っていた。「きちんとしたところを見つけてあげてね」

「分かりました、マッケロッグさん」と兵士は言った。

そうしてオレたちはまた出発した。町の周《まわ》りを勢いよく走っていた時、メンフィスが陽の光に照らされて、明るく輝いて良《よ》く見えた。そして、今朝、バスが走っていたのと同じハイウェイに戻って来たことにまず気付いた——店が立ち並んでいるところとあのおっきな綿繰り機と製材所。メンフィスは何マイルも続いていた、そういうふうに思えたんだけど、そのうち何も見えなくなった。その後、オレたちはまた野原と森の間を走っていた、今は速度を上《あ》げて走っていた、でもその兵士がいなかったら、メンフィスに行ったことなんかなかったみたいだった。オレたちはスピードを出して走っていた。この調子なら、いつのまにか家に戻っていそうだったし、自分が、兵士が運転するこのおっきな車に乗ってフレンチマンズベンドまで行くんだって考えていたら、突然、涙が溢《あふ》れてきちゃったんだ。そんな積もりじゃなかったんだけど、止めることもできなかった。その兵士の隣に座っていたんだ、泣きながら。オレたちはスピードを出して走っていた。

エヴァンジェリン

一

私は電報をちゃんと受け取ったが、そのダンとはここ七年間会っておらず、六年半の間、音沙汰もなかったのである。電報の内容は、**君向きの幽霊出る、直ちに来たりて受け取られたし。僕、今週発《た》つ**、というものだった。そして、私はすぐに思った。「一体全体、どうして私が幽霊に関わることになっちまうんだろう」私は、電報とそれが発信された場所の名を読み返した――そこはミシシッピーの村で、余りに小さいので、その名は、週末に発《た》っても十分な滞在期間の短い人間にとっては、ちゃんとこと足りる住所《アドレス》となっていた――そして私は思った。「一体全体、彼はそこで何をしているんだろう？」

私には、翌日、それが分かった。ダンは、職業は建築家であり、余技のほうでアマチュアの画家だった。彼は、二週間の休暇を、田舎のあたりで、画架の背後に座って過ごしているのだった。

写生《スケッチ》するのは、植民地時代の柱廊玄関《ポーティコ》や建物、黒人の小屋や頭(顔)――丘陵地帯の黒人たちで、彼らは低地帯や都市の黒人たちとは異なっていた――だった。

我々が、その夕方、ホテルで夕食を取っている時、彼は、幽霊について私に話した。その家は村から六マイル〔九・六キロメートル〕ばかりのところにあり、ここ四十年間は無人のままだった。「どうもこの人物は――名前はサトペンだが――」

「――サトペン大佐」と私は言った。

「それはまだ」ダンが言った。

「分かっている」と私は言った。「続けてくれ」

「――どうも彼は、土地を見つけたか、或いは、インディアンとその土地を立体幻燈機と交換したか、或いは、トランプのブラックジャック〔トランプの『二十一』で、ハートゲームの一種。ハートの組み合わせを避ける〕か何かで勝ち取ったかしたようなんだ。ともかく――これは四十年代か五十年代のことに違いなかったがね――彼は、外国人の建築家を引き入れて家を建て、公園や庭を設計したんだ(君は、今でもまだ煉瓦《れんが》で縁取りされた古い道や花壇を見ることができるさ)。それは、彼の孤独な宝石にとってふさわしい嵌《は》め込み台だったろう――」

「――娘だな、名前は――」

「待ってくれ」ダンが言った。「さあ、僕は――」

「――アザリアという名だ」私が言った。

「これで僕らはあいこだな」ダンが言った。

「シリンガの花のことを言ったんだよ」私は言った。

「さあ、僕が一ポイント勝ったぞ」ダンが言った。「彼女の名はジューディスだった」

「その積もりだったんだ。ジューディスだ」

「いいよ。君が話せよ、それなら」

「続けてくれ」私が言った。「私は控えめにしとくよ」

二

彼には妻とともに、息子と娘がいたようだ――血色のいい、恰幅《かっぷく》のいい男で、少々威張り気味で、日曜日に教会に馬を飛ばしてゆくのを好んだ。彼は最後にそこに行った時には、馬を急がせたが、軍刀《サーベル》と刺繡《ししゅう》した籠手《こて》とともに南軍の制服を身に着けて、自前の棺に横たわっていた。それは七十年代のことだった。彼は、戦争以来、その朽ち行く家に、五年間、妻だったことのない未亡人だった娘だけと暮らしたんだ。みなが言うようにね。すべての家畜類は、その当時、いなくなっていて、残っているのはただ一《ひと》つなぎの飛節内腫にかかってびっこになった使役馬たちと、二頭用馬具をつけたことのないつがいの二才のラバたちだけだった。そして遂には、みなは、そのラバたちを、その日、大佐を町の聖公会の礼拝堂に運ぶために軽馬車に取りつけたのだった。ともかく、ラバたちは走り去って、その馬車をひっくり返してしまい、大佐を、軍刀《サーベル》も帽子の羽飾りも何もかも一緒に、溝《みぞ》の中に転げ落としてしまった。その溝からジューディスが彼を出して、家に連れ帰った。そして彼女は自分で死者のために祈祷《きとう》を読み、彼女の母と夫が既に横たわっているヒマラヤスギの林に彼を埋葬したのだった。

ジューディスの本質は、その頃までには、大いに固《かた》まってしまっていた、と黒人たちはダンに話した。「分かるだろう、その当時、女性が、娘がどのように生きたかが。保護されていたんだ。怠けていたんじゃあない、多分、世話したりなんかする黒人たちが大勢いたんだ。しかし、どんな強引な不動産代理人たちや産業界の女性の大立物たちを育てようとしたわけでもないんだ。しかし、彼女と彼女の母は、男たちが戦争でいない間、地所を守ったんだ。そして母が六十三年に死んだあとは、ジューディスが一人でいた。恐らく、夫の帰りを待つということが、彼女を元気付けたんだ。彼女は、夫が帰ってくると分かっていたんだ、そうだよね。黒人たちが、彼女がちっとも悩むことがなかったと僕に話したんだ。彼女が、彼のために、彼の部屋を整《ととの》えていたこと、父のや兄の部屋をそうしたのと同じようにね、また毎週シーツを取り替えて、とうとう各ベッドに置いていたものを除いてすべてのシーツがリント〔湿布や包帯用の布〕を作るためになくなってしまって、もう取り替えられなくなったこと、などをね」

「すると、戦争が終わって、彼女は彼の手紙を受け取った——彼の名はチャールズ・ボンで、ニューオーリンズからだった——降伏したあと書かれたものだね。彼女は驚かなかったし、元気付けられもしたんだ、ともかくね。『大丈夫だと分かっていたわ』と彼女は、古くからの黒人に話したが、それは年老いた黒人で、曾祖母に当たり、サトペンという名の一人でもあった。『みながまもなく帰ってくるわ』『みな？』と黒人は言った。『あんたの言われるのは、彼とヘンリー旦那も、ということですかい。事が起こったあと、二人とも同じ屋根の下に戻ってくるってことですかい』そして、ジューディスが言った。『ああ、それだわ。あの頃は、二人とも子供だった。そして、チャールズ・ボンは、今は、私の夫よ。あんた、そのことを忘れたの？』そして黒人が言った。『わたしゃ、それを忘れちゃおらんです。それにヘンリー・サトペンもまた忘れちゃあおらんです』そして（彼女たちは、その時、部屋を掃除していた）ジューディスが言う。『あの二人は、もう乗り越えたんですよ。戦争がそれほどに重いものだったと、あんた、思わないんかい』そして、黒人が言った。『すべては、戦争が片付けなきゃあならんことは何なのかに掛かってまさあ』」

「戦争が片付けてしまわにゃあならん事って何だね」

「それなんだよ」とダンが言った。「あの人たちは分かってないようだった。或いは、気にしていないというか、多分、それだったんだ。恐らく、それはまさにずっと前のことだったんだ。それとも、多分、その理由は、黒人たちは、白人たちより賢くて、なぜやるのかは悩まず、何をやるかだけを気にするから、それも、大して深刻にでもなくてね。これがみなが僕に話したことなんだ。彼女ではないよ、あの老婆、名前もサトペンと言ったあの女のことだがね。僕は彼女には全く話しかけなかったよ。ただ見かける彼女は、小屋のドアの傍《かたわ》らのイスに座り、神が生まれた時、九才だったかのように見えたさ。彼女は、黒いというより、かなり白いほうで、多分、白いが故《ゆえ》に紛《まぎ》れもない女帝だった。ほかの者たち、彼女らの残りの者たちは、彼女の子孫のことだがね、世代ごとに黒くなっていった。言わば、階段の段々のようにね。彼女らはその家から半マイル（八百メートル）ばかりのところにある小屋に住んでいる——二つの部屋があり、開けた玄関の間《ま》は子供たちや孫たち、そして、ひ孫たち、すべての女たちでいっぱいだった。その家の中には、十一才を越える男は一人もいなかった。彼女は、そこ、大きな家の見えるところに日がな一日中いて、パイプを吸い、ただその裸足《はだし》の両足はイスの桟《さん》を、類人猿がやるように、包むようにしていた。その間、他の者たちは働いていた。そして、誰かが止《や》める、ちょっとの間ゆるむと、彼女の声が一マイル（一・六キロメートル）先からも聞こえるのだ。そしてその顔は、教会のバザーに見かけるああした実物半ば大の諸国人形の一つと同じような大きさだった。パイプを口から外《はず》す以外は、動きはなかった。『お前、シビー！』或いは『お前、アバム！』或いは『お前、ローズ！』それだけが、彼女が言わねばならないことだった。

だが、ほかの者たちは、祖母は、その老母の娘だが、彼女が子供の時に見たものや、彼女の母親が話すのを聞いたことを話していた。その祖母は、僕に、その母親がおよそ四十年前までいかによく話したものだったか、物語を繰り返し、繰り返し話したものだったかを話してくれたんだ。次いで彼女は、話すのを、物語を語るのを止《や》め、そしてその娘が言うには、その老女は、時々、怒り出して、そのようなことはちっとも起こらなかったんだと言い、みなに口を閉じて、家から出てゆくように話したものだ。しかし、その娘が言うには、その前に彼女が物語を沢山聞き過ぎているので、彼女は何か見たのか、或いは、それが語られるのを聞いただけなのか、全然思い出せなかったそうなんだ。僕は、そこに数回行った。そして、みなは南北戦争前の昔の日々について僕に話してくれ、ヴァイオリンや明かりのついた広間《ホール》や私道のすてきな馬や馬車などのことを、若い男たちが三十マイル〔四十八キロメートル〕、四十、五十マイル先から来てジューディスに求婚したことなどを話してくれたんだ。そしてそれ以上に遠くから来たのがチャールズ・ボンだった。彼とジューディスの兄は同い年だった。彼らは、大学で出合っていたんだ――」

「ヴァージニア大学だね」と私は言った。「ベイヤード〔フランスの中世騎士を代表する英雄的人物〕は千マイル〔千六百キロメートル〕を物ともせずにやって来たんだ。荒野から誇りに満ちた名誉が定期的に吐き戻されてくるのさ」

「違うよ」とダンが言った。「ミシシッピー大学だったよ。二人は創立から十回目の卒業生で――ほとんど創立会員だと言っていいよ」

「当時大学に行った者がミシシッピー州で十人だったことは知らなかった」

「――まあね。大学は、ヘンリーの家からそんなに遠くじゃあなかった。そして、(彼は、つがいの乗用馬と馬丁、そして一匹の犬、サトペン大佐がドイツから持ち返ったつがいのシェパード犬の子孫だった犬を持っていた。犬は、ミシシッピー、いや、アメリカが、多分、見たことのある最初の警察犬だったが)、月に一度は、恐らく、彼は夜通しの乗馬をやり、日曜は家で過ごしただろう。週末には、チャールズ・ボンを家に連れてきた。チャールズは、多分、ジューディスのことを聞いていた。恐らく、ヘンリーは、彼女の写真を持っていたろう。或いは、多分、ヘンリーが少々自慢していただろう。そして多分、チャールズは、事が生じていることをヘンリーが気付かぬままに、ヘンリーと一緒に帰宅するために自分を招くよう仕向けたんだろう。チャールズの性格が明らかになるにつれて(或いは、まあ言ってみれば、事情がそうした事情であるに際して、次第にあいまいでなくなるにつれて)チャールズがそうした類《たぐい》の男であるかのように見え始めた。そして、ヘンリーも、そうした類《たぐい》の男だと、まあ、そう言えば。ね」

「さあ、理解してくれ、その二人の若者が、植民地時代の柱廊玄関《ポーティコ》のほうに馬で上がっていった。そして、ジューディスは、白いドレスに身を包み、柱にもたれていた――」

「――彼女の黒い髪に赤いバラを差して」

「いいな。バラだな。しかし、彼女の髪はブロンドだった。彼らは、お互い同士を見つめ合った。彼女とチャールズがね。彼女は、もちろん、外で幾らか動いてはいた。しかし、彼女が住んでいた家のようなほかの家々でも、生活は、彼女の知っていた家と全く違わないものだった。十分に族長的で、寛大だが、結局は田舎風だったのである。そして、そこにチャールズが出てきた、若くて――」と我々は言った。「そして美男で」と一息に。(「接戦だね」とダンが言った)「そしてニューオーリンズからと来ている、今日なら、せいぜいバルカン半島の大公に当たる者の原型だな。とりわけ、その訪問のあとはね。黒人たちがそのあとの経緯《いきさつ》を話していたが、火曜日の午前ごとに、チャールズの黒人が一夜をかけて到着し、花束と手紙を持ってくる、そして納屋でしばらく寝て、それから再び帰ってゆくんだ」

「ジューディスはいつも同じ柱を使っていたのかい、それとも彼女は、まあ、一週間のうち二度は取り替えていたのかい」

「柱だって?」

「寄りかかるためのさ。道のほうを探してさ」

「ああ」とダンは言った。「彼らが、父や兄やチャールズが、戦争でいない間は、そうじゃあなかった。僕は、彼女ら――その二人の女性たち――が二人だけでそこに暮らしていた時、どうしていたのかとその黒人に尋ねてみた。すると、こうなんだ。『何もしちゃあおらんです。ただ、裏庭に銀器を隠しただけで。手に入るものを食ってたんでさあ』いいじゃないか。簡単なことだ。戦争は、人が思うよりもずっと簡単なんだ。ただ銀器を埋めて、得られるものを食う」

「ああ、戦争ね」私は言った。「これはただ一ポイントしか数《かぞ》えられていないと思うけど。チャールズはヘンリーの命を救ったのかい。それとも、ヘンリーがチャールズの命を救ったのかい」

「さあ、僕が二ポイント進んだぞ」ダンが言った。「二人は、戦争中、お互いに会わなかったんだ、それの終わりまでね。ここに情報があるんだ。ヘンリーとチャールズがいて、ほとんど結婚した夫婦のように密接で、大学で部屋を共にし、休日や休暇をヘンリーの家で、同じ屋根の下で過ごし、そこでは、チャールズが年寄り〔親〕たちに息子のように扱われ、ジューディスの求婚者たちの中で認知された〝軌道馬〟〔有利な位置を占めた馬〕だった。しばらくのち、ジューディスによりそのように認められてさえいたんだ。多分、彼女の乙女らしい慎《つつし》みに打ち勝ち、或いは、彼女の乙女らしい空《そら》とぼけを押さえつけたか、こっちのほうがもっとありそうだがね――」

「そう、もっとありそうだな」

「うん。ともかく、乗用馬や速い軽装馬車の参会は遠のいた。そして、二回目の夏(チャールズは孤児で、ニューオーリンズに保護者がいた――僕がどうしても分からなかったのは、まさにチャールズがどのようにしてミシシッピー北部の大学に来るようになったのかということだな)、その夏、チャールズは、多分自分の保護者を実物での本人に会わせたほうがいいと決めて、家に帰ったのだが、彼は、ジューディスの写真を本のように閉じて鍵を掛けられる金属の箱《ケース》に入れて持ち返り、あとに指輪を残しておいたんだ」

「そして、ヘンリーも彼に同行して、代わりにチャールズの客として、その夏を過ごそうとしたんだ。二人は、夏一杯そちらにいる予定だったんだが、しかし、ヘンリーは、三週間のうちに戻ってきた。彼ら——黒人たち——は、何が起こったのか、分からなかった。彼らに分かったことと言えば、ただ、ヘンリーが三か月の代わりに三週間のうちに帰った、そしてジューディスに指輪をチャールズに返させようとしたということだけなんだ」

「それで、ジューディスは恋い慕《した》い、やつれ果てて死んでしまった、その結果、君の報われない幽霊が、ということだね」

「ジューディスはそんなことはしなかった。彼女は、指輪を送り返すことを拒《こば》み、チャールズの何が悪いのか話すようにとヘンリーに迫った。だが、ヘンリーは話そうとはしなかった。それで、年寄り、親たちが、どういうことなのかヘンリーに言わせようと試みたんだが、ヘンリーは話そうとはしない。それで、かなり悪いことになってしまったに違いない、少なくとも、ヘンリーにとってはね。けれども、婚約はまだ発表されてはいなかったんだ。多分、年寄りたちは、チャールズに会って、彼とヘンリーの間に関して何らかの説明が出てくるか知ろうということに決めた。というのは、それが何であれ、ヘンリーが話そうとしなかったからだ。ヘンリーは、そんな類《たぐい》の男にも見えるからな」

「それから、秋になって、ヘンリーは大学に帰っていった。チャールズも、そこにいた。ジューディスは、彼に手紙を書き、返事が来た。しかし、恐らく、みなは、ヘンリーが次の週末に彼を連れてくるのを待っていたんだろう。かつてよくそうしたようにね。彼らは、かなり待った。ヘンリーの召使が、彼ら二人はもう部屋を一つにせず、キャンパスで会っても話をしない様子を話した。そして、家では、ジューディスがヘンリーに話しかけようともしなかった。ヘンリーは、まあそれなりの思いをしていたに違いない。彼が話そうとしないことが何であれ、彼にとり十分な意味を持っていたんだからね」

「ジューディスは、その頃、時々いくらか泣いていたかも知れない。それは彼女の性格が変わる前のことだったからで、黒人たちはそう言っていた。それで、多分、年寄りたちは、ヘンリーに何らかの働きかけをしたが、ヘンリーはまだ話さなかった。そして感謝祭で、彼らは、ヘンリーにチャールズがクリスマスを過ごしにくるようにと話した。彼ら、ヘンリーと父は、その時、陰でそのことを言い合った。しかし、彼らの声がドアを通して聞こえたようだ。『それなら、私自身は、ここにいないようにしましょう』とヘンリーが言った。『お前はここにいるんだ』と大佐は言った。『そうすれば、お前は、チャールズと妹の両方にお前の行為について満足のゆく説明をしてやれよう』そのようなことだったと僕は想像する」

「ヘンリーとチャールズは、それをこのように説明した。クリスマス・イヴに舞踏会があり、サトペン大佐は婚約を発表する。そのことはみなが知ってるんだが、ともかくね。そして翌朝、夜明けごろ、黒人が大佐を起こし、大佐は寝巻を半ズボンに押し込んで、ズボン吊りを垂らしたまま、大急ぎで出てきて、ラバの裸の背に飛び乗る(そのラバは、その黒人がこの地所に駆け付けた時最初にいた動物だった)。そして大佐が裏の牧場に降りてきたまさにその時、ヘンリーとチャールズが拳銃でお互いに狙いを定めている。そして、大佐がそこに着くかつかないうちに、ジューディスがやはり寝巻と肩掛《ショール》けのまま、ポニーの裸の背に乗ってやって来る。彼女はヘンリーに、何なの、とは言わなかった。泣いてはいなかった。たとえ彼女の本質が変わるなどして、泣くことを永久に止《や》めていたのが戦後まではなかったとしても。『彼が何をしたか言ってみなさい』と彼女はヘンリーに言う。『彼を真正面からとがめてみなさい』しかし、それでもヘンリーは話そうとしない。そしてチャールズが、多分自分は出ていったほうがいい、と言うが、しかし大佐は、それを許さないだろう。そして、三十分後、ヘンリーは馬で去り、それも朝食も取らず、彼の母親にサヨナラと言うことさえしないままにね。その後、三年間、彼らは再びヘンリーを見なかった。警察犬が、最初、かなり吠えた。それは、誰にも触《さわ》らせようとも、えさを与えさせようともしなかった。家に入り、ヘンリーの部屋に入って、二日間は誰もその部屋に入らせようとはしなかったんだ」

「彼は三年間いなかった。そのクリスマスのあとの二年目の年に、チャールズは卒業して、帰郷した。ヘンリーが早々《そうそう》に立ち去ったあと、チャールズの訪問は、まあ言ってみれば、お互いの同意の下《もと》に、休止した。一種の様子見だね。彼とジューディスは、お互いに時折会ったし、彼女はまだ指輪をはめていた。そして彼が卒業して、帰郷した時、結婚式が、ある年の決まった日に定められた。しかし、その日が来た時、彼らはブル・ランの戦い〔南北戦争中、ヴァージニア州のブル・ラン河で闘われた激戦。第一次〔一八六一年〕と第二次〔一八六二年〕があり、いずれも南軍が勝った。フォークナーの曾祖父の大佐ウィリアムもこれに参戦〕を準備中だった。ヘンリーは、その春、制服姿で帰宅した。彼とジューディスは、互いに挨拶《あいさつ》を交わした。『おはよう、ヘンリー』『おはよう、ジューディス』だが、そんなものだった。チャールズ・ボンの名前は、二人の間で出なかった。多分、ジューディスの手の指輪は、言及されてしかるべきだったんだ。そして、ヘンリーの到着後三日ばかりして、黒人がチャールズ・ボンからの手紙を携えて、馬で村から出てきたが、チャールズは、まあ、手際よくここのホテルに、ここのまさにこのホテルに泊まっていたんだな」

「僕はそれが何だったのか分からない。恐らく、ヘンリーの父が彼を説得したんだ、或いは、多分ジューディスがね。それとも、多分それはまさにその戦いに行こうとしている二人の若い騎士だったかもね。僕は、ヘンリーはそうした類《たぐい》の男だ、と君に話したと思う。ともあれ、ヘンリーは馬でその村に入っていった。彼らは、握手はしなかったが、しばらくして、ヘンリーとチャールズが、一緒に帰ってくる。そして、その日の午後、ジューディスとチャールズは結婚した。そして、その夕方、チャールズとヘンリーはともに馬で、テネシーへ、シャーマン〔ウィリアム・ティカムサー、一八二〇―九一、南北戦争時の北軍の猛将。要衝のアトランタを攻略す〕に立ち向かう軍隊へと発《た》っていった。二人は、四年間、戻らなかった」

「彼らは、その最初の年の七月四日までにワシントンにおらず、それで、晩夏には、大佐は、新聞を投げ捨てて、馬に乗って出かけ、彼の会った最初の三百人の男たち、くずも紳士もすべてを集めた。そして彼らにこれは連隊だと話し、自身で大佐の辞令を書いて、彼らをテネシーにも連れていった。そして、二人の女性だけが家に残されて、『銀器を埋め、得られるものを食べることになった』どんな柱にも寄りかからず、道路を見守ることも泣くこともせずにだ。その頃、ジューディスの本質が変わり始めた。しかしそれは、三年後のある夜までは、うんと変わることはなかったんだ」

「しかし、その老婦人、つまり母は、十分に手に入れられなかったようだ。多分、彼女は、優れた徴発者じゃあなかったんだ。ともかく、彼女は死んで、大佐は、間に合って帰郷することはできなかった。それで、ジューディスは、彼女を埋葬し、次いで大佐がとうとう帰ってきて、ジューディスを村に入って暮らすように説得した。しかし、ジューディスは、家に留《とど》まると言い、大佐は、戦いの場に戻っていったが、そこはそんなに遠くに行く必要のない場所ではあった。そして、ジューディスは、家にいて、黒人たちと彼らの上げる収穫物を監督し、三人の男たちのために、部屋をきれいに、いつでも使えるようにしていて、替えられるリンネル布のある限りは、毎週、ベッドのそれを替えるのだった。玄関《ポーチ》に立って道路を見守るわけではなかった。食物を得ることは、その頃までにはとても簡単になっていたので、いつも時間をそれに費《つい》やした。また、彼女は、心配してはいなかった。彼女はチャールズから毎月手紙をもらい、それを持って一晩寝るのだった。更に彼女には、彼が、ともかくも、無事に帰ってくることが分かっていた。彼女のせねばならぬことは、ただ、準備して待つことだけだった。それに彼女は、その頃までには、待つことに慣れていたのだ」

「ジューディスは、心配していなかった。人は期待し、心配しなきゃあならんものだ。彼女は、期待さえしていなかったが、その時降伏のことを聞き、戦争は終わったが、自分は無事だというチャールズの手紙を受け取るとほとんど同時に、黒人の一人が、ある朝、駆け込んできて言った。『嬢さん、譲さん』そして、彼女が玄関《ポーチ》の間に立っている時、ヘンリーが玄関に入ってきて、ドアのところにいたんだ。彼女は白いドレスを着て、そこに立っていた(そして人は、もしそうしたいなら、バラさえ持っていられたんだ)。彼女はそこに立ち、恐らくその手は、少し持ち上げられていて、それはちょうど誰かが棒で人を、たとえふざけてでさえも脅《おど》かした時のようだった。『はい?』彼女は言った。『はい?』」

「『チャールズを家に連れてきたよ』とヘンリーが言う。彼女は彼を見つめる。明かりは彼女の顔に当たっていて、彼の顔にではなかった。多分、彼女の目が語っているんだ。なぜなら、ヘンリーが言うんだ。頭を振りさえしてね。『外のあそこだ。馬車の中だよ』」

「『おお』と彼女は言う、とても穏やかに、彼を見ているが、動くこともなくね。『旅は彼にはきつくはなかったの？』」

「『きつくなかったさ』」

「『おお』と彼女は言う。『うん、うん、もちろんだよ。きっと最後の……最後の一発だったに違いない、それで終われたんだ。うん。忘れちまった』次いで彼女が、静かに、慎重に動く。『感謝するわ。有難う』そして、彼女は、正面の入り口あたりでささやき合いながら玄関広間《ホール》を覗き込んでいる黒人たちに、呼びかける。落ち着いた様子で静かに、彼らの名前を呼んで、言った。『チャールズ氏を家にお連れして』」

「彼らは、彼女が四年間用意しておいた部屋に、チャールズを運んでいった。そして彼を新しいベッドに、長靴も何もかも身に着けたまま、横たえたが、その彼は、戦争の最後の発砲によって殺されたのだった。ジューディスは、みなのあとをついて歩いて階段を上がっていったが、その顔は穏やかで、落ち着いていて、冷静だった。彼女は部屋に入り、黒人たちを外に出し、扉に鍵を掛けた。翌朝、彼女が再び出てきた時、彼女の顔は、部屋に入っていった時そのままに見えた。そしてその次の朝、ヘンリーはいなかった。彼は、夜のうちに馬で去り、その顔を知る者は誰も、二度と彼を見ることはなかった」

「それで、誰が幽霊なんだい？」と私は尋ねた。

ダンは私を見た。「君はもう数《かぞ》え続けてないんだね」

「僕は誰が幽霊か分からないよ。大佐が帰って来て七十年代に亡くなり、そして、ジューディスが、彼を彼女の母と夫のそばに埋葬したんだ。そして、その黒人女、祖母(年取ったほうではなくて、サトペンという名のほうだが)、その彼女は当時かなり大柄な娘だったが、その彼女が、いかにして別の何かがその日の十五年後にその大きな朽《く》ちゆく家の中で起こったかを話したんだ。彼女が語るに、ジューディスはそこに一人で住んで、くずが着るような古いドレスを身に着けて、家の周りでニワトリを育てながら、明かるくなる前から暗くなったあとまで立ち働いて、忙しくしていた。黒人女は、思い出すままに語ったんだ。ある夜明けのこと、小屋の粗末な寝台の上で目覚めると、彼女の母がちゃんと服を着て、火の上にしゃがんで、その火を吹いて掻《か》き立てているのを見たというんだ。母は、彼女に起きて服を着るように言った。そして、彼女は僕に、夜明けの中、その家へと登っていった、と話した。彼女は、既にそのことが分かっていたと話した。それも、彼女らが、その家について、もう一人の黒人女と三マイル（四・八キロメートル）離れたところに住む別の家族の二人の黒人の男が既に玄関広間《ホール》にいて、それも目玉が薄暗がりの中でぎょろぎょろしているのを発見する前にである。更に黒人女は、その日一日中、その家が『しゅー、ミス・ジューディス、ミス・ジューディス、しゅー』とささやいているように思えたと言うんだ」

「彼女は僕に話したが、何と彼女は玄関の広間で用向きの合間にしゃがみ込んで、黒人たちが二階や墓のあたりを動き回っているのを聞いていたんだ。墓は、既に掘られていて、湿っぽい、新鮮な土が、太陽が昇るにつれて、ゆっくり乾く破片となって引っくり返されていた。そして、彼女は、階段を下《お》りてくるゆっくりとながら引き摺るような足について僕に話してくれたんだ(その時、彼女は、階段の下の押し入れに隠れていたんだ)。そのゆっくりした足音が頭上をよぎって移動し、ドアから出て消えてゆくのを聞いていたんだ。しかし、それでも、彼女は、隠れたままでいた。午後遅くなって、押し入れから出てきた彼女は、自分が空《から》っぽの家に閉じ込められているのを知った。そして、彼女が出ようと努めている間に、二階から聞こえてくる音を聞いたもので、彼女は叫んで走り始めた。彼女は、自分が何をしようとしているのか分からなかったと言った。彼女が言うには、薄暗い広間《ホール》の中をただあちこち走り回り、とうとう階段の下の何かを引っくり返して、金切り声を上げながら、倒れた。そして、吹き抜けの下で叫びながら仰《あお》のけになっている間に、彼女は彼女の上の空中に一つの顔、上下さかさまになった一つの頭を見たんだ。それから彼女は、次に覚えていることは、小屋で目覚めた時、夜だったが、彼女の母が彼女に覆《おお》いかぶさるように立っていたことだと言った。『お前は夢を見たんだよ』と母は言った。『その家にあるものは、その家のものだ。お前はそれを夢に見たんだよ。聞いてるかい、この黒人野郎』」

「それで、近辺の黒人どもは、それが生《なま》の幽霊だと思ったんだね」と私は言った。「連中は、ジューディスは死んじゃあいないと言い張ってるんだね、ええ?」

「君は墓のことを忘れてるよ」ダンが言った。「それは、ほかの三基とともに、そこに見られるんだ」

「そうだね」と私は言った。「更に、ジューディスが死んだのを見たあの黒人たちだ」

「ああ」とダンは言った。「その老婆を除けば、誰もジューディスが死んだのを見ちゃあいないんだ。彼女が自身で死体に埋葬の準備を施《ほどこ》したんだ。死体が棺に納められ、しっかり閉じられるまで、誰も中に入れようとはしなかった。しかし、それ以上のことがあるんだ。黒人ども以上のことだ」彼は私を見た。「白人たちのこともだ。あれはいい家だ、まだね。内部もしっかりしている。この四十年間、いつでも税の対象となり得ただろう。しかし、まだ問題があるんだ」彼は私を見た。「あそこには犬がいる」

「それはどういうことだい」

「警察犬さ。サトペン大佐がヨーロッパから持ち返った犬、そしてヘンリーが大学で一緒にいた犬と同じ種類の犬さ——」

「——そして家で、ヘンリーが帰宅するのを四十年間待っていたと。これで我々はイーヴンだな。それで、君が私に帰りの切符を買ってくれるなら、私は電報のほうはなかったことにするよ」

「僕は同じ犬だとは言ってないよ。ヘンリーの犬は、彼が、その夜、馬に乗って去ったあと、しばらくは家の周りで吠えていた。そして死んだんだ。そしてその子が、彼らがジューディスの葬式をした時の老犬なんだ。その犬は、葬式を台無しにするところだった。みなは、犬が掘りたがったので、墓から追い払わねばならなかったんだ。その種の最後の犬だった。そして、犬は家の周りにいて、吠えていた。犬は、誰も家に近づけようとはしなかった。人々は、それが森の中で狩りをしているのを目にしたものだ。狼のように痩《や》せて、そして時々、夜中に、吠える時間帯があったものだ。しかし、当時それは老いていて、しばらくすると、もう家からそんなに遠くへは行けなかった。それで僕は、多くの人々が、そこへ行って、その家の様子を見れるように、犬が死ぬまで待っているものと予想した。すると、ある日、一人の白人が、溝の中でその犬が死んでいるのを見つけたんだ。犬は、その溝の中に、食べ物を探して入っていったが、弱っていて、二度とそこから出てこれなかったんだな。そこで、彼は、『今がチャンスだ』と思った。彼が玄関《ポーチ》に着きかけた時、警察犬が家を回ってやって来たんだ。多分、彼は、ぞっとし憤慨して驚きのうちに、一瞬、それを見つめたが、そのあと、それは幽霊じゃあないと決め、木に登った。彼は三時間そこにいて、叫び続けたが、遂に黒人の老婆がやって来て、犬を追い払い、その男にそこを去って、近寄るでないと話した」

「そりゃあいい」と私は言った。「その犬の幽霊に関する言い方は気に入ったな。きっとサトペンの幽霊は馬も持っていたな。そして、彼らは、かご入りの大型細口ビンの幽霊のことも言っていたかい、恐らくね」

「あの犬は、幽霊じゃあなかった。その男にそうだったかどうか聞いてみなよ。なぜなら、それも死んだんだ。すると、別の警察犬がそこにいたんだ。彼らは、それぞれの犬が順番に年老いて、死ぬのを見守ったものだ。」そうして、彼らがそれの死んでいるのを見つけた日に、もう一匹の警察犬が、杖か何かを持った誰かが土台の石を打ったかのように、家の角を回って、肉のしっかりついた状態で半ばの歩幅で突進してくるんだ。僕は今の犬を見た。ありゃあ幽霊じゃあないよ」

「犬がね」と私は言った。「やぶのすもものように、警察犬を生み出す幽霊屋敷だね」我々は、お互いを見合った。「そして、黒人老婆が犬を追い払える。そして彼女の名前はサトペンだ。あの家に住んでいるのは誰だと君は思うんだい」

「君はどうなんだい」

「ジューディスじゃあないよ。みんなは彼女を埋葬したんだから」

「彼らは何かは埋めた」

「しかし、なぜジューディスは、彼女が死んじゃあいないんなら、死んだと人に思わせたいんだい」

「それが僕が君を呼んだわけなんだよ。君にそれを探り出してほしいんだ」

「どうやって」

「ただ行って、見ておくれ。家にただ歩いて行って、中に入り、呼びかけておくれ。『こんにちは。誰かいますか』とね。それがこの地域でのやり方なんだ」

「ああ、そうかね？」

「そうなんだ。そういうやり方なんだ。簡単さ」

「ああ、そうかね」

「その通り」ダンは言った。「犬は君が好きだし、それに君は幽霊を信じない。自分でそう言ったよね」

そして、私はダンが言った通りのことをした。私は、行って、家に入った。そして、私は正しかったし、ダンも正しかった。その犬は生身《なまみ》の犬だったし、その幽霊も生身《なまみ》のそれだった。それはその家に四十年も住んでいて、老いた黒人女が食べ物を供給していたのであり、更に、誰も気付いていなかったのだ。

三

私は、その家の閉じた窓の下の生い茂った百日紅《さるすべり》の分厚い叢林の中の闇の中に立っている間、こう思った、「家に入りさえすればいいんだ。そうすれば、彼女は私を聞いて、叫びかけるだろう。彼女は言うだろう。『あんたなの？』そして、老黒人女を名前で呼ぶだろう。そうすれば、私は老黒人女の名前が何というのかも分かるだろう」私はそうしたことを考えながら、暗闇の中、その暗い家の傍《かたわ》らに立って、牧場の小川のほうへと突き進んで消えてゆく犬の弱まってゆく吠え声を聞いていた。

それで、私は、その家のぼんやりと浮かび出た、ウロコのように剝《は》げ落ちた壁のそばの、古い庭の叢林《そうりん》めいた一面に生えた茂みの中に立って、その老婆の名前というささいなことを考えていた。庭の向こう、牧場の向こうには、小屋の明かりが見え、そこは、午後に、私がその老婆がドアのそばの針金でくくったイスに座って、タバコを吸っているのを見つけていたところだった。「それで、あんたの名前もサトペンなんですね」と私は言った。

老婆は、パイプをはずした。「あんたの名前は?」

私は彼女に答えた。彼女は、タバコを吸いながら、私を見つめた。彼女は、信じられないぐらい年取っていた。小柄な女で、そのしわだらけの顔は、青白いコーヒーのような色合いで、御影石《みかげいし》のように穏やかで冷静だった。容貌は、黒色人種系ではなく、その顔立ちは、冷た過ぎ、頑固過ぎる感じだった。それで私は、突然、思った。「こりゃあ、インディアンの血だ。一部はインディアン、そしてまた一部はサトペンなんだ、心も肉体も。ジューディスが四十年来彼女をよしとしたのも、道理だ」御影石《みかげいし》のように穏やかで冷静だった。彼女は、清潔な更紗《さらさ》のドレスを着て、エプロンをつけていた。その手は、きれいな白い布でくるまれていた。足は裸足《はだし》のままだった。私は彼女に、私の仕事、職業を話し、彼女はパイプを握り締め、白目の全くない目で私を見つめていた。

ちょっと離れてみると、彼女には、目がないみたいだった。顔全体は、全く無表情で、眼窩《がんか》は乱暴に親指で押し込められて、目自体は置き忘れられた仮面のようだった。「何だって」彼女が言った。

「書き手(ライター)です。新聞やら何やらに記事を書く人間です」

彼女はぶつぶつ言った。「分かりますだよ」彼女は、パイプのラオ竹のあたりでまたぶつぶつ言ったが、ふかすことは止《や》めず、煙の中で話し、目が開《ひら》けるように、煙の中で言葉を形づくった。

「分かりますだよ。あんたがわしらが関《かか》わった初めての新聞記者というわけじゃあねえんですよ」

「私じゃないですって？ いつ――」

彼女は、タバコをふかしたが、私を見てはいなかった。「大した関《かか》わりじゃあないんで、でもな。ヘンリー旦那が町へ行って、事務所からその男を馬鞭で打って、通りに追い出し、犬のように打ち回したんだ」彼女は、人形の手よりもうんと大きいというわけじゃあない手にパイプを持って、タバコを吸った。「それで、あんたが新聞のために書くんだから、あんたはサトペン大佐の家のことに首を突っ込むようになる許しを得たと思っとるんですかい」

「ここはもうサトペン大佐の家じゃあないんです。州のものです。誰のものでもあり得るんです」

「何でそうなるんで？」

「この家は、四十年間、税が支払われていないんです。税って何だか分かりますか」

彼女はタバコを吸った。彼女は私を見てはいなかった。しかし、彼女が見ているものが何かを話すのはむずかしかった。そして私は彼女の見ているものが分かった。彼女は腕を伸ばし、パイプのラオ竹を家のほうへと向けていた。「向こうを見て」彼女は言った。「牧場を上がってる」それは犬だった。子牛ほどの大きさに見えた。大きく、荒々しく、そして孤独であって、その家自体のように、それが孤独であることをそれ自体が気づいてはいなかった。「あの犬はどの州のものでもありゃあせん。試してみたらええ」

「ああ、あの犬ね。あの犬はやり過ごすことができます」

「どうやって？」

「やり過ごせますよ」

彼女はまたタバコを吸った。「自分の仕事を続けて下され、若い白人の紳士さん。あんたの関《かか》わりのないこたあ、放っときな」

「私はあの犬はやり過ごせます。しかし、あんたが私に話して下されば、そうする必要はありませんよ」

「あんたがあの犬をうまく通り過ぎりゃあ、そうすりゃあ、わしらは話すことを考えましょ」

「それは、脅《おど》しですか」

「あんたはあの犬をやり過ごしてみなされや」

「いいでしょう」私は言った。「そうしましょう」私は振り向いて、道路のほうに行った。私は彼女が私を見つめているのを感じた。私は振り返らなかった。私は道路を上がっていった。すると彼女が私を呼んだ。強い声だった。ダンが言ったように、彼女の声はたっぷり一マイルは届くだろう。それも十分に高めなくてもだ。私は振り向いた。彼女はまだイスに座っていて、大きな人形ほどに小さく、腕をぐいと引いて、吸っているパイプを私に向けた。「あんたはここから出て行って、もうおるんじゃあない！」彼女は叫んだ。「行っちまうんだ」

それが、私が犬の声を聞きながら、その家のそばに立って、考えていたことだ。犬を通り過ぎることは容易《たやす》かった。ただ、小川がどこを流れているかを見つければよかったのだ。そして、コショウで満たされた缶半分の折りたたまれた生牛肉《なまぎゅうにく》の塊《かたまり》もあったのだ。そして、私はそこに立って、あえて打ち壊《こわ》して入ってゆきかけていたが、老黒人女の名前というささいなことを考えながらであった。私は少々興奮していた。私はそうできないような、そんな年《とし》ではなかった。そんな年《とし》ではなかったが、冒険の入り口からして、私の生来の判断力がほとんど奪われかねなかったのである。と言うのは、四十年間も家の中に隠れて住み、新鮮な空気を求めて夜だけ出掛けて、その存在は他の一人の人間と一匹の犬だけに知られているに過ぎない、そうした人間が、家の中の音を聞いて、「お前かい？」と呼びかける必要はないだろう、ということなど私は思いもしなかったからである。それで、私がとうとう暗い玄関《ホール》に入って、階段の下のところに立っていた時、そこは、四十年前黒人の娘が仰のけに横たわって叫びながら、頭上の空中にさかさになって浮かんでいる顔を見た場所なのだが、そこに立っていた時、まだ音も聞こえず、「お前かい？」と言う声もまだ聞こえないのに、私は、ほとんど金縛りにあいそうになったのである。私はそれほどに若かった。私はしばらくそこに立っていたが、遂に私の目玉が痛むのが分かり、「私はどうしようか？　幽霊は眠っているに違いない。だから、彼女をじゃましたくはない」と考えていた。

それから、私は音を聞いた。それは家の裏手のどこか、そして一階でだった。私の気持は騒いだ。言い訳っぽいものだった。私は、ダンにこう話している自分のことを考えた。「私は君にそう言ったよ！　いつも言ったんだ」多分、私は、自分で催眠術にかかっていたんだろう。そしてまだ二日酔い状態だったんだ。なぜならば、私が想像するに、判断力が既にその音を堅い錠前の堅い鍵のそれと認めていて、誰かが当然の鍵を使って、当然の生身《なまみ》のやり方で裏口から家に入ってきていたのである。そして、私が思うに、判断力にはそれが誰だか分かっており、小川のほうの犬の吠え声があの小屋にも届いていたに違いないということが思い出されていたのである。ともあれ、私は、真っ暗闇の中に立っていて、彼女が裏から広間《ホール》に入るのを聞いたが、彼女は、急ぐことなく、しかしちゃんと動いており、それは盲目の魚が洞窟の中の先の見えない水たまりの中、見えにくい岩のあたりや中をちゃんと移動してゆくかのようだった。

するとと彼女は、静かにだが、大声ではなく、それでも彼女の声を下げることなく話した。「それであんたは犬をやり過ごしなすったな」

「ええ」と私はそっと言った。彼女はやって来たが、見えなかった。

「あたしゃ、あんたに言った筈だよ」彼女は言った。「あんたに何の関《かか》わりもないことに首をつっこみなさんな、とな。あんたとあんたの知り合いにみなが何をしましたんで？」

「しゅうー」私はそっと言った。「もし彼女がまだ聞いていなかったら多分私は出てゆけただろう。多分、彼女には分からないだろう――」

「彼はあんたの声を聞かんでしょう。たとえ聞こえても、気に留めんでしょうよ」

「彼だって？」と私は言った。

「出てゆきな」と彼女は言った。彼女はやって来た。「あんたはここまでやって来た。あたしゃ、だめだと言ったが、あんたは関《かか》わり過ぎていた。出てゆくにゃあ、もう遅過ぎるわな」

「彼だって？」と私は言った。「彼？」彼女は、触《ふ》れることなく、私を通り過ぎた。私には、彼女が階段を上がり始めるのが聞こえた。私はその音のほうへと振り向いた。あたかも私が彼女を見ることができるかのように。「あなたは私にどうしろというんです」

彼女は立ち止まらなかった。「するって？　あんたはもうやり過ぎてまさあ。あたしゃ、あんたに言った筈だ。でも、若い頭は、ラバのように頑固だな。ついてきなよ」

「いや、私は――」

「一緒に来たらええ。あんたは、機会《チャンス》があったのに、それをつかもうとしなかったな。おいで」

我々は階段を上った。彼女は先を進み、ちゃんと行っているが、目には映らなかった。私は手すりにつかまり、前を手探りしながら進んだが、私の眼球は痛かった。突然、私は、彼女がじっと立っているところで、彼女にかすって当たった。「ここが一番上さ」彼女が言った。「この上には、駆け込むようなところは何もねえ」私は、再び彼女に、彼女の裸足《はだし》のやわらかい音についていった。私は壁に触《さわ》り、ドアのカチッという音を聞き、そして、ドアが内側に開いて、オーブンのように温《あたた》かい、よどんで臭い空気の殺到するのに当たるのを感じた。それは、古い肉体の、閉《と》じられた部屋のにおいである。そして、私はほかの何かのにおいにも気付いた。しかし、その時は、それが何かは分からなかった。分かったのは、彼女が再びドアを閉めて、磁器の皿にまっすぐに立てたローソクにマッチをすったあとのことである。そして私は、ローソクに火がともるのを見つめた。次いで、私は、判断のつきかねる中で、ローソクがどのようにして、この死の部屋、この墓場のような空気の中で、せいぜいどのようにして燃えついて命を得るのかに穏やかに思いをめぐらしていた。それから、私は、その部屋を、寝台を見た。私は、行って、寝台を見下ろして立ったが、それは、最初は気付かなかったくさい、洗わないままの肉体のああしたにおいと死のにおいに囲まれているのだった。女は、ローソクを寝台に持ってきて、テーブルに置いた。テーブルの上には、別のものも置いてあった――平らな金属の箱《ケース》だった。「ああ、これは写真だ」と私は思った。「ジューディスの写真で、チャールズ・ボンが身に着けて戦争に持ってゆき、持ち返ったものだ」次いで私は寝台の上の男を見た――痩《や》せ衰《おとろ》えて、青白く、頭蓋骨のような頭は、同じ象牙色《ぞうげいろ》の長い、とかされていない髪に囲まれており、あごひげが腰まで届かんばかりに伸びているその男は、汚《きたな》い黄色がかったシーツの上に、汚れた黄色じみた寝巻を着て、横たわっているのだった。口は開き、そこを通して呼吸していたが、穏やかに、ゆっくりとかすかにであり、それにあごひげもほとんど動いていなかった。彼は、瞼《まぶた》を閉じて横たわっていたが、それは余りに薄かったので、眼球の上に張り付いた湿《しめ》った薄葉紙《うすようし》の一片のように見えた。私は、女を見た。彼女は近付いていた。我々の背後では、我々の影が、うろこ状の魚色の壁に、うずくまるように高まって、ぼんやりと現れ出ていた。

「こりゃあ、まあ」と私は言った。「こりゃあ、誰なんです？」

彼女は話したが、身動きもせず、口も全く見えるようには動いておらず、その声は、大きくもなく、抑えられたものでもなかった。「こりゃあヘンリー・サトペンさんだ」と彼女は言った。

四

我々は、再び階下の暗い台所にいた。お互いに向かい合って、立っていた。「それで彼は死にかけているんですか」と私は言った。「どれぐらいの間、こうなんですか？」

「一週間ぐらいで。あん人《ひと》は、夜中、犬と歩いていたです。でも、一週間ばかり前のある夜、あたしが目覚めると、犬が吠えているのが聞こえたです。あたしが服を着て、上がってきてみると、あん人《ひと》が庭に横たわっていて、犬があん人《ひと》にかぶさるように立って、吠えていた。それで、あたしは彼を家に連れて入って、あの寝台に寝かしたです。それからずっと動かねえ」

「女のあんたが彼を寝台に？　あんたの言うのは、自分で彼を家の中に運んで、階段を上げたということですか」

「あたしゃ、自分でジューディスさんを棺の中に入れたんだ。それに、あん人《ひと》は、今じゃ、何の重さもねえでな。あたしゃ、自分で彼も棺に入れる積もりなんじゃ」

「間もなくかもね」と私は言った。「なぜ医者を呼ばないんですか」

彼女はぶつぶつ言った。その声は、私の腰と変わらぬ高さで響いた。「あん人《ひと》はこの家で、医者なしで死ぬ四番目の人だ。ほかの三人にそうした。彼にもそうしてあげられると思うんだ」

そして彼女は、その暗い台所で、私に話したが、ヘンリー・サトペンは二階のその汚《きたな》い部屋で、彼自身を含めて誰にも知られることもなく、静かに死にかけているのだった。「あたしゃ、あたしの心からそれを出してしまわにゃあならんのです。それをもう長い間、持ち運んできたんで、あたしゃあ、もうそれを下ろしてしまう積もりなんで」彼女は、再び、ヘンリーとチャールズ・ボンが、今度はヘンリーがチャールズを連れて帰郷した二回目の夏まで、その二人が兄弟のようだったことを話した。そして、三か月いる筈のヘンリーが、それを探り出したので、三週間で戻ってきた経緯《いきさつ》を話した。

「何を探り出したって?」と私は言った。

台所は暗かった。たった一つの窓は、もじゃもじゃ状態に生い茂った庭の上の夏の暗闇の中で、青白い四角形を成していた。台所の外の窓の下で何かが動いた。大きなやわらかい足の何かだった。次いで、その犬が一度吠えた。それは再び吠えたが、今度は、尾を引いた吠え方だった。私は静かに思った。「私には、肉もコショウも、もうないな。今は家の中にいて、出ていけない」老婆は動いた。彼女の胸像《トルソー》が、窓に影絵となって現れた。「しっ」と彼女が言った。犬は、一瞬、静まった。それから、女が窓から振り向いて離れた時、犬はまた吠えた。野生の、深い獰猛《どうもう》な反響する吠え声だった。私は窓のところに行った。

「しいっ」私は言ったが、大声ではなかった。「しいっ、お前、静かに、もう」吠え声が止《や》んだ。その足のかすかな、やわらかくて大きな音が、弱まって止《や》んだ。私は振り返った。また女は見えなかった。「ニューオーリンズで何があったんですか?」と私は言った。

彼女はすぐには答えなかった。彼女はまるで静かだった。彼女の呼吸さえ聞こえなかった。次いで、彼女の声が、息をつかない静寂の中から出て来た。「チャールズ・ボンは、既に妻をめとってたんだ」

「おお」と私は言った。「もう妻を持っていた。なるほど。それで――」

彼女は、一層、急いでというわけではなく、しっかり話した。私には、それをどう表現していいか分からない。それは、線路に沿って走っている列車のようなもので、速くはない、が、あなたは線路からはずれ、私のほうにどのようにしてヘンリーがチャールズ・ボンに機会《チャンス》を与えたかを話すのである。何のための機会《チャンス》か、何をするための機会《チャンス》かは決して明らかにならなかった。離婚するためということはあり得なかった。彼女は私に話した。そしてヘンリーの次の行動が明らかにしたのは、彼は、二人の間に現実の結婚があったということをずっとのちまで、恐らく戦争中か、或いは、多分戦争のまさに終結の時まで知り得なかったということである。どうやら、ニューオーリンズの件で何かがあり、ともかくヘンリーにとって、それが、離婚問題がそうであり得た以上に不名誉なことだったのだろう。しかし、それが何だったかは、彼女は私に話そうとはしなかった。「あんたはそれを知る必要はねえです」と彼女は言った。「今となっちゃあ、何の違いもねえ。ジューディスは死んで、チャールズ・ボンも死んじまって。あたしゃ、あの女もニューオーリンズで死んでたと思う。ああしたレースのドレスやカールをかけた扇《おうぎ》があり、それに彼女に仕《つか》える黒人たちがいたとしてもだよ。でも、あそこじゃあ、事情は違ってると思いますだ。あたしが思うに、ヘンリーは、その時、そのことをチャールズに話したんだ。そしてもう、ヘンリーは、長くは生きないだろうし、だから問題はねえ」

「あんたは、ヘンリーが今夜死ぬと思いますか」

彼女の声は、暗闇の中、ほとんど腰の高さにも達しないところから出て来た。「もし神様がそう望むならな。そうして神様はチャールズ・ボンに機会《チャンス》を与えたが、チャールズ・ボンは、それを生かさなかったのでさ」

「なぜヘンリーは、ジューディスと彼の父にそれが何かを話さなかったのですか」と私は言った。「もしそれがヘンリーにとって理由たり得るんなら、彼らにとってもそうでしょう」

「ヘンリーが、血縁の親族に何かを話すでしょうかな、そうするほかないとしても、あたしゃ、他人のあんたにゃあなおさら話さんがな。あたしゃ、あんたに、ただ、ヘンリーが最初ほかの方法をどう試したか、チャールズ・ボンがヘンリーにどううそをついたか、話してるだけじゃあねえかな」

「彼にうそをついた?」

「チャールズ・ボンはヘンリー・サトペンにうそをついた。ヘンリーは、チャールズ・ボンに、それはサトペンのやり方じゃあないと言った。そしてチャールズ・ボンは、ヘンリーにうそをついた。もしチャールズ・ボンがヘンリーにうそをついてなかったら、ヘンリーはチャールズ・ボンに自分の妹との結婚を許したと、あんたは思いますかい。チャールズ・ボンは、あのクリスマスの朝以前にヘンリーにうそをついた。そして、彼は、あのクリスマスのあとにまたヘンリーにうそをついた。さもなきゃ、ヘンリーはチャールズ・ボンをジューディスと決して結婚させなかっただろうな」

「どううそをついたと？」

「あたしゃ、ヘンリーがニューオーリンズでどうやって見つけたか話したばっかりじゃあなかったですかい？　恐らく、チャールズ・ボンは、ヘンリーを連れてその女に会いにゆき、彼ら二人がニューオーリンズでどうしたか、ヘンリーに教えたんだ、それで、ヘンリーはチャールズ・ボンに言ったんだ。『君らのやり方はサトペンのやり方じゃあない』と」

しかし、私にはまだそれが理解できなかった。もしヘンリーがその二人が結婚していたことを知らなかったら、ヘンリーがお堅い気取り屋だとかなりに思わせることになりそうだった。しかし、多分、近頃は、我々は、最早当時の人々を理解はできない。恐らく、そういうわけで、我々にとって、その人たちの書かれたり、語られたりした行為は勇敢で勇ましいけれども、仰々《ぎょうぎょう》しく、でも少々馬鹿げているといった特色を帯《お》びているのだろう。チャールズとその女の間の単なる関係以上の何かがあった。老婆が私に話さなかった何か、話す積もりがないと言っていた何か、彼女がある種の名誉か誇りの感覚からして話そうとしないんだと私に分かっていた何かである。そして私は、静かに思った。「これでもう私にはそれが何だか、分からないだろう。それなくしては、全体の物語は無意味なものになってしまうだろう。そういうことだと、私は、時間を無駄に費やしていることになってしまう」

けれども、とにかく、一つのことは少し明らかになりつつあった。それで、ヘンリーとチャールズが上べだけの親交のうちに戦地に行ってしまった経緯《いきさつ》や、ジューディスが古い結婚指輪を持ったまま地所を守り、自分の母を埋葬し、夫の帰りを待って家をちゃんと整えていた経緯《いきさつ》、更には、彼らが戦争が終わり、チャールズ・ボンが無事だと聞いた経緯《いきさつ》、また、二日後、ヘンリーが戦争の最後の発砲を受けて死んだチャールズの遺体を馬車に載《の》せて帰ってきたそれなどについて老婆が話した時、私は言った。「最後の一発は誰が射《う》ったのですか」

老婆はすぐには答えなかった。彼女は全く穏やかだった。私に思えたのは、私が彼女を見ることができたが、彼女は動かず、その顔は少々下げていて——そのじっと静止した、さまざまな顔は、冷たくなだめ難く、抑えの利《き》いたものだったということだった。「ヘンリーは、どうやって彼らが結婚していることを知ったのだろうか」と私は言った。

彼女は、それにも答えなかった。それから彼女が、変化のない、冷静な声で語ったのは、いつヘンリーがチャールズを連れ帰り、彼らが、ジューディスがチャールズのために用意していた部屋に運び上げ、そして、どのようにして彼女がみなを部屋から出して、自身や死んだ夫、それに写真を守ってドアに鍵を掛けたかなどについてだった。更に、いかにしてその女が——その黒人女が。彼女は、その夜、正面の玄関広間《ホール》のイスで過ごしたのだが——夜中に一度、上の部屋から聞こえてくるどんどんいう音を耳にしたということ、また、ジューディスが、次の朝、出てきた時、彼女の顔がドアに鍵を掛けて閉じこもった時に見せたような、ちょうどそのような表情に見えたことなど話したのである。「そして、彼女があたしを呼び、あたしは入っていって、あたしたちはチャールズを棺に納め、あたしは写真をテーブルから取って言いました。『これも入れてほしいですかい、お嬢さん?』そして彼女は言いました。『それも入れたいわ』そしてあたしは、彼女が火かき棒を取って、二度と開かないように錠を打ち付けたのを見たんですわい」

「あたしたちは、その日、彼を埋葬し、次の日あたしが手紙を、列車に載《の》せるために町へ持っていった――」

「誰にあてた手紙だったんですか」

「分からねえ。あたしゃ、字が読めねえもんで。あたしに分かったことは、ただ、それがニューオーリンズあてだったということですわい。なぜなら、ニューオーリンズがどんな字か知ってたからな。だって、あたしゃ、戦争前、二人が結婚する前に彼女がチャールズ・ボンに書いた手紙をよう出しにいったもんでな」

「ニューオーリンズあて」と私は言った。「ジューディスは、どうやってその女の住んでいるところを知ったんですか」次いで私は言った。「その中に――その手紙の中にお金が入っていた」

「その時は入っちゃいなかったですわい。あたしたちにゃあ、その頃、お金は全然なかったですわい。あたしたちにゃあ、ずっとのちまで、送る金など全然なかったですわい。大佐が帰ってきなさって、亡くなって、あたしたちが彼も葬ったあとはな。それでジューディスさんはひよこを買って、あたしたちゃあ、それを育てて、卵を売りましたんで。それで、彼女は手紙にお金を入れられるようになったんですだ」

「それで、その女は、お金を受け取った？　彼女はお金を受けたのですか？」

彼女はぶつぶつ言った。「取りましたわい」彼女は再び話した。彼女の声は冷静で、油が流れるように徹底したものだった。「それから、ある日、ジューディスが言った。『私たちは、チャールズさんの部屋を片付けましょう』『何を片付けなさるんで？』とあたしは言った。『できる限り、力を尽くしましょう』と彼女は言った。それで、あたしたちは、その部屋を片付けましただ。翌週のその日、荷馬車が列車に合わせて町へ行き、そしてニューオーリンズからの彼女を乗せて帰ってきました。トランクがいっぱい積んであった。そして、彼女は、扇《おうぎ》と頭上のカヤ地の傘とを持ち、黒人の女を連れていた。そして彼女は、馬車が好きじゃあなかった。『馬車に乗るのには慣れてないわ』と彼女は言った。そして、ジューディスは、古いドレスを着て、玄関《ポーチ》で待っていて、その女はそのトランク全部と黒人女とその男の子とともに降《お》りてきたんで――」

「男の子？」

「その女とチャールズ・ボンの息子だわな。九才ぐらいの子だった。そして、彼女を見てすぐにあたしにゃあ分かったし、ジューディスも彼女を見てすぐに分かったんですわい」

「何が分かったんで」と私は言った。「この女性はどうしたんです、ともあれ」

「あんたは、あたしがあんたに話すことを聞くでしょうが、あたしが話さないことは、聞かんでいい」彼女は話したが、目に映らない感じで、穏やかに冷静にそうした。「あの女は長くはいませなんだ。彼女はここが好きじゃあなかったんだ。何もすることがなく、会う人もいねえんだ。彼女は夕食まで起きようとはしなかった。それから、彼女は降《お》りて来て、トランクから取り出したあのドレスの一つを着て、玄関《ポーチ》の間に座り、自分で扇《おうぎ》であおぎ、あくびをしたもんだ。そして、ジューディスは、夜明けから裏手に出て、それもあたしのと同様に古いドレスを着て、働いてたんですわい」

「あの女は長くいることがなかった。ちょうど、彼女がトランクの全部のドレスを一度ずつ着てしまうまでだった、と、あたしゃ思う。女は、ジューディスに、家をどう片付けるべきか、そして彼女が自分でひよこたちをいじくる必要がないようにどのようにもっと黒人どもを所有すべきかなどについて話したんだ。更に、女は、ピアノを弾こうとしたものですわい。けれども、ピアノは、彼女を満足させなかった。なぜなら、それは正しく調律されていなかったからで。最初の日、彼女が、あの扇《おうぎ》と雨を防げないあの傘を持って、チャールズ・ボンが埋葬された場所を見に出かけたが、彼女は、レースのハンカチに向かって泣きながら帰ってきて、横になり、あの黒人が彼女の頭を薬でこすっていた。しかし、夕食の時、彼女は、別のドレスを着て、降《お》りて来て、なんでジューディスがここで辛抱できるのか分からないと言った。そしてピアノを弾き、また泣いて、ジューディスに、チャールズ・ボンのことを、彼女が彼に一度も会ってないかのように、話したんですわい」

「あんたは、彼女がジューディスとチャールズが結婚したことも知らなかった、と言うのですか」

彼女は答えなかった。私は彼女が一種の軽蔑《けいべつ》の色を浮かべて私を見ているのを感じることができた。彼女は続けた。「女は、最初はチャールズ・ボンのことでひどく泣いたが、午後には埋葬地へ散歩していった。あの傘と扇《おうぎ》を持ってな。あの黒人女も、気付け薬を入れたビンと墓のそばで彼女が座るための枕を持って、付いていったんですだ。そして、時折は、家の中で、チャールズ・ボンのことで泣き、体をジューディスに投げかけるようなこともし、ジューディスは、古いドレスを着たままそこに座って、大佐のように背筋を伸ばしており、その女の顔は、その朝チャールズ・ボンの部屋から出てきた時にそう見えたように見えたが、とうとう彼女は泣くのを止《や》め、顔にいくばくかの白粉《おしろい》をつけ、ピアノを弾き、そして、ジューディスに、彼女たちがニューオーリンズでどんな風にして楽しんだかについて、また、ジューディスが、この古い屋敷を売って、ニューオーリンズに来て暮らすべきだなどと話したんですだ」

「そして、彼女は行ってしまった。薄手のドレスの一つも着て馬車に座り、あの傘を差して、しばらくの間ハンカチに向かって泣き、次いで、いつもの古いドレスを身に着けて玄関《ポーチ》に立っているジューディスに対してハンカチを振り、遂には馬車は見えなくなってしまったんですわい。そして、ジューディスは、あたしを見て言いましただ。『ラビー、私は疲れたよ。ひどく疲れてしまった』」

「そしてあたしも疲れた。あたしゃ、もう長い間、背負《しょ》ってきたんだ。でも、あたしたちゃあ、あのひよこどもの面倒を見なきゃあならなかったんだ、毎月手紙にお金を入れられるようにな――」

「それで、彼女は、まだお金を取ったんですか。やって来て、会ったあとになってさえも、取ったんですか？ ジューディスは、会ったあとでもなおお金を送ったんですか？」

彼女は、直ちに、ぶっきらぼうに、落ち着いた声で答えた。「あんた、何だい、サトペン家の者がすることを問《と》い質《ただ》すなんて」

「すまない。ヘンリーはいつ帰ってきたんですか」

「彼女が去ったまさにそのあとで。あたしゃ、二通の手紙を、ある日、列車に持ってゆきましたよ。その一つには、ヘンリー・サトペンと書いてありましただ。あたしにゃ、そう見えることが分かったんですわい」

「おお、ジューディスはヘンリーのいるところを知ってたんですね。そして彼女は、あの女に会ったあと、彼に書いたんだ。彼女は、なぜその時まで待っていたんだろう？」

「あたしゃ、あんたに、ジューディスがあの女に会うや否や分かったと言わなかったですかい？

あたしがあの女を見てすぐに分かったと同じようにな」

「しかし、あんたは、私に何かは全く言わなかった。この女のことで、何があるんですか。分かりませんか、もしあんたがそれを私に話してくれなきゃあ、話が意味を成さないでしょう」

「墓に三人を入れることが、十分に意味を成したんでさあ。あんたは、それ以上の意味をどう成したいんですかい」

「ええ」私は言った。「それで、ヘンリーは帰ってきた」

「ちょうどその時というわけではねえ。ある日、あの女がここにいたあと一年たった頃、ジューディスがあたしにヘンリー・サトペンと書いた別の手紙をくれた。それはしっかりこさえてあって、列車にゆく用意ができていましただ。『それをいつ送るか教えるからね』とジューディスは言いました。そしてあたしは、いつか分かりますよ、と彼女に話しました。それから、その時が来て、ジューディスが言いました。『お前、あの手紙をもう送れると思うわ』そして、あたしは『もう三日前に送りましただ』と言いましたんで」

「そして四夜経《た》って、ヘンリーが馬でやって来て、あたしたちゃあ、寝台のジューディスのところにゆきましたんで。すると、彼女は、言いました。『ヘンリー、ヘンリー、私は疲れちまった。すっかり疲れちまったわ、ヘンリー』そして、あたしたちにゃあ、その時、医者も説教師も要《い》らなかった。そして、あたしゃ、今も、医者は必要ねえし、説教師も要《い》らねえんで」

「そして、ヘンリーは、ここに四十年間いた、家の中に隠れてね。何ということだ」

「残りの誰がいたよりも四十年長くいたんですわい。あん人《ひと》は、その当時、若者だった。そして、あの犬たちが年を取り始めると、彼は、夜中、出て行って、二日間いなくて、その次の夜、そっくりの別の犬を連れて戻ってきたんですわい。しかし、彼はもう若くはなく、最後にあたしが新しい犬を手に入れようと自分で行った。でも、彼には、犬はもう要《い》らなかった。それに、あたしも若くはねえ。それであたしも、やがて逝《ゆ》くんだ。なぜというに、あたしも、ジューディスのように、疲れちまってる」

台所の中は、静寂に包まれていた。静かで、真っ暗だった。外は、夏の深夜が虫でいっぱいだった。どこかで、マネシツグミが歌っていた。「あんたは、ヘンリー・サトペンのために、これだけのことをやって来たんですね。あんたは、自分自身の人生を生きることを、自分自身の家族を育てることをしなかったんですね？」

彼女は言ったが、その声は腰の高さにもなく、何ら変わらず、穏かだった。「ヘンリー・サトペンは、あたしの実の兄弟なんだ」

五

我々は、暗い台所に立っていた。「それで、彼は朝まで生きちゃいないだろう。そして、ここはあんただけになるんだ」

「あたしゃあ、あん人《ひと》の前に、三人ものためにも一人で十分だった」

「多分、私もいたほうが。まさかのために……」

彼女の変わらぬ声が、すぐに返《かえ》って来た。「何のまさかで？」

私は答えなかった。私は、彼女が呼吸するのを全く聞くことができなかった。「あたしゃあ、三人にとっても十分間に合ったんだ。手助けは要《い》らんですだ。あんたは、もう分かったんだ。あんたはここから離れて、新聞の記事を書きなされ」

「私は、全く書かないでしょう」

「きっと、あんたは、書かんでしょう、もしヘンリー・サトペンが、ちゃんとした精神状態にあり、体力を維持していたらな。もしあたしが、今、あそこへ上がっていって、『ヘンリー・サトペン、今ここにあんたとあんたの父親と妹について新聞に書こうとしている人がいるよ』と言ったなら、あんたは彼がどうすると思うんで？」

「分からないな。彼はどうするんだろう」

「心配せんでええ。あんたはもう聞いたんだ。あんたはここから立ち去りなされ。あんたは、ヘンリー・サトペンを穏やかに死なせてやりなされ。あんたが彼にしてやれることは、それだけでさあ」

「多分、それが彼のすることでしょう。ただこう言うだけ。『わしを静かに死なせてくれ』」

「それが、ともかく、あたしのやってることなんだ。あんたはここから行ってしまいなされや」

それで、私はそうした。彼女は犬を台所の窓のところに呼び、私は彼女が犬にそっと話しかけているのを聞くことができたが、私自身は、正面のドアから出てゆき、車道を下《くだ》っていった。私は、犬が家の周りを突進して私を追っかけてくるのではと予期したが、犬はそうしなかった。恐らく、それで私は決心したのだ。或いは、多分、それが人間の問題に介入するのを正当化するあの人間にありがちなやり方に過ぎなかったんだろう。ともかく、私は、錆《さ》びて今はちょうつがいの失われた鉄の門《ゲート》が道路に通じているところで止《と》まった。そして、私は、そこにしばらく立っていた。様々で、平穏な、夏の田舎の深夜の只中だった。小屋のランプは、もう消えていて暗く、その家も、ヒマラヤスギのトンネルになった車道《くるまみち》の向こうに見えなくなっていた。密集して固まりになったヒマラヤスギが、空に毛むくじゃらになって、車道を隠しているからだった。虫以外の声はなく、昆虫が草の中で、銀色の音《ね》を立てていて、更に、マネシツグミの無分別な鳴き声がしていた。そして、私は振り向いて、車道《くるまみち》を家のほうへと戻り、上がっていった。

私は、まだ、あの犬が角《かど》を回って、吠えながら突進してくるかもと予期していた。「そして、彼女は、私が正々堂々と振舞わなかったと知ることだろう」と私は思った。「彼女は、チャールズ・ボンがヘンリー・サトペンにうそをついたように、私が彼女にうそをついたことを知るだろう」しかし、犬は来なかった。犬は、私が正面階段の最上段にもたれてしばらく座っていた時までは、現れなかった。それから、そこにやって来ていた。犬は、音もなく現れて、階段の下の地面に立っていて、ぼんやりと見え、影のようであり、私を見つめていた。私は音も立てず、動きもしなかった。しばらくして、犬は、来た時と同じように静かに去っていった。犬の影が、ゆっくりと溶《と》けるような動きをして、そして消えた。

本当に静かだった。ヒマラヤスギの木立の高いところでは、かすかな絶えざるため息が聞こえていた。そして私は、虫やマネシツグミの声を聞くことができた。そのうち、その二つがお互いに答え合って、短く、合唱するように、次第に調子を高めていった。やがて、ため息をつくヒマラヤスギと虫たちと鳥たちが一つの平穏な音となり、それは、単調なミニチュアの頭蓋骨の中で転がす音で、まるで大地が野球のボールの大きさに縮められ、変えられて、そこから形が消えてゆき、消えながら現れ、現れながら消えてゆくようだった。

「それであんたは、戦争で発射された最後の一発で殺されたんですね?」

「そのように殺されたんだ、そうなんだ」

「戦争で最後の一発を射《う》ったのは誰なんですか」

「あの戦争で、あんたが射《う》ったのが最後の一発ですか」

「私が戦争で最後の一発を射《う》ったんだ。そうなんだ」

「あんたは戦争を当てにしたが、戦争のほうもあんたを裏切った。そうですか」

「そうですか、ヘンリー」

「あの女の何が悪かったんで、ヘンリー。あんたにとって結婚以上に悪いことが何かあったんだ。子供のことかな？　でも、ラビーは、サトペン大佐が七十年代に死んだあと、その子は九才だったと言いました。だから、その子は、チャールズとジューディスが結婚したあとになってから生まれたに違いない。それがチャールズ・ボンがあんたにうそをついた経緯《いきさつ》ですか」

「あの二人の男性があの女に会うや否やジューディスが知り、ラビーが知ったことは何だったんですか」

「そうだ」

「何がそうなんで」

「そうだ」

「ああ、それであんたは、四十年間もここに隠れて暮らしたんですね」

「私はここに四十年間暮らしたんだ」

「あんたは平穏でしたか」

「私は疲れていた」

「それは同じことじゃありませんか。あんたにとっても、またラビーにとっても」

「同じことだ。私と同じことだ。私も疲れた」

「なぜあんたは、ヘンリー・サトペンのためにこれだけのことをしたんですか」

「あん人《ひと》はあたしの実の兄弟だったんだから」

六

すべてがマッチ箱のように消えていった。私は、私の頭上で吠えている犬の深く野蛮な轟《とどろ》きで、眠りから覚めた。そして、私はまろびながらそのそばを過ぎて、正面の階段を走って降《お》り、それでちゃんと目覚め、多分、ともかくも目覚めた。私は、牧場の向こうの小屋から遠く伝わってくる細い、やわらかな黒人たちの声を覚えている。それから私は、まだ半ば眠ったまま、振り返ってみると、あの家の正面が火中に描き出されているのが見えた。以前盲目の眼窩《がんか》同然だった窓もそうだった。それで、その家の正面まるごと、荒々しい、激しい歓喜のうちに、私の上に屈《かが》み込むようにふくらんで現れているように見えた。犬が、吠えながら、鍵の掛かった正面のドアに体ごとぶつかっていた。次いで犬は、玄関から飛び出し、裏手のほうに走りながら回っていった。

私は走って追いかけた。私も、また、叫んでいた。台所はもうなくなっていた。家のうしろ側はすべて火に包まれていた。そして、屋根もまたそうだった。軽い、長年にわたって乾き切った屋根板は、燃える紙片のように上方に飛び立って、渦巻いていた。それは、逆転した流星のように、天頂に向かって焼け切ってゆくように見えた。私は、まだ叫びながら、家の正面に向かって走り戻っていた。犬が、全力で吠えながら、狂わんばかりに私を通り過ぎていった。私が黒人たちが赤く照り輝く牧場をよぎって上がってくる走り姿を見つめていると、犬が、正面の扉に向かって、繰り返し吠えているのを聞くことができた。

黒人たちはやって来たが、彼らは三世代にわたる者たちであり、目玉は白く、開いた口はピンク色の窪《くぼ》んだ穴となっていた。「彼らはその中にいるぞ、中にだ!」私は叫んでいた。「彼女が家に火をつけたんだ、それで二人とも中にいるんだ。彼女は、私に、ヘンリー・サトペンは朝まで生きてないだろう、と言った。でも、私は――」その騒々しさの中で、私は自分の声さえほとんど聞くことができなかった。それに、黒人たちの声も、しばらくは、全く聞こえなかった。私は、ただ、彼らの開いた口と変わらぬ、白く丸くなった目玉を見ることができるだけだった。その騒々しさは耳が聞き取れない地点に到達して、音を立てないで突き進んでゆき、すると、私は、黒人たちの声を聞くことができた。彼らは、長い、一致した、熱狂的で整った調和の取れた高さの悲しみの泣き声を上げていた。それも、子供たちの高音から燃えている家の中にいる女の娘たる最年長の女のソプラノまで調和のとれた高さである。彼らは、いつなりとも起こる取り返しのつかない瞬間に備えて、何年もの間下稽古《したげいこ》をしていたのかも知れない。次いで、我々は、家の中にその女を見た。

我々は壁の下に立って、羽目板が窓を次々と消しながら、はがれ、溶《と》けてゆくのを見つめ、更に、黒人老婆が二階の窓のところに来るのを見た。彼女は火をくぐって来て、一瞬、窓に寄りかかり、両手を燃える出っ張りの上に置いていたが、人形ぐらいの大きさに見え、青銅の像のように受け付けず、静かで活動的で大量虐殺《ホロコースト》の前景で考え込んでいるようだった。次いでその家が、丸ごと崩れ、自壊《じかい》してつぶれて、溶《と》けてゆくように見えた。犬が再び我々を通り過ぎたが、もう吠えてはいなかった。犬は、我々の反対側に来て、音も立てず、鳴くこともせずに、その家の轟《とどろ》くような破滅の中へと飛び込んでいった。

私は、その音が今や憤慨した、飽き飽きした耳を乗り越えていってしまった、と言ったと思う。我々は、そこに立って、その家が、無言の、怒りに燃えた深紅色に包まれて、溶解し、溶《と》けて、激しく立ち昇ってゆくのを見守った。それは、ヒマラヤスギの荒々しい、燃え上がる枝々の間で嘗《な》め回り、飛び立ち、また燃え上がり、溶解し、夏の穏やかで、星の光のやわらかな空を背景にして、それらもまた荒々しく、のたうち回り、渦巻くのだった。

七

ちょうど夜明け前に、雨が降り始めた。それは、雷鳴も稲妻もないままに急速にやって来た。そして、雨は午前中一杯激しく降り、廃墟の中に突き刺さった。それで、殺伐とした、倒壊していない煙突や黒焦げの木材の上に水蒸気の分厚い天蓋《てんがい》がほぐれて漂《ただよ》っていた。しかし、しばらくすると、水蒸気は消散して、我々は桁《けた》や板の切れ端などの間を歩くことができた。我々は、慎重に移動したが、しかしながら、雨を防ぐ名状しがたい外衣をまとった黒人たちは、静かでもあり、もう歌ってもいなかったが、その最年長の女、その祖母は、ここかしこを動いて、時々何かを拾い上げながら、讃美歌を一本調子で歌っていた。金属の箱《ケース》に入っている写真を見つけたのは彼女で、それは、チャールズ・ボンが所有していたジューディスの写真だった。「それは私がいただきましょう」と私は言った。

彼女は私を見た。彼女は、母より暗い影だった。しかし、まだ、かすかながら、インディアンの面影があった。顔にも、依然としてサトペン家の特徴があった。「母さんはそりゃあ望まないと思いますだ。母さんは、サトペン家の物にはこだわりがありますんで」

「私は、昨夜、お母さんに話しました。お母さんはそれについて、すべてについて私に話しました。それでいいでしょう」彼女は私を、私の顔をじっと見た。「それじゃあ、それをあんたから買い取りましょう」

「そりゃあ、あたしにとって、売り物じゃあねえです」

「それじゃあ、それを私に見させて下さるだけでもいい。お返ししますから。私はお母さんに昨晩話しました。問題ないでしょう」

すると、彼女は写真を私に渡した。箱《ケース》は少々溶《と》けていた。ジューディスがいつも金槌で閉じていた錠は、今は、継ぎ目に沿った細い筋《すじ》になっていて、ほとんどナイフの刃で取り去らねばならなかった。しかし、それを開くには斧《おの》を必要とした。

写真はそのままで、変わりなかった。私はその顔を見た――そして、私は、静かに、愚かにも思った(私は、少々馬鹿じみていて、それは睡眠不足と湿気《しっけ》と朝食抜きからだった)――私は、ひそかに思った。「おや、まあ、私は彼女が金髪だと思っていた。ジューディスは金髪だと聞いていたのに――」そして私は目覚め、活気を得た。私はその顔をそっと見た。なめらかで、卵型で、汚れのない顔であり、口は豊満で、満ち足りていて、しかも少々ゆるみ勝ちだったし、目は、熱を帯《お》びて、眠たそうでひそやかな感じであり、墨《インク》のような髪は、ほのかだが、まぎれもないしなやかな強さを有していて――すべてが黒人の血の抜き難い、悲劇的な標だった。記入された文字はフランス語だった。私の夫へ。変わることなく。一八六〇年八月十二日。そして私は、モクレンの花びらの厚みのある豊満な特質を有した不運で情熱的な顔を再びそっと見た――思いがけず三人の命を滅ぼした顔である――そして、私には、今や、なぜチャールズ・ボンの保護者が彼を大学に通わせるためにはるばる遠く北部ミシシッピーまで送り出したかが分かったのである。合わせて、彼がそうであるものや彼が信じ、考えたことなどとともに長期にわたって生まれ、育てられたヘンリー・サトペンのような人間にとって、何がその結婚よりも悪いのか、何が重婚罪をして拳銃が正当化されるのみならず、免《まぬか》れがたいところまで持っていったのかが分かったのである。

「それがすべてなんで」黒人の女が言った。彼女の手が、肩から掛けているすり切れて泥《どろ》に汚れたカーキ色の軍服の上衣《コート》の下から出てきた。彼女は写真を取った。彼女はそれを一度ちらっと見てから閉じた。空《うつ》ろか活気がないかの一瞥《いちべつ》だった。そのどちらなのかは私には分からなかった。彼女がかつてその写真かまたはその顔を見たことがあったのか、それとも両方とも以前に見たことがなかったことを知ってさえいなかったのか、私には分からなかった。「それはあたしが持ってたほうがいいと思いますんで」

法律の問題

ルーカス〔ビーチャム、旧家マッキャスリンの流れを汲《く》む個性の強い、誇り高い黒人〕は、彼のイスを押して夕食のテーブルからうしろへやり、立ち上がった。彼は、彼の娘ナットのむっつりした、用心深い顔に、集中した険《けわ》しい眼差《まなざ》しを向けた。

「道を下《お》りてゆく」と彼は言った。

「あんた、夜中のこんな時間に、どこにゆくんだい」と彼の妻が尋《たず》ねた。「昨夜もよっぴて向こうの低地をのらくらしていて。太陽の光があんたをつかまえた時にぎりぎり間に合って戻ってきて、馬をつなぎ、畑に出てさ！　ロス・エドモンズ〔キャロザーズ・エドモンズ、ザッカリーの息子で、独身。ルーカスの地主〕のために植え付けをやってしまう積もりなら、寝なくちゃあ――」

しかし、その時、彼は家から出ていて、彼女の言葉をもう聞く必要がなかった。もう道路に出ていたが、その道は、トウモロコシ植え付けの時期の月のない空の下《もと》で、畑の間を、青白くぼんやりと続いていて、そこでは、ヨタカが鳴き始める翌日、彼が綿花を植える筈だが、道は大きな門《ゲート》まで続き、そこからは私道がオーク〔樫《かし》〕の木の間を通って、彼の地主の家の明かるいランプが輝《かがや》いている天辺《てっぺん》まで上がっていっているのである。

ルーカスは、ジョージ・ウィルキンズに対して、個人的には何もなかった。もしジョージ・ウィルキンズが耕作に、彼もまたロス・エドモンズから借りて小作した土地を耕《たがや》すことに執着していたなら、ルーカスは、娘のナットがほかの誰とも同様に速《すみ》やかにジョージと結婚することを、その近隣にいる大部分のほかの黒人男性とよりも早くにそうすることを受け入れただろう。しかし、彼はジョージ・ウィルキンズを、或いはほかの誰であっても、この地所に入らせる積もりはなかった。ここでルーカスは四十五年間暮らしていて、彼が起こし、ほとんど二十年間念入りに大事に育ててきた商売をジョージと張り合って仕上げてきたからである。また、誰も、もしロス・エドモンズがそれを知ったらどう出るだろうかということについて彼ルーカスに告げる必要もなかったのである、それは彼ルーカスがひそかに、夜中、最初の蒸留器を作った時以来ずうーっとのことなのである。ルーカスは、ジョージが三か月前に作り、ウィスキーと称していた豚のえさまがいのものでもって彼ルーカスの固めたお客、彼の古くからの常連客に割り込んでくることを恐れてはいなかった。しかし、ジョージ・ウィルキンズは、無分別な愚か者だった。彼は、遅かれ早かれ必ずつかまるだろう。それで、次の十年間は、ロス・エドモンズの地所のすべてのやぶの背後には、保安官代理が一晩中潜《ひそ》んで、うずくまっていることになるだろう。そして、彼ルーカスは、己が娘を愚か者の妻にさせないばかりか、彼の住むその同じ地所に愚か者を住まわせる積もりもなかったのである。

ルーカスはその大きな家に着いた時、階段を上がらなかった。代わりに彼が地面に立ち、指の関節でベランダの端を軽くたたいていると、エドモンズがドアのところに来て、暗闇の中を覗《のぞ》き込んだ。「誰だい」と彼は言った。

「ルークですよ」とルーカスが言った。

「明かりのところに来なよ」エドモンズが言った。

「わしはここで話しますよ」ルーカスが言った。

エドモンズは近寄って来た。ルーカスのほうが年上だった。実のところ、彼はこの地所にいたことがあり、キャロザーズ・エドモンズの父が死んだ時、もう二十五年間もこの同じ家に住み、同じ土地で働いていたのである。ルーカスは少なくとも六十才だった。彼には一人の娘がおり、孫たちもいることが知られていた。彼は、多分、エドモンズよりも支払い能力があった。というのは、税を払わねばならなくて、また修理し、柵をめぐらし、溝を掘り、肥料もやらねばならぬものは一切所有していなかったからである。

しかし今や彼は、彼がそうであるところの黒人《ニグロ》ではなく、黒人野郎《ニガー》になった——測り知れないと言うよりむしろ不可解であり、卑屈ではなく、影が薄いわけでもなくて、ただ、ほとんどにおいのような、時間を超越していて無感動な愚かさに満ちた雰囲気の中、白人の下《もと》の半ばの闇の中にじっと立っているのだった。

「ジョージ・ウィルキンズが古い西の畑の背後の小さな谷の中で缶《かま》をやってますぜ」ルーカスはひどく平板で、抑揚のない声で言った。「もし連中がウィスキーも求めているんなら、ジョージ・ウィルキンズの台所の床下を探すように連中に言ってやってくんなさい」

「何だって」エドモンズが言った。彼は怒鳴り始めた——彼はまあ短気な男だった。「俺は、ここで青白いくそウィスキーを一滴でも見つけ次第どうする積もりかを、お前たち黒人野郎どもに話さなかったかい」

「ジョージ・ウィルキンズにも、あんたの言うことが聞けちゃいますよ」とルーカスが言った。「あんたはわしに話す必要もなかったんですわい。わしはこの土地に四十五年住んでます。そしてわしが、あんたやあんたの父さんがクリスマスにわしにくれたあの町のウィスキーのほかにはどんなウィスキーにも関《かか》わってねえことをあんたは聞いてる筈だ」

「そうだな」とエドモンズが言った。「お前にはよおく分かってる筈だ。なぜなら、もし俺がお前をつかまえたらどうするかが、お前にはよおく分かってるからな。それに、ジョージ・ウィルキンズは夜明けまでにと思うだろう」ルーカスはじっと立っていて、少しまばたきし、その白人が怒りの余りかかとをすばやく踏みつける音を聞き、更に電話のハンドルの長引く激しいきしり音、エドモンズの電話への怒鳴り声を聞いていた。「よし。保安官！　俺はやつがどこにおってもかまわん！　見つけろ！」

ルーカスは、彼が言い終えるまで待った。「もうわしに用はないでしょ」と彼は言った。

「ないよ」とエドモンズは、家の中から言った。「帰って寝るんだ。明日の夜までにはお前の南の小川《クリーク》の区画を全部植え終えるんだぞ。お前は今日、まるで一週間寝に行ってないかのように、あそこをうろつき回っていたんだな」

ルーカスは家に帰った。彼は疲れていた。昨夜ほとんど起きていた。彼は、最初はナットのあとをつけて、彼がしちゃあならんと言ったあとに彼女がジョージ・ウィルキンズに会いにいっちゃあいないかを確かめようとし、次いで、彼の小川《クリーク》の低地の秘密の場所で、最後の作業を終えて彼の蒸留器を止《や》めにし、ばらばらにして低地のもっと奥に運んで隠し、夜明けのたったの一時間前に帰宅していたのである。彼の家は暗くて、ただ彼と彼の妻が寝ていた部屋の灰の中のかすかな光が残っているだけだった——その火は、彼が四十五年前にこの家に移ってきた時暖炉につけて、それ以来ずっと燃えてきたものだった。娘の眠る部屋は暗かった。彼は、そこが空《から》っぽだということを知るために、そこに入る必要はなかった。空《から》であってほしいとは思っていたが。ジョージ・ウィルキンズは、女と一緒のもう一晩を過ごしてもよかったのだ。なぜなら、彼ルーカスは、明日、所有はしないが、長期にわたる住まいを決める積もりだったからである。

彼がベッドに入った時、妻が目覚めさえしないままに言った。「どこに行ってたの。植えてくれと叫んでいる土地の道々を一晩中歩き回って――」そして、彼女は、やはり目覚めることなく、話すのを止《や》めた。そして、しばらくして彼は目覚めた。

真夜中過ぎのことだった。ルーカスは、殻《から》入り布団の上にキルトの掛布団を掛けて横たわっていたが、勝ち誇った感じでもなく、復讐心に満ちた感じでもなかった。いずれ起こるであろうことだった。彼には、彼らのやり口が分かっていた――白人の保安官や税務官たちが、引き抜いた拳銃一、二丁を持ってやぶの中を這い、蒸留器を囲み、地面のあらゆる切り株や掻き跡ですべてのかめや樽が見つけられて、車が待っているところへ運ばれるまで、猟犬のように嗅《か》いで回るのである。多分彼らは、夜の冷気を防ぐために、一口か二口は飲みさえするだろう。ジョージ・ウィルキンズが無邪気に入ってくるまでそこにしゃがんで待つためにその蒸留器のところへ戻る前にである。

多分、これは、ジョージ・ウィルキンズにとって、次は誰の娘を弄《もてあそ》ぶかに関して教訓となるだろう、と彼は思った。

すると、彼の妻がベッドに寄りかかって、彼を揺すり、叫び声を上げるのだった。ちょうど夜明け前だった。シャツとズボン下を着けたまま、彼は、彼女を追って、裏手の入り口《ポーチ》のほうへ出ていった。地面にあったのは、ジョージ・ウィルキンズの継ぎ合わされているが、たたき壊《こわ》された蒸留器だった。その入り口《ポーチ》自体の上には、果物のかめや炻器《せっき》のかめや一、二個の樽、一個の錆《さ》びた五ガロン入りの油缶など各種取《と》り揃《そろ》えたものがあった。その油缶は、ルーカスのぎょっとした、まだ眠りで鈍《にぶ》った目には、十フィート〔三メートル余〕の飼い葉桶を満たすに十分な液体を入れることができるように見えた。彼はそれをガラス瓶の中に見ることさえできた――青白い、無色の液体で、その中には細かく切ったトウモロコシの皮がまだ漂《ただよ》っていて、その皮はジョージ・ウィルキンズの古過ぎる蒸留器では取り除けなかったものだった。

「ナットは、昨晩どこにいたんだい」彼は叫んで、妻の肩を揺すった。「ナットはどこにいたんだ、婆さん」

「あの子はあんたの真うしろにいたのさ！」彼の妻が叫んだ。「彼女は、あんたのうしろについていったんだよ！　分からなかったのかい」

「今分かったさ」ルークは言った。「斧《おの》をくれ」と彼は言った。「壊《こわ》しちまうんだ！　持ち去る時間がないぞ」しかし彼らは、そうする暇もなかった。家の角《かど》を回って来たのは、助手を従えた保安官自身だった。

「ちくしょうめ、ルーク」と保安官が言った。お前にはもっと分別があると思っとったんだぞ」

「そりゃあ、わしのもんじゃあない」ルーカスが言った。「あんたは、そうじゃないと分かってる筈だ。ジョージ・ウィルキンズが――」

「ジョージ・ウィルキンズについちゃあ、心配するな」保安官が言った。「やつもつかまえた。やつは、車の中にいた。お前の娘とな。ズボンをはいてくるんだ。我々は町へゆくんだぞ」

二時間後、彼はジェファソンの連邦裁判所の警察局長《コミッショナー》の事務所にいた。測り知れない表情で、少々まばたきをしており、ジョージ・ウィルキンズが彼の傍《かたわ》らで荒い息をしているのを、また白人たちの声を聞いていた。

「くそ！　キャロザーズたち」警察局長《コミッショナー》は言った。「こりゃあ、一体、どんな風なセネガルのモンタギューとカピュレット両家の間の一件なんだい」

「こいつらに聞いてくれ」エドモンズが乱暴に言った。「ウィルキンズとルークのあの娘が結婚したがってる。ルークはそのことを聞きたがらないが、それには、理由があるんだ――ただ、俺には、今は、その理由が探り出せつつあるように思えるよ。それで、昨夜、ルークが家に来て、ウィルキンズが俺の土地で蒸留器を動かしていると話したんだ。なぜなら、彼には、俺がどうするかがよおく分かっているからなんだ。というのも、俺が、ああしたくそいまいましい闇取引のウィスキーを一滴でも俺の地所で見つけた途端に俺がどうするかを、何年もの間、俺の地所の黒人野郎どもすべてに言ってきておるからさ――」

「それに、我々はロス氏の電話の言葉を得ておりますんで」――それは保安官代理の一人だった

――丸々と太った、おしゃべりな男で、両足の下部は泥だらけで、表情は少々緊張し疲れているようだった――「それで我々はそこに行き、ロス氏がここを見てくれと言いました。でも、彼が言ったその小さな谷には、蒸留器はなかった。そこで、我々は、座って、もし我々がロス氏の黒人野郎どもの一人だったらまさにどこに蒸留器を隠すだろうかと考えたんです。それで我々は行って、そうしたところを見た。確かに、しばらくして、あった。すべてばらばらにして、そうしたいだけ注意深く、きちんと隠してあり、そこは小川《クリーク》の低地のいばらのやぶの中だった。ただ、その時までには明かるくなってきていた。それで、我々は、ジョージ・ウィルキンズの家に戻っていって、ロス氏が言ったようにその床の下を探し、そしてジョージとちょっと話してみることに決めたんだ」

「我々は、夜明け頃そこに着き、そして我々が見るものといったら、ジョージとあの娘がそれぞれの手に一ガロン入りのかめを持ってルークの家のほうに丘を上がって走ってゆく姿だけで、それもただジョージが、我々が彼らに追いつける前に、そのかめをすっかり壊《こわ》してしまったんです。すると、ルークの妻が家の中でわめき始め、それで我々は走って裏手に回り、そしてルークの裏庭にもう一つの蒸留器があって、およそ四十ガロンの証拠物件が彼の裏口のベランダに積んであったが、それはまるで彼ルークが競売に掛ける積もりだったかのようだった。そしてルークがズボン下のままの姿で、シャツの端を垂らしたままそこに立って、叫んでいた。『斧を取って、そいつを壊《こわ》せ！　斧を取って、壊《こわ》すんだ！』」

「しかし、あんたは誰を告発するんだね」と警察局長《コミッショナー》が言った。「あんたはジョージをつかまえにそこに出かけていったが、すべてのあんたの証拠は、ルークに不利だな」

「蒸留器が二つありました」と保安官代理が言った。「そしてジョージとあの娘の二人ともが言うには、ルークがまさにロス氏の裏庭で二十年間、ウィスキーを作って売っていたということです」

まばたきしながら、ルーカスは、エドモンズが彼をにらみつけているのを見たが、それは非難しているのでも、最早驚いているのでもなく、厳しく激しい怒りに燃えている様子だった。それから、彼は、目を動かすことさえせず、表情も変えないままに、最早エドモンズを見ておらず、穏やかにまばたきしながら、ジョージ・ウィルキンズが彼の傍《かたわ》らで、深いまどろみの中にある人のように、辛《つら》そうに息をしているのを聞き、更に声を聞いているのだった。

「しかし、あんたは、彼ルーク自身の娘に彼に不利な証言をさせることはできんだろう」

「でも、ジョージならできますよ」と保安官代理が言った。「ジョージは、彼の親族じゃあありません。ジョージは言って有益なことを何か考え、しかも急いでそうしなきゃあならないという苦境にあることは、言うまでもありません」

「裁判所にそのすべてを解決させよう、トム」と保安官が言った。「わしは昨晩ずうーっと起きていて、まだ朝食さえ取ってないんだ。わしはあんたに囚人と三十か四十ガロンの証拠物件と二人の証人を持って来たぞ。この件はこれでおしまいにしよう」

「私はあんたが二人の囚人を連れて来たんだと思うよ」と警察局長《コミッショナー》が言った。彼は、保安官の前で書類に書き始めた。ルーカスは、動いているその手を見つめて、まばたきしていた。「私は、彼らを両方とも拘留に付す積もりだ。ジョージは、ルークに不利な証言ができる。そうしたいならな。そして、あの娘は、ジョージに不利な証言ができる。彼女も、ジョージの親族じゃあないからな」

ルーカスは、彼の銀行残高の数字を変えることさえなしに、彼とジョージの両方の証書に支払うことができただろう。エドモンズが証書に支払ったあと、みなはエドモンズの車に戻った。ジョージが今度は運転し、ナットは前の座席、ジョージの傍《かたわ》ら、その隅に縮こまった。車が十七マイル〔二十七キロメートル余〕走ったあと、門《ゲート》のところに止まった時、彼女はまだルーカスを見ないまま飛び出し、彼の家のほうへと道路を駆け上がっていった。彼らは馬小屋へと車を動かし、そこでジョージも降《お》りた。ジョージの帽子はまだ彼の右耳の上に傾《かし》いで載《の》っていたが、彼のセピア色の顔は、普通はそうであったように、歯だらけではなかった。「行ってお前のラバを出せ」エドモンズが言った。次いで、彼はルーカスを見た。「何を待ってるんだい」

「わしはあんたが何かをいう積もりだと思ったが」ルーカスが言った。「それで、人の親類の者たちが、法廷でその人の告げ口をすることなんてできないんじゃないですかい」

「それについては案ずるなよ」エドモンズが言った。「ジョージはお前の親類じゃあない。だから彼はいっぱいしゃべれる。もし彼が忘れ始めるんなら、ナットはジョージの親類じゃあないから、彼女はいっぱいしゃべれる。お前は余りにも待ち過ぎた。もしジョージ・ウィルキンズとナットが今結婚許可証を買おうとしたら、あの連中は、お前とジョージの二人ともを、多分吊すだろうよ。また、たとえガウアン判事がそうしなくとも、俺がお前たち二人ともを、お前たちが耕作を終え次第すぐに、俺自身で刑務所に連れてゆくさ。さあ、お前はお前の南の小川《クリーク》の畑にゆくんだ。そこの植え付けを終えるまで出てくるんじゃあないぞ。もし暗くなったら、俺が誰かに明かりを持たせて迎えにやるからな」

ルークは暗くなる前に、南の小川《クリーク》の区画の仕事を終えた。彼は馬小屋に戻り、ラバは水を掛けられ、くしけずってもらい、畜舎に入れられて餌《えさ》をもらい、馬具は畜舎の扉のそばの木釘に吊されて、他方、ジョージのほうは、馬具を外《はず》していた。それから、ルーカスはたそがれ時の始まりの中、丘を歩いて上がり、家のほうへと向かっていたが、どんどんというわけではなかった。彼は、振り返ることさえせずに、言った。

「ジョージ・ウィルキンズ」

「はあ」ジョージは、彼のうしろで言った。ルーカスは歩をゆるめず、振り返りもしなかった。彼らは進んで丘を上がり、遂に彼の小さな、ほこりまみれの庭を囲っている風雨にさらされた垣の中の壊《こわ》れた門《ゲート》に着いた。そしてルーカスは、止まって、彼のうしろにいるジョージを振り返って見たが、ジョージのほうはというと、ほっそりしていて、作業着をつけていてさえきざで、腰は細くて、くたびれたパナマ帽の傾斜の下にある厳粛とは言わないまでも生真面目な顔にも笑いはなかった。

「お前の考えはどうだったんだい」ルーカスが言った。

「ちゃんとは分からないんで」ジョージが言った。「ほとんどナットの考えだったんでさあ。俺たちゃあ、あんたを困りごとに巻き込む積もりは全くありゃあせんでした。ナットが言うに、多分、俺たちがあのやかんをあんたやロス氏が保安官にあそこにあったと話した場所から持ってくれば、あんたはそれがあんたの裏庭にあるのを見つけることになるでしょう。多分、俺たちが、保安官がここに来る前にあんたがそれを隠してしまうのを手伝いましょうと言ったら、あんたの気持ちは俺たちに金を貸そうということになっておったでしょう――俺は、俺たちを結婚させることを言っておるんで……」ルーカスはジョージを見た。彼はまばたきしていなかった。

「はあ」と彼は言った。「その厄介《やっかい》ごとには、わしだけじゃなくもっと多くが関《かか》わっておる」

「そうですよ」とジョージが言った。「そのようです。俺は、それが、俺にとって戒《いまし》めになればいいと思うんで」

「わしもそう願うよ」とルーカスが言った。「連中がお前をパーチマンに送り終えた時、お前は十分に時間をかけて、そのことを学べるだろうよ」

「へえ」とジョージは言った。「とりわけ、あんたが俺を手伝ってくれればです」

「はあ」とルーカスは再び言った。彼はジョージをじっと見つめ続けた。彼は、少しばかりだが、声を高めた。一語だが、断固として冷静に、まだジョージを見据えながら。「ナット」

その娘は、裸足《はだし》で道を下《くだ》ってきたが、清潔で色あせたキャリコのドレスをまとい、明かるい布を頭に縛っていた。彼女は泣いていた。

「ロスさんに保安官たちに電話するようにと言ったのは、あたいじゃあないわ」と彼女は言った。

「わしの心は変わった」ルーカスが言った。「わしはお前とジョージ・ウィルキンズを結婚させるぞ」ナットは彼をじっと見つめた。ルーカスは、彼女の凝視がジョージのほうへさっと向き、そしてまた戻ってくるのを見守った。

「変わり方が早いわね」ナットは言った。彼女は、彼をまじまじと見つめた。次いで、彼は、彼女が自分を見ていないことが分かった。ナットの手が上ってきて、その頭を縛っている明かるい綿の布に、一瞬、触《さわ》った。「あたいがジョージと結婚して、あの家に住むって？　裏口はもう離れ落ちてしまってるし、泉から水を汲《く》んでくるのに半マイル（八百メートル）も歩かなきゃあならないのよ。彼ったらストーヴさえないのよ！」

「俺の暖炉はちゃんと料理できるぞ。それに、俺は、裏口につっかいをすることができるさ」とジョージが言った。

「そしてあたいも、二杯のラード入りバケツか水を一マイル（一・六キロメートル）運んで歩くのに慣《な》れることができるわよ」彼女が言った。

彼女はそこで止《や》めて、そのかん高い、はっきりしたソプラノの声を消えることなく弱めながら、父の顔を見守っていた。

「料理用コンロにつっかいをした裏口、それに井戸だな」

「新しい裏口よ」と彼女が言った。彼女は、言わなくてもよかったかも知れない。

「修理した裏口だな」とルーカスが言った。そして、彼女は、確かに彼を見てはいなかった。再び彼女の手が上り、より薄色の手のひらは青白く、指はしなやかできゃしゃだったが、彼女の頭の布のうしろに触《さわ》った。ルーカスは、動いた。「ジョージ・ウィルキンズ」と彼は言った。

「はい」ジョージが言った。

「家の中に入れ」とルーカスが言った。

とうとうその日が来た。彼とナットとジョージは晴れ着を着て、車が車道をやって来るまで、門《ゲート》のところで待った。「おはよう、ナット」とエドモンズが言った。「いつ家に戻ったんだい」

「昨日です、ロスさん」

「お前はジャクソンに、かなりの間いたんだな」

「はい。あたいは、あんたとパパとジョージが保安官たちと一緒に町に行ったあと、翌日離れたんで」

「お前とジョージは、すぐにゆきな」エドモンズが言った。彼らは行った。ルーカスは車の傍《かたわ》らに立っていた。これは、三週間前のあの日以来エドモンズが彼に口を利《き》いた最初だった。それはまるで、彼の怒りがそれ自体を焼き尽くすのにそれだけ長くかかったんだというかのようだった。それとも、むしろ、弱まっていたと言うべきか。なぜなら、その怒りはまだくすぶっていたからである。

「俺は、お前が自分に起ころうとしていることが何かが分かっていると思うぞ」エドモンズが言った。「あの弁護士がナットのことを片付け、ナットがジョージのことを片付け、そしてジョージがお前のことを片付け、更に、ガウアン判事がお前たち両人のことを片付けたらな。お前は俺の父とこの地所に二十五年間いた。そして父が死んだ。お前はここに俺と二十年間いる。連中がお前の裏庭に見つけたあの蒸留器とあのウィスキーは、お前のものなのかい」

「違うということが、あんたには分かっとるでしょう」ルーカスが言った。

「よろしい」とエドモンズが言った。「連中が低地に隠してあるのを見つけたあのもう一つのは、お前のかい」

彼らは互いを見合った。「わしは、あれのことでは問われておらんです」とルーカスが言った。

「あの蒸留器はお前のものかい、ルーク」エドモンズが言った。彼らは互いに見合った。エドモンズの見たその顔は、全く無表情で、不可解だった。

「わしにそれに答えろと求めなさるんで」ルーカスが言った。

「違う」エドモンズは激しく言った。「車に乗るんだ！」

広場とその中に通じる通りは、自動車や荷馬車で込み合っていた。エドモンズのあとについて、彼らは入り口の前の混雑した歩道を、彼らの知っている顔また顔の通路に沿って、横切っていった——彼ら自身の農場や小川《クリーク》に沿ったほかの農場からの借地人たちは、また、使い古した、のろのろ進むトラックやセダン型自動車に乗って十七マイル（二十七キロメートル余）の距離をやって来ていたが、法廷そのものに入る見込みはないままに、ただ通りで待って、彼らが通り過ぎるのを見ようとしていた——そして、それらの顔には伝聞だけでしか知らないものもあった。葉巻を吸いながら互いに話しかけている豊かな白人弁護士たち、この世の自尊心に満ちた勢力家たちである。

それから、彼らは大理石のロビーにいて、そこでは、ジョージが日曜日用の靴の固いかかとで恐る恐る歩き、エドモンズは、腕に触《さわ》られて振り向き、ルーカスの広げた手の中に分厚くたたまれた汚れた書類を見たが、それは、古い手垢《てあか》のにじんだ折り目のところでぎこちなく開いていて、署名と封印の上のそのままの素直な文字で何であれ無名の書記の一般的な読みやすい筆跡で、二つの名前を知らしめていた。ジョージ・ウィルキンズとナタリー・ビーチャム、そして、去年の十月の日付が記してあった。

「お前は」とエドモンズが言った。「これを常時ずうーっと持っていたのかい。これをいつも持っていたのかい」しかし、それでも、彼の見つめるその顔は、不可解で、ほとんど眠《ねむ》たそうに見えた。

「あんた、それをガウアン判事に渡してください」とルーカスが言った。

とても長くかかったわけではなかった。彼らは、小さな事務所で、固いベンチの端にいて、礼儀正しく、背中はベンチの背もたれに触《ふ》れてはいなかった。他方、執行官補は爪楊枝《つまようじ》をかみ、書類を読んでいた。彼らは、法廷で止まらなかった。そこを突き抜けて空《から》のベンチの間を通り抜け、もう一つのドアを抜けて別の事務室に入ったが、そこはもっと大きく、もっと立派で、一層静かだった。そこでは、ルーカスがうわさでのみ知っている、怒ったように見える男が待っていた――合衆国弁護士で、八年前に政府が変わったあとになってジェファソンに移ってきた人物だった。しかし、エドモンズがそこにいて、テーブルの向こうには、ルーカスの知らない男が座っていたが、彼は、三、四十年前、老ザック・エドモンズの時代によくやって来たもので、ウズラの季節の間何週間も滞在し、ルーカスが、彼の馬を押さえて降《お》りさせ、猟犬が立ち止まって獲物のウズラの居場所を教える時、彼に射《う》たせたものだった。

「ルーカス・ビーチャム」と判事が言った。「三十ガロンのウィスキーと蒸留器が、開《ひら》けた昼日中《ひるひなか》に、裏口のところにあるんだって？　馬鹿げたこった」

「それでお前、そこにいたんだな」怒っている男が両手を投げ出すように動かしながら、言った。「わしはこのことについても何も知らなかったぞ。そしてエドモンズが――」しかし判事は、その怒っている男を聞いてはいなかった。彼はナットを見ていた。

「こっちに来なさい、娘よ」と彼は言い、ナットは、一、二歩前進して、止《と》まった。ルーカスは、彼女が震えているのを見ることができた。彼女は小さく見え、やせこけて、若かった。彼女は彼の最も若い、最後の子供だった――十七才で、彼の妻が年取ってから生まれた子で、彼には時々そう思えたのだが、彼もまた年取ってからの子だった。彼女は結婚するには若過ぎて、結婚した人々が、年を取り、平穏の味や風味を独力で見出すために通らねばならないあらゆる災いと相対するのにも若過ぎた。ただ、ストーヴと新しい裏口と井戸だけは十分でなかった。「お前がルークの娘だな」判事が言った。

「そうですよ」ナットが言った。「名はナットですだ。ナット・ウィルキンズ、ジョージ・ウィルキンズの妻で。あんたの手にあるその紙に書いてありますで」

「そうだな」判事は言った。「この前の十月の日付だな」

「そうですよ、判事さん」ジョージが言った。「去年俺が綿花を売った時からそれを持っておりやすんで。俺たち、その時結婚したんだが、ただ彼女が、俺の家に住みにこようとせんもので。そしてルークさんが——俺としては、ストーヴを手に入れ、裏口を修理し、井戸を掘って」

「お前さん、それをもうやり終えたんかね」

「そうですよ、判事さん」ジョージが言った。「今そうしようとしているところで。打ったり掘ったりができるようになり次第ですよ」

「分かったよ」判事が言った。「ヘンリー」彼は秘書官に言った。君はあのウィスキーを流し出せるところに置けたかね」

「はい、判事」

「あの蒸留器二つとも切り刻んで、すっかり壊《こわ》せるところに持っていけたかね」

「はい、判事」

「じゃあもう、わしの事務所を空《あ》けてくれ。みんなをここから出してくれ。少なくともあのあご野郎の道化者をここから出しておくれ」

「ジョージ・ウィルキンズ」ルーカスはつぶやいた。「あの人は、お前のことを言ってんだぞ」

「はい、旦那《だんな》」ジョージは言った。「そのようで」

しかし、次の三週間が経《た》たないうちに、ルーカスはいらいらし始めた。多分、彼はもう、やることがほとんどなかったからである。彼の土地はすべてもう植え付けが終わり、よい季節のあとだったから、綿花やトウモロコシの種は、短い激しい雨と豊かであふれんばかりの北進する太陽の光の中で、ほとんど播種器《はしゅき》の轍《わだち》の跡まで芽生え、成長しているのだった。一週間に一日だけの労働は、畑を草だらけにしてしまうだろう。それで、彼の今やらねばならぬのは、豚に残飯をやり、少々の料理用の薪《まき》を切ったあとは、朝の冷気の中で垣にもたれかかって、草の生えるのを見守っていることだけだった。

けれども、とうとう三週間目に入って、ルーカスは彼の台所の入り口のちょうど内側に立って、ジョージ・ウィルキンズがたそがれの中、地所の中に入って馬小屋に入り、ほどなく出てくるのを見ていたが、ジョージは、ルーカスの太った年半ばの雌馬を連れてきていて、それをスプリングのついた荷馬車につけて、それを御《ぎょ》して地所から出て進んでいった。それで次の朝、ルーカスが、彼の最初の畑よりも先へ行って、露の輝《かがや》きの中に立って、彼の綿花をながめていると、彼の妻が家から彼に向かって叫び始めた。

ナットは、四十五年間火が燃えていた暖炉の傍《かたわ》らのイスに座っていたが、前屈《かが》みになり、長い両手を膝《ひざ》の間にだらりと垂らしており、泣いたので顔ははれぼったく、また息を切らしていた。「あんたたち、そしてあんたのジョージ・ウィルキンズ！」ルーカスが入って来た時、彼の妻が言った。「行って、彼に言ってちょうだい」

「あの人ったら、井戸の仕事をまだ始めてないわよ」ナットが言った。「ジョージは裏口のつっかいさえしてないわ。あんたがあんなにお金を与えたのに、彼はまだ始めてさえいないわ。そんで、あたいは彼に頼んだけれど、彼はただ、まだそこまで手が回らないんだ、と言うばかりだわ、そんで、あたいは待って、また頼んで、そんで、あの人は、ただ、まだそこまで手が回らないんだと言うばかりなんだよ。そいで、とうとうあたいは、もしジョージが約束通りに始めないんなら、あたいの心は、保安官たちがここに来たあの夜にあたいが見た全部について変わっちまうよ、と彼に言った。そいで、昨夜彼は、少しばかり先へゆく積もりだから、あたいは家に帰っていたいか、なぜなら遅くまで戻れないからと言うので、あたいは、ドアの閂《かんぬき》を掛けておけるよ、と言ったわ。なぜなら、あたいは、彼が井戸の件に取り掛かろうと決めるんだと思ったからだよ」

「そんで、あたいがジョージがパパの雌馬と荷馬車を手にしたのを見た時、あたいは彼がゆこうとしているところが分かったわ。彼が帰ってきたのはほとんど夜明け頃だったよ。そんで彼は、裏口を直す積もりも何もなかったんだわ。お金だけ使ってなくしてしまってた。そんで、あたいはあたいがどうする積もりか彼に話し、待っていて、ロスさんが起きるや、あたいはロスさんにあの夜あたいが見たことについて、あたいの心が変わったと話し、ロスさんは、ののしり始め、あたいが長く待ち過ぎたんだと言い、なぜならあたいはもうジョージの妻で、裁判所は聞いてくれないだろうから、と、そんで、あたいにあんたとジョージの両方に日没までに彼の地所から離れるように言えと言うんだよ」

「そら」と彼ルーカスの妻が言った。「あんたのジョージ・ウィルキンズが！」しかし、ルーカスは既に入り口のほうに動いていた。「あんたはどこにゆくんだい」彼女は言った。「あたしたちはもうどこに行ったらいいいんだい」

「わしらがどこに移るか案じ始めるのは待ちなよ。ロス・エドモンズがなぜわしらが去ってないかと案じ始める時までさ」


太陽はもうすっかり登っていた。今日は、暑くなりそうだった。日没まで綿花とトウモロコシの両方を育てることになるだろう。ルーカスがジョージの家に着いた時、ジョージはその角《かど》の向こうから出てきて、静かに立っていた。ルーカスは、草のない、太陽の光でまぶしい庭を横切った。

「どこにあるんだい」彼は言った。

「俺のがあったいつもの谷に隠してあるんだ」ジョージが言った。「もしあの保安官たちが最初何も見つけなければ、連中は繰り返し探すのはもう無駄だと思うでしょうよ」

「愚か者」とルーカスは言った。ロス・エドモンズが連中に蒸留器がそこに一度あったと言ったんだから、今から次の選挙まで一週間と経《た》たないうちに連中の誰かがあの谷の中を見るだろうということが、どうして分からないんだい。今度連中がお前をつかまえたら、お前が昨秋以来既に結婚していたということを証明する証人が誰もいなくなるんだぞ」

「連中は俺をつかまえやせんです」ジョージが言った。「俺は、あんたが俺に話した通りに今度のやつをやってみせますよ。いい教訓を得たんだ」

「そうあってほしいな」とルーカスは言った。「お前は暗くなったらすぐにあの荷馬車を使って、あれをあそこから運び出すんだ。わしが、あれを置く場所をお前に教えるから。はあ」と彼は言った。「そして、わしが思うに、今度のもあの谷にあったもう一つのと似とるようだな」

「いいや」ジョージは言った。「今度のは、上等のやつですよ。中のウォーム〔ねじなどのらせんのついた部分〕はほとんど新しい。それで俺は、相手の求めた値段を下《さ》げさせられなかったんだ。あの裏口と井戸用の金では、二ドル足りなかったが、俺が自分で手当てしましたんで。だけども、俺が悩んでるのは、つかまるのが心配だからというんじゃあない。俺が知りたいのは、我々があの裏口とあの井戸のことでナットに何て言ったらいいのかということなんで」

「我々というのは、何だい」とルーカスが言った。

「それじゃあ、俺は何だ、だな」ジョージが言った。ルーカスは、一瞬、彼を見た。

「ジョージ・ウィルキンズ」と彼は言った。

「旦那」とジョージが言った。

「わしは、誰にも、その妻君のことで忠告なんかせんぞ」とルーカスが言った。

ヴァンデ

一

彼らみんなが、我々がおばあちゃんを埋葬した時に、再びやって来た。ブラザー・フォーティンブライド〔ジェファソンの説教師〕や彼ら全部である――老人たち、女性たち、子供たち、そして黒人たちである――その十二人はアブ・スノープスがメンフィスから帰ってきたといううわさが広まるとよく入ってきた者たちであり、そして更に百人は、あとになってこの郡に戻ってきていた者たちで、北部兵《ヤンキー》たちについていったが、そのあと戻って来ていて、彼らの家族や主人たちがいなくなっているのを知り、山々に散って入り、洞窟や木々の洞《うろ》に動物のように住み、と私〔ジョン・サートリス大佐の息子ベイヤード〕は思うのだが、頼るものがないのみならず、彼らに頼る者もなく、彼らが帰ったのかそうでないのか、生きているのか死んでいるのか、或いはそうでないのか、と気遣う者もなかったのである。更に、それは、私が思うに、死別と損失の総計というものであり、鋭い蛇の毒牙に等しいものなのである――

みなが雨の中の山々からやって来ているのである。ただ、ジェファソンには北部兵《ヤンキー》は一人もおらず、それで彼らは、歩いて入る必要はなかった。私は、墓の、そしてほかの墓石や記念碑の向こうを見ることができ、更に、尻に長く黒い汚れのついたラバたちでいっぱいのしずくのしたたるヒマラヤスギの木立が見えたが、その尻の汚れは、おばあちゃんとリンゴーがアメリカ合衆国の焼き印《ブランド》を焼き取った跡なのだった。

ジェファソンの人々の大部分もそこにいた。また、別の牧師もいた——大柄な牧師で、メンフィスかどこかから避難して来ていた——そして私は、コンプソン夫人や彼らのうちの何人かが、彼が葬式で説教できるようにいかに取り計らっていたかを知った。しかし、ブラザー・フォーティンブライドは、その牧師にそうさせなかった。彼は牧師に、するな、とは言わなかった。彼は、ただ、彼に何も言わなかっただけであり、ただその振る舞いは、子供たちがゲームをする準備をしている場所に入ってきて、彼らにゲームはいいが、大人たちがしばらくその部屋と家具を必要としているからと言う大人のようだった。その牧師は、彼のラバをほかのラバと一緒につないでいた木立から性急に歩いてやって来た。彼はやせこけた顔をしており、馬皮と北部兵《ヤンキー》のテントのつぎはぎのついたフロック・コートを身に着けて、町の人々が傘の下のあたりに立っているところに入ってきたが、その真ん中にはおばあちゃんがいて、大柄な避難中の牧師は、既に聖書を開いており、コンプソン家の黒人どもの一人が彼の頭上に傘を差しかけ、雨がその傘の上にゆっくりと冷たく、灰色にはねかかり、更に、おばあちゃんのいる黄色の板の上にもゆっくりとはねて、その赤い墓の傍らの暗赤色の土の中にも、全くはねかかることもなく、飛び散っていた。ブラザー・フォーティンブライドは、ただ歩いて入ってきて、傘を見、次いで綿の袋地と裂けた小麦粉袋製の服を着た、傘を持たない山の人々をながめて、言った。「さあ、みなさん」

町の人々は動こうとした。彼らのうちの幾らかは、そうした。バック・マッキャスリンおじさんが、町も山も含めた人々すべての中で、前に進み出た最初の人だった。クリスマスまでには彼のリューマチはずっと悪化して、彼はほとんど手も上げられなくなるだろう。しかし、彼は今そこにいて、ヒッコリーの木の皮をむいた杖でもって、頭越しに袋を括《くく》り付けた人々を押しのけ、傘を持った町の人々も、彼の通り道を空《あ》けるのだった。それから、リンゴーと私はそこに立って、おばあちゃんが、静かな雨が黄色の板にはね返っている中を地中に降りてゆくのを見守っていたが、その板は、遂には、板のようには見えなくなり、弱い太陽光線がその中に反映して、水のように見え始め、地面に沈んで消えてゆくのだった。次いで、ぬれた赤土が墓の中に流れ込み、シャベルがゆっくりと絶え間なく飛び出し、打ち払い、そして山地の人々はシャベルで順番にやるのを待っているのだったが、そのわけは、バックおじさんが誰にも彼と交替させようとはしなかったからである。

長くはかからなかった。それで私は、避難中の牧師が、その時でさえ、再度試みるのかなと思った。しかし、ブラザー・フォーティンブライドは、彼にその機会を与えなかった。ブラザー・フォーティンブライドは、シャベルを下ろすことさえしなかった。彼は、自分が野原にいるかのように、シャベルに寄りかかって、そこに立っているのだった。そして、彼は、アブ・スノープスがメンフィスから再び帰ってくるだろうという時に教会でよくそうしたように、言った——力強く、穏やかだが、声高《こわだか》でなく。

「私は、ローザ・ミラード或いは彼女をそれまでに知っていた誰であれ、彼女がどこに行ってしまったのか教えられる必要はないと思う。それに、彼女を知っていた誰であれ、彼女にどこであれ安らかに眠るようにと言って彼女を侮辱したがるとは、思いません。そして、私が思うに、神はもうご承知なんだがな、男たち、女たち、そして子供たちがいて、黒人、白人、黄色人、インディアンのいずれであろうとも、いて、彼女に見守り、案じてもらうのを待っておるんです。だから、あんたたちは、家に戻りなさい。あんたたちのうちの何人かは遠くから来ちゃあいない。そして、あんたたちは、その距離を幌《ほろ》のついた馬車で来た。でも、あんたたちのうちの大部分は、そうじゃない。そして、あんたたちが歩いてこなかったのはローザ・ミラードの恩寵によるんです。私はあんたたちに話してるんです。あんたたちには、切ったり、割ったりすべき木がある、少なくともね。そして、この周りに立って、老人や子供たちも、雨の中、外《そと》におらせているあんたたちみんなのことをローザ・ミラードが何と言うと思いますか?」

コンプソン夫人が、私とリンゴーに、父が戻ってくるまで家に来て彼女と一緒に暮らしたらどうかと求めた。そして、ほかの何人かも、そうした——私は誰だったかは覚えていないが——、それから、私がみな去ってしまったと思った時、周りを見回すと、バックおじさんがいた。彼は、我々のところにやって来たが、肘《ひじ》を脇に押し当て、あごひげはもう一本の腕のように脇へ垂《た》らし、目は、余り眠っていないかのように赤く、狂《くる》おしげで、杖を持っていたが、それは、誰かを打とうと決めていて、しかもその相手が誰であろうが大して気にはしていなかったのである。

「お前たち、何をしようとしてるんだい?」と彼は言った。

地面は、今や、雨でゆるんでやわらかく、黒みがかり、また赤かった。それで、雨は、おばあちゃんには全くはねかからなかった。雨は、ただ、赤黒い盛り土にゆっくりと灰色に溶け込んでいた。それで、しばらくして、盛り土もまた溶け始めたが、形が変わることはなく、まるで板のやわらかな黄色が溶けて、土を通して色付いているようで、盛り土と板と雨がすべて溶けて、一つのぼんやりして穏やかな赤みがかった灰色になっていっていた。

「拳銃を借りたいんです」と私は言った。

すると彼は、叫び始めたが、落ち着いてはいた。なぜなら、彼は、我々よりは年長だったからである。それは、まるで、その夜、おばあちゃんと、古い圧搾機《あっさくき》のところにいたかのようだった。

「わしが必要なのかい、そうでないのかい」と彼は叫んだ。「神かけて、わしはゆくぞ!　わしを止《と》められやせんぞ！　わしがお前と一緒にゆくのはいやだと言う積もりなんかい？」

「かまいません」と私は言った。「僕は、ただ、拳銃が要《い》るんです。それとも銃かな。僕たちのは、家と一緒に燃えちゃったんです」

「よろしい」と彼は、叫んだ。「わしと拳銃だな。そしてこの黒人馬泥棒と柵の横木だ。お前は家に火かき棒さえないんかい」

「俺たち、マスケット銃の銃身ならまだ持ってるよ」とリンゴーが言った。「アブ・スノープスに対してなら、俺たちが要《い》るのはそれだけだと思うよ」

「アブ・スノープスだって？」バックおじさんが叫んだ。「お前は、この子が考えているのはアブ・スノープスだって思うんかい？　おい？」彼は叫んだ。今度は私に向かって叫んでいた。「おい、お前？」盛り土は絶えず変化していたが、そのゆっくりとした灰色の雨は、ゆっくりと灰色に冷たく地面に突き刺さり、それでも変化はしなかった。それでも、いつかは。それがなめらかに、穏やかに、そしてほかの地面と同じ高さになるまでには何日も、何週間も、更には何か月も掛かるだろう。今は、バックおじさんは、リンゴーに話しかけていたが、もう叫んではいなかった。「わしのラバをつかまえてこい」彼は言った。「拳銃はわしのズボンの中にあるぞ」

アブ・スノープスも、山間の奥に住んでいた。バックおじさんは、その場所を知っていた。その時までにはもう午後も半ばになっていた。そして、我々が松の木々の間の長く赤い丘を上がっていた時、バックおじさんが止《と》まった。バックおじさんとリンゴーは、頭越しに袋を括《くく》り付けていた。おじさんの手ですり切れた杖が彼の袋の下から突き出ていて、それは、長いろうのろうそくのように、雨できらきら光っていた。

「待て」とおじさんは言った。「考えがある」我々は、道からそれて、小川《クリーク》の低地に来た。かすかな小道があった。木立の下は暗く、雨はもう我々の上には降ってこなかった。それはまるで、裸の木々自体が、ゆっくりと変わることなく、冷たくその十二月の日の終わりの中に溶け込んでいるかのようだった。我々は、ぬれた服を身につけたまま、ラバのぬれたアンモニアの湯気の立つ中、一列を成して乗り進めた。

その囲《かこ》いは、ちょうどおじさんとリンゴーとジョビーと私で作ったものにそっくりだった。ただもっと小さく、もっとうまく隠してあった。私は、彼が我々のから着想を得たんだと思う。我々は、ぬれた横木のところで止《と》まった。それらは、まだ十分に新しいので割った側面は樹液でまだ黄色がかっていた。そして、囲《かこ》いのあちら側には、たそがれの中の黄色い雲のように見えた何かがいた。そしてそれが動いた。次いで我々にはそれが一頭の種馬と三頭の雌馬だと分かった。

なぜなら、私は混乱していたのだ。多分、そのわけは、リンゴーと私が疲れていて、我々は、近頃、十分に寝ていなかったということである。というのは、昼が夜と混《ま》ざっていて、その間ずっと我々はラバに乗っていて、私は我々が家に帰った時にリンゴーと私が、おばあちゃんに告げずに、雨の中、行ってしまったことで彼女から受けるお叱りをいかにして受け止めるかについて、考え続けていたのである。なぜなら、ちょっとの間、私は、そこに座って馬を見て、そして私はアブ・スノープスがグランビーだと信じたのだ。しかし、バックおじさんは、再び叫び始めた。

「あいつ、グランビーか?」彼は叫んだ。「アブ・スノープス? アブ・スノープス? 神かけて、もしあいつがグランビーなら、もしお前のおばあちゃんを射《う》ち殺したのがアブ・スノープスなら、わしはそれを知って、恥ずかしい。やつをつかまえるのに関《かか》わるのが恥ずかしいぐらいだ。あいつはグランビーじゃない。やつはもっとましだ」彼は、ラバの上に斜めに座り、袋を頭越しに付けていて、彼が話す間、あごひげがそこからぴくっと動き、揺れていた。「あいつがグランビーの居場所を我々に教えてくれる筈《はず》の一人だ。連中はまさにここに馬たちを隠したんだ。なぜなら、彼らは、ここがお前たちが探そうと思うであろう最後の場所だと考えたからだ。そして、今や、アブ・スノープスはグランビーと一緒に更に多くを手に入れようとして行ってしまったんだ。というのは、お前のおばあちゃんが、彼に関する限り、破産してしまったからな。それで、神に感謝だ。やつらが通過するのは家や小屋じゃあないだろう。アブ・スノープスが一緒にいる限りはな。たとえつかまえるのがひよこか台所の時計だけだとしても、あいつは、消すことのできない署名は残さんだろう。神かけて、我々が求めるのは、アブ・スノープスをつかまえることじゃあないぞ」

そして我々は、その夜、彼に追いつかなかった。我々は道路に戻り、更に進んだ。そしてその家の見えるところに来た。私は、バックおじさんのところに行った。「拳銃を僕に下さい」と私は言った。

「わしらには拳銃は必要ない」バックおじさんが言った。「やつは、そもそも、ここにゃあおらん、と言ってるんだ。お前とあの黒人野郎はうしろにいて、これはわしにさせるんだ。わしは、この狩りを始めるのにいい道を見つけるんだ。さあ、下《さ》がっておるんだ」

「いいえ」と私は言った。「僕は――」

彼は袋地の下から私を見た。「お前は何をしたいんだい？　お前は、二本の手でローザ・ミラードを射《う》った男を押さえつけたいんだろう？」彼は私を見た。私は、消えていく昼の明かりの中、ゆっくりした灰色の冷たい雨の下《もと》で、ラバの上にいた。多分それは寒さだった。私は寒くは感じなかったが、それでも、私の骨がぐいと引いて、震えるのを感じることができた。「それで、お前はあいつをどうする積もりなんだ？」とバックおじさんが言った。彼は、もうほとんどささやいているようだった。「おい？　おい？」

「そうです」と私は言った。「そうです」

「そうだ。まさにそうだ。さあ、お前とリンゴーは下《さ》がってろ。わしがやる」

それはただの小屋だった。我々の山々のあたりには、ちょうどそのような一千もの小屋があると思う。木立の下には同じ傾いた鋤《すき》があり、鋤《すき》の上には泥まみれのひよこたちが止《と》まっており、更には、同じ灰色のたそがれが屋根の灰色のこけら板の上に溶け込んでいるのである。次いで、我々には、かすかな火のきらめきが見え、女の顔がドアの隙間《すきま》のあたりで我々を見ていた。

「スノープスさんはここにゃあおりません。もしあの人をお求めならな」と彼女は言った。「あの人はアラバマに人を訪《たず》ねていっちまったんで」

「分かった」バックおじさんは言った。「じゃあ、わしたちは、ラバに乗って家に帰り、雨を避けたほうがいいと思うな」

「そうしたほうがええと思いますがな」女が言った。そしてドアが閉《し》まった。

我々は離れて、家に向かった。それは、我々が古い圧搾機《あっさくき》のところで待っていた時のようだった。正確に言えば、一層暗くなっているわけではなかった。たそがれが深まっただけだった。

「まあ、まあ、まあ」とバックおじさんが言った。「やつらはアラバマにゃあいないな。なぜなら、あの女が我々にそう言ったからな。それに、やつらは、メンフィスへも向かってないよ。なぜなら、あそこにはまだ北部兵《ヤンキー》たちがいるんだ。だから、わしらは、まず、グレナダ方面を試したほうがいいと思うよ。きっと、このラバをあの黒人野郎のポケット・ナイフに賭《か》けてもいいが、わしたちがラバで二日も進まないうちに手に一握りのニワトリの羽をもって、道路に向かって叫んでいる狂った女に出合うぞ。お前たち、ここに来て、わしの言うことを聞くんだ。神かけて、わしらはこのことをやる積もりだが、神かけて、わしらは、きちんとやりおおさなきゃならん」

二

それで、我々は、その日は、アブ・スノープスをつかまえられなかった。何日も、昼も夜も、彼に出合えなかった。昼間は、我々三人は、おばあちゃんとリンゴーの北部兵《ヤンキー》のラバを交替で乗り継いで、知っている道、知らない(時々は、標《しるし》のない)道《トレイル》や細道《パス》に沿って、ぬかるみや厳しい霜の中を進んでいった。そして、夜間は、同じぬかるみや同じ霜、(一度などは)雪の中で、夜が来ると我々に見つかるどのような隠れ場所の下《もと》でも眠ったのである。そこには名前も数字もなかった。それが、その十二月の午後から二月も遅くまで続いた。とうとうある夜、我々は、ガンやカモが北へ向かって飛んでいるのをしばらく聞いているのに気付いた。最初、リンゴーは、松の棒きれを持っていて、それに刻み目を切り込んでおり、日曜日には大きいのを、また、クリスマスと新年には、二本の長いのをつけていた。しかし、ある夜、棒の刻み目がほとんど四十個になった時、我々は雨の中で止《と》まり、その下に入る屋根のない野営地を作ろうとした。そして、我々は、その棒を火を起こすのに用いなければならなかったが、それはバックおじさんの腕のせいだった。それで、もう一本の松の棒を手に入れられるところに来た時、我々は、これまでが五日だったか、六日だったか、それとも十日だったか思い出せなかった。それで、リンゴーは別のをつけ始めなかった。なぜならば、リンゴーが、棒を我々がグランビーをつかまえる日に対して整えておこう、そして、それには、二個の刻み目だけが必要なんだと言ったからである――一つは我々が彼をつかまえる日のため、そして、もう一つは、おばあちゃんが死んだ日のためだった。

我々は、おのおの二頭のラバを持っていて、毎日正午に取り替えるのだった。我々は、山地の人々からラバを取り戻した。我々は、もしそう望めば、騎兵連隊を持つことができたであろう――老人や女たち、そして子供たちものそれである。制服には綿花の袋地や小麦粉用の麻の袋地を、また武器には、鍬《くわ》や斧《おの》を当て、おばあちゃんが彼らに貸し出していた北部兵《ヤンキー》のラバたちに乗ってである。しかし、バックおじさんは、山地の彼らに、わしらは何の手助けも必要ない、グランビーをつかまえるのにはこの三人で十分だと言った。

彼らを追っかけるのに困難はなかった。ある日、棒には二十の刻み目があったが、我々はその残骸がまだ煙を出しているとある家のところに来合わせたが、そこでは、ほとんどリンゴーや私ほどの大きさの一人の少年が、馬小屋でまだ無意識のままでいて、彼はそのシャツさえばらばらに切り裂かれていて、まるで針金の鞭《むち》先《さき》でやられてしまったようであり、一人の女もいて、口から小さな血の糸が流れ出しており、彼女の声が牧草地の向こうから聞こえてくるセミのように軽く、遠くに響いて、連中が何人ぐらいいて、どっちのほうへ行ったようだと教えながら、「あいつらを殺してくれ、あいつらを殺してくれ」と言っているのだった。

長い道のりだったが、遠くはるかにというわけではなかった。ジェファソンの町を中心にした地図の上に一ドル銀貨を置いたとして、我々はその下から全くはみ出していなかったのだ。そして、分かっている以上に連中の背後に近付いていた。なぜならば、ある夜、我々は、乗り進んだが、泊まれる家にも小屋にも辿り着かぬままに、遅くなってしまって、それで止《と》まった。リンゴーが、少し周りを見てくると言った。なぜというに、残っている食べ物と言えば、豚の腿《もも》肉の骨ぐらいだったのである。ただ、リンゴーは、そう言い抜けようとしながら、むしろ薪《たきぎ》を手に入れる手助けをしているように見えた。そこでバックおじさんと私が、寝るために松の枝を広げていたその時、銃声が聞こえ、次いで煉瓦《れんが》の煙突が腐ったこけら板の屋根の上に倒れるような音がした。すると、馬たちが、急速に飛び出し、次いで静まっていった。そして、リンゴーが叫んでいるのが聞こえた。彼は家に行き合った。彼は、それが荒れ果てていると思った。次いで、暗過ぎ、静か過ぎるようだと言った。そこで、彼は、裏側の壁に接した小屋の上に上《のぼ》った。そして、彼は、明かりのきらめきを見て、よろい戸を用心深く引っ張って開けようとした。しかし、それは銃声のような音を立てて緩《ゆる》み、彼は部屋の中を、そこにあったビンに差し込んだローソクの明かりで、覗《のぞ》いていた。三人から十三人の男たちが、彼をまじまじと見つめていた。そして、誰かが叫んだ。「人がおるぞ！」そして別の男が拳銃を引き抜き、他の者たちのうちの一人が、それが発射される時にその男の腕をつかんだ。次いで、その小屋が丸ごと、彼の下で崩《くず》れた。そしてリンゴーは、自分がいかにしてそこに横たわって、叫びながら壊《こわ》れた板から逃《のが》れようと試みたかを、また、いかにして連中が馬に乗って去ってゆく音を聞いたかを話した。

「それで、そいつはお前を射《う》たなかったんだ」とバックおじさんが言った。

「やつが一発も射《う》たなかったのは、ちっともやつのせいじゃないんだ」とリンゴーが言った。

「でも、そいつは射《う》たなかったんだ」バックおじさんは言った。しかし、おじさんは、その夜、我々を進ませようとはしなかった。「わしらは、距離がちっとも減るわけじゃないさ」と彼は言った。「やつらは、生身《なまみ》の人間だ、わしらと同じだ。しかも、わしらは脅《おび》えとらん」

そうして我々は、明け方、今や、蹄《ひづめ》の跡を追って進み続けた。それで、棒に更に三つの刻み目ができた。その夜、リンゴーは、入れる積もりの最後の刻み目を棒に入れた。だが、我々は、そのことを知らなかった。我々は、寝ようとしていた綿花置き場の前に座って、リンゴーが見つけた子豚を食べていたが、その時、馬の音がした。そしてその男が叫び始めた。「やあ！　やあ！」次いで、我々は、彼が立派な短い皮ひもでつながれた栗毛の雌馬に乗って、上がってくるのを見つめた。男は、小ぎれいで小さな、すてきに作られた長靴《ブーツ》をはき、カラーのないリンネル製のシャツを身に着け、かつては上等でもあった上衣《コート》を着ていたが、幅広の帽子を引き下げていたので、我々は、帽子と黒いあごひげの間の目と鼻しか見ることができなかった。

「やあ、みなさん」と彼は言った。

「やあ」とバックおじさんが言った。彼は、豚の肉付きあばら骨を食べていた。彼は今は左手にあばら骨を持ったまま座っていて、右手は、上衣《コート》のちょうど内側の膝《ひざ》の上に休めていた。彼は、拳銃を、首の周りの輪にした皮ひもにつけており、夫人の時計のようにズボンの中に差し込んでいた。しかし、その見知らぬ男は、彼を見てはいなかった。男は、ただ、我々の一人一人を一度見ただけで、雌馬の上に座っていて、両手は、彼の前の鞍頭《くらがしら》に置いていた。

「パイプに火をつけて、あったまっても構わないかい？」と彼は言った。

「つけなよ」とバックおじさんが言った。

男は馬から降りた。しかし、彼は雌馬をつながなかった。彼は、馬を導いて、手にその手綱《たづな》を持ったまま、我々の向かいに座った。「この初めての人に肉をあげてくれ、リンゴー」バックおじさんが言った。だが、男は、肉を取らなかった。彼は、動かなかった。彼は、ただ、もう食べたとだけ言い、その場の丸太の上に座って、小さな両足を並べ、肘《ひじ》は少し突き出していて、膝《ひざ》の上に置いた両手は、女の両手のように小作りで、まさしく指の爪まで降りている見事な黒髪の軽いマットで覆《おお》われていた。彼はもう我々の誰も見てはいなかった。私には、彼が今何を見ているのか、分からなかった。「俺はちょうどメンフィスから来たばかりだ」と彼は言った。「アラバマはどれぐらい離れていると思うかい」

バックおじさんは彼に話したが、やはり動かず、肉付きあばら骨を左手にまだ持ち上げており、もう一方の手は、彼の上衣《コート》のちょうど内側に横たえていた。「あんたはアラバマにゆくのかい、ねえ」

「そうだよ」見知らぬ男は言った。「俺は一人の男を探してるんだ」そして、今や、私には彼が帽子の下から私を見ているのが分かった。「グランビーという名の男だ。あんたたち、この辺の人は、やはり彼の名を聞いているかも知れんな」

「聞いてるよ」バックおじさんが言った。「わしらはその男の名前を聞いてるさ」

「ああ」とその見知らぬ男は言った。彼はほほえんだ。一瞬、彼の歯が真っ黒なあごひげの内側で米《ライス》のように白く見えた。「それじゃあ、俺のやってることは、隠しておく必要はないな」彼はバックおじさんをじっと見た。「俺は、向こうのテネシーに住んでいる。グランビーとあいつの仲間が、俺の黒人野郎の一人を殺し、俺の馬たちを放《はな》って走らせたんだ。俺は馬たちを取り返す積もりだ。もし俺がグランビーと取引する必要があるんなら、それもいいだろう」

「確かに、な」バックおじさんは言った。「それで、あんたは、アラバマでそいつを見つけたいんだな」

「そうだ。俺は、やつが今あちらへ向かっているとたまたま分かったんだ。俺は、昨日、ほとんどやつをつかまえかけたんだ。やつの部下の一人をつかまえたんだ。ほかの者たちには逃げられちまったがな。やつらは、あんたらみんなを昨夜のいつか通り過ぎてるよ。もしあんたらが、その時、この辺にいたとすればな。あんたらは、連中が聞こえただろう。なぜならば、俺が連中を最後に見た時、連中は、少しも時間をむだにしていなかったからな。俺は、つかまえた男を何とか説得して、連中がどこで待ち合わせをする積もりなのか、言わせようとしたんだ」

「アラバマかい？」とリンゴーが言った。「あんたは、連中がアラバマに戻ろうとして、そこに向かっているというのかい？」

「その通りだよ」とその見知らぬ男は言った。彼はここでリンゴーを見た。「グランビーはお前のブタ〔豚〕も盗んだのかい、若いの」

「ブータ」リンゴーが言った。「ブータ？」

「火に木をくべろよ」バックおじさんがリンゴーに言った。「今夜いびきをかくんなら、余計な口はきくんじゃないぞ」

リンゴーは静かになった。しかし、彼は、動かなかった。彼はそこに座ったまま、その見知らぬ男をじっと見返っていて、その目は、火明かりの中で、少々赤らんで見えた。

「それで、あんたらも一人の男をつかまえようとして躍起になっているというんだな」その男が言った。

「二人と言うのが正しいよ」とリンゴーが言った。「アブ・スノープスも、そうした男として通るやつだと俺は思うぜ」

その時は、もう遅過ぎる時間だった。我々は、ただそこに座っており、その見知らぬ男は、その小さな静かな手に雌馬の手綱《たづな》を持ったまま、火の向こうから我々に向かい合っていて、彼の帽子とあごひげの間から我々三人をながめていた。「アブ・スノープス」と彼は言った。「俺はアブ・スノープスがよく分かってるとは思わんが、グランビーなら知ってる。そして、あんたらもグランビーを探してる」彼は、既に、我々全員を見つめていた。「あんたらはグランビーをつかまえたがっている。それを危険なことだと思わないのかね」

「必ずしもな」とバックおじさんが言った。「いいかい、我々はちょっとしたアラバマとグランビーに関《かか》わる証拠を自前で得たんだ。それは、何かが、または誰かが、グランビーに女子供の殺害に関して、ある種の心変わりをさせたというものだ」彼とその見知らぬ男は、お互いを見合った。「多分、女や子供のためには今は間違った時期なんだろう。或いは、多分、それは世論なんだ。今やグランビーは、あんたらの言う知れ渡った人物なんだからな。このあたりの連中は、男どもが殺されたり、背後から射《う》たれたりさえすることにゃあ、慣れてるさ。だけれど、北部兵《ヤンキー》どもさえ、連中をほかの者たちに慣れさせるこたあ、できなかったぜ。そして、明らかに、誰かが、グランビーにこのことを思い出させたんだ。そうじゃないかい?」

彼らは互いを見合った。彼らは動かなかった。「だが、あんたは女でも子供でもないさ、ご老人」とその見知らぬ男は言った。彼は、ゆっくりと立ち上がった。彼の目は、彼が振り向いて、手綱《たづな》を雌馬の頭越しに掛けた時、火明かりの中できらめいた。「出てゆこうと思う」と彼は言った。我々は、彼が鞍に乗り込み、そこに座り直すのを見守った。彼はその小さな、黒い毛の生えた両手を鞍《くら》頭《がしら》に横たえて、我々を——今は私とリンゴーを見下ろしているのだった。「それで、あんたらは、アブ・スノープスに用があるんだな」と彼は言った。「他人の忠告に従いな、そして、やつにくっついていな」

男は雌馬を振り向かせた。私は、彼を見つめていた。そして私は考えていた。「彼は雌馬のうしろの蹄鉄がなくなっているのに気付いているのかしら」すると、その時、リンゴーが叫んだ。「気をつけろ！」次いで私には、拳銃がぱっと光る前に拍車を掛けられた雌馬が飛び上がるのを見たように思えた。そして雌馬は駆け出しており、バックおじさんはののしり声を上げ、叫び、自分の拳銃をぐいと引き寄せながら、地面に横たわっていた。更に、我々三人は、拳銃の上で引っ張り合い、争い合っていた。しかし、前の照準器がズボン吊りに絡《から》まり、その上で我々三人が争っていた。そして、バックおじさんはあえぎ、ののしり、更に、疾駆する雌馬の響きが消えていった。

弾丸が、リュウマチに罹《かか》っている腕の内側の肉を貫通していた。それでバックおじさんは、そうまで悪態をついていたのだった。彼はリューマチが相当悪化していると言った。その弾丸も、ひどく危《あぶ》ないと言った。しかし、一度に両方ということは、誰にとっても手に負《お》えるものではなかった。それから、リンゴーが彼に、有難く思わねば、もし弾丸がいいほうの腕に当たっていたら、その時は、自分で食べることさえできなかっただろうと言った時、おじさんはうしろへ手を伸ばし、依然横たわったままで薪《まき》の一本を取り上げて、それでリンゴーをぶとうとした。我々は彼の袖を切り離し、血を止めた。そしておじさんは私に彼のシャツの垂れたところから細長い一片を切り離させ、リンゴーが彼の杖を渡し、彼は我々をののしりながらその一片を熱い塩水に浸《ひた》して、自分で腕をいいほうの手でつかんだが、絶えずののしり続けているのだった。そして我々に弾丸の作った穴を通してその布切れを前後に行ったり来たりして走らせた。その時、彼は、本当に悪態をついて叫び、おばあちゃんが、すべての老人が、痛めつけられた時にそう見えるように少々見え、そのあごひげをぐいと引き、目はぱちぱち動き、かかとと杖は、地面にぐいぐいと突き入って、まるでその杖が彼には長過ぎたので、それもまた布切れや塩を感じたかのようだった。

そして、最初、私は、あの黒い男はグランビーだと思った。ちょうど私が多分アブ・スノープスだろうと思っていたようにである。しかし、バックおじさんは、そうじゃないと言った。次の朝のことだった。我々は、バックおじさんが寝入ろうとしないので、ちゃんと眠れてはいなかった。ただ、我々は、その時、それは彼の腕のせいだとは分からなかった。なぜなら、彼は、彼を家に連れ帰ることについては、我々に口を出させようとさえしなかったからである。そこで、我々は、朝食を取ったあと、再び試してみた。しかし、おじさんは聞こうとせず、左の腕を胸に吊し、拳銃をそこならすぐに届く腕と胸の間に突っ込んで、もうラバに乗っており、「待て、待て」と言っていて、その目は、厳しく、考えごとでぱちぱちと動いていた。「何かがまだ残っている」と彼は言った。「あいつが、わしらに話しておいたぞとまだ知らせる積もりのないままに、昨夜わしらに話していたことだぞ。今日わしらに分かるだろう」

「どうもあの弾丸は、一方の腕の代わりに両方の腕の間を狙う積もりのようだったな」とリンゴーが言った。

バックおじさんは、はやい速度で乗り進んだ。我々は、彼の杖が、ラバの横腹にきつくではなく、ただ着実にすばやく上下して当たっているのを見守ることができたが、それは、ちょうど急いでいる手足の不自由な人が、長い間杖を使っていたが、もうそのことが分からなくなっているといった風だった。なぜなら、我々は、彼がその腕にもううんざりしているということが、分からなかったからである。彼は、我々がそのことに気付くいとまを与えていなかったのである。それで、我々は、沼地のそばに沿って、急いで進み続けた。すると、リンゴーが蛇を見た。昨日までは一週間にわたって暖かかった。しかし、昨夜は、氷が張った。そして、今、我々は、毒蛇《モカシン》を見たが、そこは蛇が這い出てきていたところで、水の中に戻ろうとしたが、寒さが来て、そこで、その体を陸上に横たえて、その頭が上澄《うわず》みの氷の中に、まるで鏡の中に入れられたように、固定されているのだった。バックおじさんは、ラバの上で横に向いて、我々に叫びかけた。「そら、あるぞ、神かけて！　しるしがあるぞ！　わしはお前たちに言わなかったかい、わしらは——」

我々はみな、すぐにそれを聞いた——三発或いは恐らく四発の銃声とそれから馬たちの疾駆する音をである。ただ、一方で、疾駆する音の幾らかは、バックおじさんのラバからのもので、彼は、今や、拳銃を取り出したあと、道路を曲がって木立の中へ入ってゆき、杖を彼の負傷した腕の下に押し込み、あごひげを肩越しにうしろになびかせているのだった。しかし、我々には、何も見つからなかった。我々は泥の中に跡を見たが、そこは、それらに乗っている男たちが道路を見張っていた間、五頭の馬が立っていたところだった。そして我々は、馬たちが疾駆し始めたところに滑った跡を見た。そして私は、静かに考えていた。「この男は、その蹄鉄がなくなっていることをまだ知らないんだ」しかし、それだけだった。そして、バックおじさんは、ラバに座ったまま、手に持った拳銃を上げ、あごひげを肩越しにうしろになびかせ、拳銃の皮ひもを少女のおさげ髪のように背中に垂らして、口は開き、目は私とリンゴーに向かってまばたきしていた。

「しまった！」と彼は言った。「さあ、道路に引っ返そう。何だったにしろ、やはりそっちに行っちゃったぞ」

それで、我々は、引き返した。バックおじさんは、拳銃を上げ、杖は我々がそれが何かが、何を意味するのかが分かった時、再びラバをぶち始めていた。

アブ・スノープスだったのだ。彼は、脇腹を下にして横たわり、手足は縛られ、若木につながれていた。我々は、ぬかるみの中に跡が見えたが、そこは彼が、ロープが伸び切って止められるまで彼がうしろへ転がって下生え《したばえ》の中に入ろうと努めた跡だった。アブはずうーっと我々を見つめながら、そこに横たわり、転がって隠れることができないと分かったあと、うなるような顔つきで、音を立てずにいたのだった。彼は、茂みの下で、我々のラバたちの足や足先を見つめていたのだ。彼は、もっと高いところを見ようとは考えておらず、それで、我々が彼を見ることができたことが分からなかったのである。彼は、我々がただ彼を見張っているんだと思ったに違いなかった。なぜなら、突然に彼がいきなり動いて地面を打ち始めて、「助けてくれ！　助けてくれ！　助けてくれ！」と叫んだからである。

我々は、アブの縄をほどいて、立たせた。それでも、アブは、顔や腕をぐいと動かしながら、いかに連中が、彼をつかまえて、彼から奪い取ったか、そして、もし連中が我々が来るのを聞いていなかったら、アブを殺して逃げ去っていただろうというようなことを大声でまだ叫んでいたのである。ただ、その目だけは、叫んでいなかった。その目は、我々を見つめており、すばやく急速に、リンゴーから私へと、そしてバックおじさんへとそしてまたリンゴーへと、私へと動いているのだった。そして、その目は叫んではおらず、まるで、その目が一人の男のものであり、彼のぽかんと大きく開いた、叫んでいる口は、別の男のものであるかのようだった。

「それで連中はお前を捉《とら》えたんだな、おい」とバックおじさんが言った。「お人好しの、疑うことをしない旅人だな。連中の名前はもうグランビーじゃあなかろうな」

それはまるで、我々が止まって、火を起こし、あの毒蛇《モカシン》を解《と》かしてしまったかのようだったが

――まさにそれがどこにいたかを見つけ出すに十分だが、それをどうするかを知るには十分ではなかった。ただ、私が思うに、アブ・スノープスに、小さいのとは言え、毒蛇《モカシン》をおごるのは、余りなあいさつだった。私はそれは彼にとってよくなかったと思う。思うに、アブは、連中が彼を無慈悲に我々に投げ返してきたんだし、もし彼が、連中を犠牲にして我々から身を守ろうとしたら、連中は戻ってきて彼を殺すだろうということが分かっていたんだ。彼に起こり得る最悪のことは我々が彼に全く何もしないことだろうと彼は考えたんだと私は思う。なぜなら、彼は腕をぐいと引くことを止《や》めたからだ。彼は横たわることさえ止《や》めた。一瞬、彼の目と口は、同じことを告げていた。

「俺は間違った」とアブは言った。「それは認めるさ。誰だって間違うと思う。問題は、あんたらみんながそれをどうしようとしているか、だろう?」

「そうだな」バックおじさんが言った。「誰だって間違うわな。お前の問題は、お前が間違い過ぎるということだ。なぜならば、間違いは、悪いことだ。ローザ・ミラードを見てみな。彼女は、一つだけ間違いを犯した。そして彼女はどうなったか。お前のほうは、二つ犯した」

アブ・スノープスは、バックおじさんを見つめた。「二つって、何だい?」

「生まれるのが早過ぎて、死ぬのが遅過ぎるってことさ」とバックおじさんは言った。

アブは、我々みなを、急いで見た。彼は動くことなく、まだバックおじさんに話しかけていた。

「あんたらは俺を殺そうとしないんだな。そうしないんだな」

「わしにゃあ、そうする必要さえないわな」とバックおじさんが言った。「あの時、お前があの蛇をけしかけたのは、わしのおばあちゃんにじゃあなかった」

アブは今度は私を見たが、その目は再び動いており、私からリンゴーへ、そしてバックおじさんへとあちこち見ていた。今や再び二つともだった。目と声である。「おお、それじゃあ、俺は大丈夫なんだ。ベイヤードは俺に厳しい気持なんど持ってないんだな。彼にはあれが全くの災難だったと分かってるんだ。俺たちが、彼や彼の父親と家の黒人どものためにやってたんだということがな。おお、丸一年もだ。ミス・ローザを助け、面倒を見たのは、俺だったんだ、彼女の気持にまるで勢いがなくなって、ただあの子たちだけ——の時にな」今やその声は、再び真実を語り始めた。私が歩み寄っていったのは、その目と声のほうだった。彼は、尻込みし、うずくまって、その両手は振り上げられていた。

私の背後で、バックおじさんが言った。「お前、リンゴー！　引っ込んでろ」

彼は、既にうしろ向きに歩いており、両手は振り上げたまま、叫んでいた。「一人に三人がかりだ！　一人に三人がかりだ！」

「じっとしてろ」とバックおじさんが言った。「お前に三人じゃあないわい。わしにゃあ、お前の今言っている子供たちのうちの一人のほかには、お前に相対している者は誰も見えんぞ」それから我々両方がぬかるみの中に倒れた。それで、私はアブを見ることができず、そして、彼をもう、その叫び声があってさえも、見つけられないように思えた。次いで、私は、もう長いこと、三人か四人と闘っていたが、ようやくバックおじさんとリンゴーが私を抱きかかえた。そして私は、再びアブを見ることができたが、彼は、両腕で顔を覆《おお》って、地面に横たわっているのだった。「立て」とバックおじさんが言った。

「だめだ」アブが言った。「あんたら三人が俺に飛び掛かって、また俺を打ち倒すんだろう。でも、あんたらは、そうするためにゃあ、まず俺を起き上がらせにゃあならんよ。俺は、ここじゃあ、権利も正義も持っちゃあいないが、あんたらは、俺がそれに抗議するこたあ、止められないぜ」

「そいつを起き上がらせてやれ」とバックおじさんが言った。「わしはベイヤードを押さえておこう」

リンゴーは彼を起こした。それは、まるで半分詰まった綿花袋を持ち上げるようなものだった。「立ちな、アブ・スノープスさん」とリンゴーが言った。しかし、彼は立とうとせず、リンゴーとバックおじさんが彼をその若木につないだあとでさえもそうだった。そして、リンゴーは、自分とバックおじさんとアブ・スノープスのズボン吊りを取り外して、それをラバから来ている馬勒《ばろく》の手綱《たづな》と結び合わせた。アブは、ただ、ロープに縛られてそこにつながっていて、むちひもが振り下ろされた時でも、たじろぎさえせずに、言っていた。「それだ。俺をむち打て。俺をむち打て。あんたらは俺を三対一でとらえたんだ」

「待て」とバックおじさんが言った。リンゴーは止《や》めた。「お前は、一対一での別の機会を求めているんかい。お前は、我々三人の中の誰かに決めることができるんだぞ」

「俺にゃあ、権利がある」とアブは言った。「俺は無力だ。でも、俺はまだそれに抗議できるんだぞ。俺をむち打て」

私はアブが正しかったと思う。私が思うに、もし我々が彼をきっぱりと行かせていたら、連中は、彼を囲《かこ》み返して、暮れないうちに、自分たちで彼を殺してしまっていたことだろう。なぜなら——雨が降り始めたのは、夜だったし、我々は、リンゴーの棒を燃やさねばならなかったが、それはバックおじさんが、彼の腕が悪化しつつあったのを認めたからで——我々は、みなで一緒に夕食を取ったからであり、そして、バックおじさんのことを最も心配していたのはアブ・スノープスで、彼は、悪い気持からではなかったんだと言い、更に自分が信じた人々を信じたのは間違いだったと自身で理解でき、今彼がやりたいことは故郷に帰ることだけだ、なぜというに信じられるのは、人生でずっと知り合ってきた人たちだけなんだと言い、あんたたちが見知らぬ人を信じた時、一緒に食べたり寝たりしていたものがガラガラ蛇の集団だったんだと分かって、蒙《こうむ》ったものを受け入れるのは仕方ないことなんだとも言った。しかし、バックおじさんが、それが本当にグランビーだったのか知ろうとすると、彼スノープスは、黙ってしまい、グランビーと会ったことは一度もないと言った。

連中は翌朝早くに我々のところを離れていった。バックおじさんは、その頃までには容体が悪化していた。我々は、一緒に彼を家まで送り届けようと申し出、或いはリンゴーをつけて送り返し、私がアブ・スノープスを私とともにおらせようかと言ったが、バックおじさんは、それを受け入れようとはしなかった。

「グランビーがアブを再びつかまえて、道路の別の若木に縛り付けるかも知れない、そして、彼を埋葬するのに手間取るだろう」とバックおじさんが言った。「お前たち、若者は進み続けなさい。もうそんなに長くはかかるまい。そして連中に追いつくんだ！」おじさんは、叫び始めたが、その顔は紅潮し、目は輝いており、首の周りから拳銃を取りはずして、私にくれた。「連中に追いつけ！　連中に追いつくんだ！」

三

それで、リンゴーと私は、進み続けた。その日は、一日中雨が降った。もういつでも降り始めるのだった。我々は、それぞれがラバを持っていた。急いで進んだ。雨は降った。時々は、我々は、全く火のない時もあった。それは、我々が、時間を忘れてしまった時だった。なぜなら、ある朝、我々は、まだ燃えている火と連中が屠殺《とさつ》する時間さえなかった豚のところにやって来たのだ。また、時々、我々は、一晩中、乗り続けたものだ。二時間経《た》ったなと思われる頃、ラバを取り替えながらである。そうして、時には、夜で眠ったり、また時には、昼間だったりしたものだ。そして、分かってはいたが、連中は、毎日、どこかから我々を見張っており、また、もうバックおじさんが我々と一緒でなかったので、連中は、あえて止《と》まって、隠れようともしなかった。

すると、ある日の午後――雨は止んだが、雲は散ってはおらず、再び寒くなりつつあった――夕暮れ時だったが、我々は、川沿いの低地の古い道を急いで駆けていた。そこは木立の下で、薄暗く、狭《せま》かった。我々が駆けている時、私のラバが尻込みし、それて、止《と》まったので、それで私はラバの頭越しにのめりかけたが、辛《かろ》うじて自分を留《とど》めることができた。すると、我々は、木の大枝から道路の真ん中にぶら下がっているものを見た。それは、年取った黒人の男で、頭部は白い毛髪で縁取《ふちど》られており、裸足《はだし》の爪先《つまさき》は下方を指《さ》していた。その頭は、何かを静かに考えているかのように、片側に傾《かし》いでいるのだった。メモがその男に留《と》めてあったが、我々は、開《ひら》けたところにラバを乗り入れるまでは読むことができなかった。それは汚れた紙片であり、大きく粗雑に記《しる》された文《ふみ》で、まるで子供が作ったかも知れないようなものだった。

最後の警告だ、脅しじゃあねえ。引き返せ。これはこの俺の約束と保証の使いだ。俺はこらえようと思うことは全部こらえてきた。子供大人たちよ。G.

そして、その下に、きちんとした小さな、おばあちゃんのよりもきれいな、ただ、大人が書いたものと分かる手書きで、ほかの何かが記されていた。そして、私がその汚い用紙をながめている間、私は再び彼を見ることができた。あの小ぎれいで小さな足、小さな黒い毛のある手、そして派手で汚れたシャツ、上等な泥だらけの上衣《コート》、そうしたものとともに、あの夜火越しに我々の向かいにいたあの男をである。

これはG.以外の他の者たちによって署名されている。ことにその一人は、彼よりももっと子供へのためらいを持ってない。にもかかわらず、お前とG.にもう一度機会を与えたいと思っている。それをつかめば、いつか大人になる。つかまねば、子供にさえもなれないぞ。

リンゴーと私は、お互いを見合った。ここにはかつて家があった。しかし、今はない。空地の向こうには、道路が、再び、灰色の黄昏の中、鬱蒼《うっそう》とした木立の中へと続いていた。「多分明日《あす》になるだろう」とリンゴーが言った。

それは明くる日のことだった。我々は、その夜、干し草の山の中で眠った。しかし、我々は、昼間、再びラバで進み、川べり低地に沿った薄暗い道路を辿っていった。今度は、尻込みしたのはリンゴーのラバだった。男がやぶからいきなり出てきていたが、派手な泥だらけの長靴《ブーツ》と上衣《コート》を身に着け、小さな黒い毛の生えた手には拳銃を持っていた。そして、目と鼻だけが、帽子とあごひげの間に覗《のぞ》いて見えた。

「そこを動くな」と男は言った。「俺はお前たちを見張ってるぞ」

我々は動かなかった。我々は、彼がやぶの中に歩き戻るのを見守った。次いで、三人が出て来た——あごひげの男そして並んで歩いて、二頭の鞍つきの馬を引いたもう一人の男、更に三人目は、彼らのすぐ前を、両手を背後に回して、歩いている男だった——その三人目は、赤みがかった不《ぶ》精髭《しょうひげ》と青白い目を持ったずんぐりしたつくりの男で色あせた南軍の制服の上衣《コート》を着ており、北部兵《ヤンキー》の長靴《ブーツ》をはいた無帽の男でほほには乾《かわ》いた血の長いしみがついており、上衣《コート》の片側には乾《かわ》いた泥がこびりついていて、袖は肩のところで裂けてはぎとられているのだった。しかし、我々は、彼の両肩が余りに分厚く見えていたのは、その両腕がうしろでしっかりと縛られていたせいなんだということをすぐには気付かなかった。すると、突然、我々は、とうとうグランビーを見ているんだということが分かった。我々にそれが分かったあと大分してから、あごひげの男が言った。「お前たちはグランビーに用事があるんだな。やつはここにおるぞ」

我々は、ただ、そこに座っていた。なぜなら、その時からずっと、他の二人の男は二度と我々を見ることさえしなかったからである。「俺が彼を連れてゆこう」とあごひげの男が言った。「馬に乗りな」もう一人の男も馬たちの一頭に乗った。我々は、その時、彼の手に拳銃を見たが、それはグランビーの背中に向けられていた。「お前のナイフを渡してくれ」とあごひげの男が言った。

拳銃を動かさないままで、もう一人の男がナイフをあごひげの男に渡した。すると、グランビーが言った。彼はそれまで動いてはいなかった。彼はただそこに立って、肩を丸め、その小さな青白い目は、私とリンゴーを見て、まばたきしていた。

「若者たち」と彼は言った。「若者たち――」

「黙ってろ」とあごひげの男が、冷たく、静かで、ほとんど楽しげな声で言った。「お前はもうしゃべり過ぎた。もしお前が、十二月のあの夜に、俺が言ったことをやっていたら、お前はここにいないだろう」我々は、ナイフを持った彼の手を見た。私が思うに、多分、一瞬、リンゴーと私とまたグランビーも、みなが同じことを考えた。しかし、彼はただグランビーの両手をロープを切って解《と》き放《はな》ち、さっとうしろへ退《ひ》いた。しかし、グランビーが振り向いた時、彼はまさにあごひげの男の手の拳銃目掛けて向かっていった。

「落ち着け」とあごひげの男が言った。「やつを押さえたかい、ブリッジャー？」

「うん」と他の男が言った。あごひげの男は、別の馬のほうへとうしろに下《さ》がり、彼の拳銃を下《さ》げることなく、或いは、グランビーを見張ることを止《や》めて、それに乗った。次いで、彼は、馬にまたがったまま、グランビーを見下ろしていたが、彼の小さな鉤鼻《かぎばな》と両目だけは、帽子と真っ黒なあごひげの間で覗《のぞ》いていた。グランビーは、頭を左右に動かし始めた。

「若者たちよ」彼は言った。「若者たちよ、お前たちは俺をこんな風にしないだろうな」

「俺たちは、お前に何もする積もりはないさ」とあごひげの男が言った。「俺は、そこの若者たちの代わりにしゃべることはできんさ。だけど、お前は子供たちにやさしいから、多分、子供たちもお前にやさしいだろうよ。でも、俺たちは、お前に機会《チャンス》を与えよう」彼の他方の手が、見えないほどすばやく上衣《コート》の中に入った。その手がほとんど消えないうちに、ほかの拳銃が飛び出して、一度回転し、グランビーの足元に落ちた。再びグランビーが動いた。しかし、複数の拳銃が彼を止《と》めた。あごひげの男が、ゆったりと馬上に座っていて、グランビーを見下ろしながら、いら立ってさえいないあの冷たい、静かで意地悪な声で話していた。

「俺たちにゃあ、この土地に結構なものがあったよ。お前のことがなきゃあ、まだもっと得しただろう。だが、俺たちゃあ、もうゆかなくちゃあならん。離れなくちゃあならんのだ。なぜというに、お前が度を失って、老婆を殺し、そして再び度を失って、最初の間違いに蓋《ふた》するのをこばんだからだ。ためらったせいだ」と彼は言った。「ためらったせいなんだ。この土地を立ち上がらせるのを恐れる余り、男も女も、子供も、黒人だろうが白人だろうがみな、俺たちを見張るようになったんだ。そしてすべては、お前がおびえて、それまで会ったこともない老婆を殺したからだ。何も得られやせん。南部連邦の紙幣一枚もなしだ。だが、お前が誰かがベッドフォード・フォレスト〔一八二一―七七、南軍の将軍。作者の作品で折にふれ言及される〕の名前を署名した一枚の紙におびえたからでもある。そしてお前は、今、ポケットの中にまさにそのような一枚を持ってるんだぞ」

彼はもう一人の男ブリッジャーを見なかった。彼はただ言った。「よし、楽にしていい。だが、こいつを見張るんだ。こいつは、やさし過ぎて、お前の背中を向けることができないんだ」

彼らは、並んで、二丁の拳銃をグランビーの腹に向けたまま、馬を後退させて離れ、下生《したば》えのところに着いた。「俺たちゃあ、テキサスに行くんだ。もしお前もこの土地を離れたいんなら、俺はお前に少なくともそれぐらいは遠くにゆくようにと忠告しておくよ。ただ、テキサスは広いところだということだけは覚えておきな、そしてそうした知恵を働かすんだな。さあ、馬に乗るんだ！」と彼は叫んだ。

彼は、雌馬の向きを変え、ブリッジャーもそうした。彼らがそうしている時、グランビーは跳《と》んで、地面から拳銃を取り、前方に走って、うずくまり、やぶに向かって叫び、悪態をついていた。彼は、馬たちの消えてゆく音に三度射《う》った。それから、彼はぐるっと振り向いて、我々に相対した。リンゴーと私も、地面に横たわって伏せていた。私は、我々がいつそうしたか、なぜそうしたか覚えていない。しかし、我々は、伏せていた。そして、私は、いかにして私がリンゴーの顔を一度見たか、次いで、いかにして私がそこでバックおじさんの拳銃を私の手の中で薪載《まきの》せ台のように重く感じながら立ったかを覚えている。そして、私には、相手が向きを変えるのを止《や》めているのが見えた。更に相手は、拳銃を右足のところに垂らして、そこに立っていて、私を見ていた。それから突然、彼はほほえみ出していた。

「さて、若い連中よ」とグランビーは言った。「お前たちは俺をつかまえたようだな。マット・ボウデン〔ブリッジャーとともにテキサスに去った男〕に、俺をだましてやつに向かって俺の拳銃を空《から》にさせやがって、くそくらえだ」

　そして私は自分の声を聞くことができた。それは、かすかにまたずっと遠くで響いていて、あの日のアラバマの女の声みたいだった。それで、私は、彼に聞こえたかしら、といぶかった。「三度射《う》ったんだ。その中にまだ二発あるぞ」

　グランビーの顔に変化はなかった。或いは、私がそれが変化するのを見ることができなかったのだ。それは、ただ、見下ろしながら、下《さ》がった。だが、そこからほほえみは消えていた。「この拳銃の中に？」と彼は言った。彼は、まるで初めて拳銃を調べているかのようで、それは、とてもゆっくりと用心深くだったので、彼がそれを右手から左手に移して、再度垂らし、再び下を狙《ねら》っている感じだった。「まあ、まあ、まあ、確かに俺は、射《う》ち方同様に数え方も忘れちゃいないな」どこかに鳥がいた――キアオジだ――私にはずうーっとそれが聞こえていた。三発の射撃も、鳥を驚かせてはいなかった。そして、私は、また、リンゴーが、呼吸する時に、ある種のしくしく泣くような響きを立てるのを聞くことができたのだ。そして、それは、まるで私がグランビーを見ないようにしているというよりも、むしろ、リンゴーを見るのを避けているかのようだった。「さて、鳥はもう十分に安全だ。というのは、僕は右手で射《う》つことさえできないようだからな」

その時、起こった。私には何が起こったか分かっている。しかし、今でも、それがどのようにして、どういう順序で起こったのかは分からない。なぜなら、グランビーは大きく、ずんぐりしていて、熊のようだったからである。しかし、我々が最初に彼を見た時、彼は囚《とら》われの身だった。それで、今でも、彼は動物と比べてさえも、一層切り株に似ていた。たとえ、我々が、彼が跳《と》んだり、拳銃を急いでつかんだりし、ほかの二人を追っかけて打ちながら走ったりするのを見つめていたとしてもである。私に分かることは、ただ、ある瞬間、彼が泥だらけの南部連邦軍の上衣《コート》を着てそこに立って、我々にほほえみかけていて、彼のぎざぎざになった歯が赤い不精髭《ぶしょうひげ》の中に少しばかり覗《のぞ》いて、薄い太陽光が不精髭《ぶしょうひげ》や両肩や、腕周り、更には、組みひもがはぎ取られた黒い跡に差しており、次の瞬間には、二個の光ったオレンジ色のしみが、次々と、灰色の上衣《コート》の真ん中についていて、その上衣《コート》自体がふくらんでゆっくりと私の上に降りて来て、それはまるでおばあちゃんがセントルイスで見たという気球について話し、我々がそれについて夢見たであろう時のようだった。

私は、その音を聞いたと思う。そして、私は、弾丸の音も聞いたに違いないと思うし、私は彼が私を殴った時彼を感じたと思う。だが、それを思い出せない。私がただ覚えているのは、二個の光ったしみと灰色の上衣《コート》が突進して降《お》りてきて、次いで地面が私にぶち当たってきたということである。しかし、私は、彼のにおいをかぐことができた——男の汗のにおいであり、灰色の上衣《コート》が私の顔に軋《きし》るように当たって馬の汗と燃えた木の煙と獣脂《じゅうし》のにおいがしていた——そして、私は彼を聞くことができ、次いで、私の腕の軸受けの音を聞くことができた。そして、私は、思ったのだ。「じきに僕は、自分の指が砕《くだ》けるのを聞くだろう、しかし、僕はそれを持ちこたえねばならないんだ」それから——私はそれが彼の腕か足の下だったか、上だったか分からない——私はリンゴーを見たが、空中で、彼は、目までさえもまさしく蛙《かえる》のように見え、口も開いて、手には開いたポケットナイフを持っていた。

するると、私は自由になった。私は、リンゴーがグランビーの背中にまたがるのを見た。そして、グランビーが彼の両手と両膝《りょうひざ》から起き上がろうとしていて、私は、拳銃を持ち上げようとしたが、ただ、私の腕が動こうとしなかった。次いで、グランビーが、ちょうど雄の子牛がそうするように、リンゴーを振り落とし、再び向きを変えて、我々をながめ、うずくまって、口も開いていた。そして、私の腕は拳銃とともに上がり始め、彼のほうは、振り向いて走った。彼は、長靴《ブーツ》で我々から走って逃げようとすべきではなかった。或いは、多分それは、どちらでも違いはなかった。もう私の腕は上がっていて、私は今やグランビーの背中(彼は叫び声を上げなかった)と拳銃の両方とも同時に見ることができた。そして、拳銃は、岩のように水平で、ぐらついていなかった。

四

我々は、その古い圧搾機《あっさくき》のところに到達するのに、その日の残りとその夜の幾分かを要した。しかし、ラバに乗って家に帰るのに、とても長くはかからなかった。なぜならば、我々は、その二頭をそれぞれに替えながら速く進んだからである。そして、今、グランビーの上衣《コート》の裾《すそ》の一部に包んで運ばねばならなかったものは、大して重くなかったのである。

我々がジェファソンを通った時には、もうほとんど暗くなっていた。また雨が降っていたが、我々は、煉瓦《れんが》の山やまだ倒壊していないすすだらけの壁をラバに乗って通過して、広場だったところを抜けて行った。我々は、ヒマラヤスギにラバをつなぎ、リンゴーが板を探しに出かけようとしていたちょうどその時、誰かがそれを一枚整《ととの》えてくれた――それはコンプソン夫人だったと私は思う。或いは、恐らく、家に帰った時、バックおじさんがそうしたんだ。我々は、既にちょっとした針金を用意していた。

地面も、二か月経《た》って、もう沈んでいたが、それはほとんど、もう、平らだった。それはまるで、最初おばあちゃんは死ぬことも望んでいなかったが、しかし、今や彼女は、和解し始めているかのようだった。我々はぎざぎざのある汚れて色あせた灰色の四角い布を開いてそれを出し、板に固定した。「さあ、これで彼女は、ちゃんと静かに横たわることができるぞ」とリンゴーが言った。「そうだな」と私が言った。次いで、我々は、二人とも泣き始めた。そのゆっくりした雨の中、泣きながら、そこに立っていた。我々はずい分ラバに乗った。そして最後の週には、余り寝ることができていないし、いつも食べ物があったわけじゃあなかった。

「彼女を殺したのはあの男でも、アブ・スノープスでもなかった」とリンゴーが言った。「ラバどもだった。俺たちが得て何にもならなかったあの最初の一群《ひとむれ》のラバだったんだ」

「そうだな」と私は言った。「家に帰ろう。ルーヴィニアが我々のことを心配してると思うよ」それで、我々が小屋に戻った時、何事もなく、もう暗くなっていた。そして、そこはクリスマスのためのように明るく照らされていた。我々は、大きな火とランプがきれいで、そして輝《かがや》いているのを見た。その時、ルーヴィニアが、我々がまだまだドアに着かないうちに、それを開けて、雨の中に走り出て来て、私を引っ掻《か》くようにたたき始めた。泣きながら、叫びながら。

「何だい?」と私は言った。「父さんは?　父さんは家にいるかい　?父さんは?」

「ドルーシラさんもだよ!」ルーヴィニアが、泣きながら、私を引っつかんでたたきながら、そして同時にリンゴーに叫びながら、彼をしかりながら叫んだ。「家なんだよ!　終ったんだ!　降伏は別として。そいで、ジョン旦那も帰って来た」彼女は、最後に、我々に経緯《いきさつ》を話してくれた。

それによると、父とドルーシラは、一週間ばかり前に家に帰ってきたのだ。そしてバックおじさんが、父に、リンゴーと私のいるところを教えた。また、父は、ドルーシラを家で待たせようとしていたが、彼女はそれを断っていた。そして彼らは、バックおじさんを道案内として、我々を探していたのである。

それで我々は、床《とこ》に就《つ》いた。我々は、ルーヴィニアが我々に料理してくれた夕食を食べるために目覚めていることさえできなかった。リンゴーと私は、我々の衣服のままで藁布団《わらぶとん》の上に寝にゆき、寝入ったが、そのすべてが一度の動作であり、合わせてルーヴィニアの顔が我々の上にかぶさっており、まだしかっていた。そして、ジョビーは煙突のある隅にいたが、そこは、ルーヴィニアが彼をおばあちゃんのイスから立ち上がらせていたところだった。それから、誰かが、私を引っ張っていて、私は、またアブ・スノープスと闘っているんだと思い、次いで、私がかいだのは、父のあごひげと衣服の中の雨だった。しかし、バックおじさんがまだ叫んでいて、父が私を抱《だ》いており、そしてリンゴーと私は彼にしがみついていて、私とリンゴーを抱《だ》きかかえているのはドルーシラだった。そして我々は、彼女の髪の中に、やはり、雨のにおいをかぐことができたが、その間、彼女は、バックおじさんに静かにするようにと叫び続けているのだった。父の手は、固く締まっていた。私はドルーシラ越しに彼の顔を見ることができた。そして私は、「父さん、父さん」と言おうとしていた。他方、彼女は彼女の髪の雨のにおいを我々の周りに漂《ただよ》わせながら、私とリンゴーを抱《だ》きかかえており、バックおじさんは叫んでおり、そしてジョビーは、口を開《あ》け、目は丸くしたままバックおじさんを見つめているのだった。

「そうだ、神かけて！　ただやつを追い詰めただけじゃあなくて、やつをつかまえ、その実際の証拠をローザ・ミラードが穏やかに休めるところに持ち返ったんだぞ」

「どれだって？」ジョビーが叫んだ。「どれを持ち返ったって？」

「静かに！　静かに！」ドルーシラが言った。「全て終わったんだわ。全部済んだんだわ。あんた、バックおじさん！」

「証拠と償《つぐな》いだ！」バックおじさんが叫んだ。「わしとジョン・サートリス〔ベイヤードの父。サートリス家の初代当主。南北戦争に大佐として連隊を率いて出征。戦後諸方面で活躍するも、政敵に殺される〕とドルーシラが馬であの古い圧搾機《あっさくき》のところに行った時、わしたちが最初に見たものは、アライグマの皮のように、釘でドアに打ち付けられたあの人殺しの悪党だった。それも、右手は除いてな。『そいで、もし誰かが、そっちも見たいと思うんなら』とわしはジョン・サートリスに話したんだ。『そうしたいんなら、彼らを馬でジェファソンに行かせて、ローザ・ミラードの墓をながめさせることだな！』とな。わしはお前たちに、あいつはジョン・サートリスの息子なんだぞ、と言わなかったかい？　おい、お前たちに言わなかったかい？」

フレム

フレンチマンズ・ベンドは、ジェファソンの二十マイル〔三十二キロメートル余〕南東に位置する豊かな川沿いの低地だった。丘に抱《いだ》かれ、離れたところにあり、限定的だが、それでも境界線はなく、二郡にまたがっていながらも、どちらか一方だけに属しているわけでもなかった。それは、元来、南北戦争前のとても大きな農園《プランテーション》の土地だったところで、そこにある廃墟——倒れた馬小屋や奴隷の住居、雑草の生《お》い茂った庭や煉瓦のテラス、散歩道などのある大きな屋敷の内部を取り払われた外殻《がいかく》——それは、まだオールド・フレンチマン・プレイス〔旧フランス人屋敷〕として知られていた。もっとも、それの元の境界線は、現在は、ジェファソンの郡裁判所の中の衡平法《こうへいほう》裁判所書記官室の古い色あせた記録文書に存在するだけだった。そして、かつて肥沃だった畑が、ずっと前から最初の農園主たちがそこから畑を切り出した元の籐《とう》やイトスギのジャングルに戻っていったのである。

彼は、必ずしもフランス人ではなかったとしても、恐らく外国人ではあったろう。なぜなら、彼のあとに来て、彼のいたという痕跡《こんせき》をほとんど消してしまった人々にとって、外国の香りを醸《かも》す言葉を話す者、或いはその外見またはその職業さえ風変わりな者は誰でも、彼が主張する国籍が何であれ、それとは無関係に、フランス人だったということだろう。それはちょうどもっと都市部の同時代人たちにとって(もしまあ彼がジェファソン自体に住むことを選択していたのならだが)、彼はオランダ人と呼ばれていたであろうというのと同様だった。しかし、今やもう誰にも、彼が実際、どうだったのかは分からなかったし、六十才で荒廃した大邸宅の地所を含めて沢山の元々の土地の所有者たるウィル・ヴァーナーにさえも、そうだった。なぜなら、その外国人、そのフランス人も、彼の家族や奴隷、そして彼の壮大さともども、もう消え去っているからである。彼の夢、彼の広い所有地は、もう小さな役に立たない、抵当に入った農場に分割されて、ジェファソンの銀行の支配人たちにとり、最後にウィル・ヴァーナーに売る前に言い争う種《たね》となっていたのである。そして元の彼の残したものといえば、彼の奴隷たちがその土地を洪水から守るためにほとんど十年にもわたってまっすぐにした川床と彼の相続人たちが、三十年の間薪《まき》にするために引き倒したり、切り刻んだりしてきたどでかい屋敷、五十年後にはほとんど無価値だったであろうクルミ材の親柱や階段の心棒、オーク〔樫〕材の床などの屋敷だけだった。彼の名前さえ忘れ去られ、彼の誇りは、彼がジャングルから捩《ね》じり取って、記念碑としてそうした呼称をつけた土地に関する一伝説に過ぎず、彼のあとに、火打ち式ライフル銃や犬や子供たち、それに自家製のウィスキー蒸留器やプロテスタントの讃美歌集などを携《たずさ》えて、使い古した荷馬車やラバの背に乗り、或いは、徒歩でさえもだが、やって来た者たちは、その呼称は発音できないのは無論のこと、読めさえもできなかったであろうし、その呼称自体、かつて生存していた人間とは最早何の関係もなかったのである——彼の夢や誇りは、彼の無名の骨たちの失われたちりにまみれ、彼の伝説は、グラント将軍〔ユリシーズ・S、一八二二-八五、南北戦争における北軍総司令官〕がヴィックスバーグ〔ミシシッピー河畔の町、グラント将軍が攻略した〕に向かう途中でこの地域を占領した時に、彼がどこかに埋めたというお金にまつわる根強い物語に過ぎなかったのである。

　彼のあとを継いだ人々は、北東からテネシーの山々を通ってきていたが、それは、次の世代の子供たちを育てるという段階を経《へ》ながら徐々にであった。彼らは大西洋の沿岸部から来ており、その前は、いくつかの名前が示すように、英国やスコットランド及びウェールズ地方からであり——その名前というのは、テュルピン、ハレー、ウィッティングトン、マッカラムそしてマレー、レオナルド、リトルジョンなどであり、更にリダップやアームスティッド、ドシーなど他の名前のほうは、どういう由来とは言い難いであろう。なぜなら、誰もそうした名前の一つを自分自身のために意図して選ばないであろうからである。やって来た人々は、奴隷もファイフ〔ダンカン、一七六八-一八五四、スコットランド出身の米国の家具製造者〕やチッペンデイル〔トマス、一七一八?-七九、英国の家具製造者、曲線が多く、装飾的な特色を有す〕風の足つき高だんすなども持っていなかった。実際のところせいぜいその人々が持ってきたものは、彼らの大部分は、その両手だけで運べたか(運んだのだった。彼らは土地を手に入れ、一、二部屋の小屋を建てたが、ペンキを塗ることはなかった。そして互いに結婚し、子供をつくり、ほかの部屋を一つまた一つと元の小屋に足していって、それもまたペンキを塗らなかった。それでしまいだった。彼らの子孫がまた低地に綿花を植え、丘の端に沿ってトウモロコシを植え、丘の人目に触れない谷間でトウモロコシのウィスキーを造り、売ったが、自分たちは飲まなかった。連邦政府の官吏たちが、田舎へ入って行って、消えた。消えた男が着ていた衣類によっては――フェルト帽や上質、幅広の黒ラシャの上着、一足の都市の靴、或いは拳銃さえもが子供や老人や女性の身につけられているのが見受けられ得たのである。郡の役人たちも、選挙の年が迫っている時を除けば、彼らを悩ますことは決してなかった。人々は、彼ら自身の教会や学校を支え、彼らの内輪で結婚し、たまに不倫をし、もっとしばしばには殺人を犯し、自分たちで法廷の判事や死刑執行人をつとめた。彼らは、新教徒《プロテスタント》であり、民主党員であり、子供も大勢産んだ。その全域に、黒人の土地所有者は、一人もいなかった。見慣れない黒人は、日が暮れたあとは、この地域を通過することを断固として断《ことわ》っただろう。

ウィル・ヴァーナーは、オールド・フレンチマン・プレイスの現在の所有者だったが、この土地の主要人物だった。彼は最大の地主であり、一つの郡の監督官であり、隣の郡の治安判事と選挙委員の両方を兼ねていた。それゆえ、その田園地帯のたとえ法律のとは言わないまでも、少なくとも助言と提案の源《みなもと》だった。そこは、たとえ人々が耳にしたことはあっても、選挙民などという言葉は拒絶していただろうし、その言葉は彼にとっては、私は何をしなければならないかではなく、もしあなたが、私にそうさせれるものなら、私に何をしてほしいと思いますか、という体《てい》のものだった。彼は農夫であり、高利貸しであり、獣医でもあった。ジェファソンのベンボウ判事は、かつて彼について、もっと穏やかな男だったら、ラバを巻き上げたり、投票箱をふさいだりなんてことはせんだろうと言った。彼はその地域のよい土地の大部分を所有しており、残りのほとんどにも、抵当権を持っていた。彼は、その村自体の中に店や綿繰り機や穀物の総合製粉所、鍛冶屋の複合体《コンバイン》などを持っており、近隣の人間にとり、どこか村外の別の場所で取引したり、綿花を機械に掛けたり、粉をひいたり、馬の蹄鉄を打ったりするのは控えめに言っても、不吉なことだと考えられているのだった。彼は柵の手摺《てすり》のようにほっそりしていて、また同様に長身であり、赤みがかった灰色の髪と口ひげを、そして小さな厳しく明かるい、無邪気気味な青い目を持っていた。彼は、メソジスト教徒〔ジョン・ウェズレー〔一七〇三–九一〕らの起こしたプロテスタントの一派。敬虔《けいけん》主義を重んじる〕の日曜学校の校長のように見え、平日には鉄道の旅客列車を運行して、或いは、逆に日曜のほうだったかも知れないが、また、教会、或いは、多分鉄道またはその両方を所有しているかのようだった。彼は、抜け目なく謎めいていて、陽気でもあり、心のありようはラブレー〔フランスの風刺作家フランソワ・ラブレー〔一四九四?–一五五三〕〕風に、卑俗的で滑稽で皮肉っぽい風情《ふぜい》にきつい野卑な風刺が利《き》いていて、恐らく依然として精力旺盛だったろう〔彼は妻との間に十六人もの子をもうけていた。もっとも、家に残っているのは二人だけで、ほかの子供たちはエルパソからアラバマの境界線にかけてばらばらになっていて、結婚したり、死んでいたりしていた〕。その旺盛さは、髪の弾力が示す通りで、髪の色も、六十才だというのに、灰色というより更に一層赤色だったのである。彼は同時に活発でもあり、怠惰でもあった。彼は全く何もせず〔息子が家のことはすべて執り行っていた〕、すべての時間を何もせずに過ごし、息子が朝食に降《お》りてくる時にはもう外に出ていて、いなくなっており、しかも、彼と彼の乗っている太った白馬が周辺十マイル（十六キロメートル）以内のどこかで何時かに見受けられるだろうということは別として、誰にもその居場所は分からないのだった。そして、少なくとも、春、夏そして初秋の間は月に一度は、その老いた白馬が、隣接する柵の柱につながれていて、彼が、オールド・フレンチマンの屋敷地の草が生い茂って窒息《ちっそく》しそうな芝生の上に自家製のイスに座っている姿が誰かに見られるのだった。彼の鍛冶屋が、空《から》の小麦粉樽の真ん中をのこぎりで半分に切り、外側に縁《ふち》をつけ、中に座席を釘付けして作っていた。ヴァーナーは、荒廃した豪華な壮麗さを背にして、そこに座っていたもので、タバコをかみ、トウモロコシの穂軸で作ったパイプをふかしながら、ぶっきらぼうな言葉を通り過ぎる人たちに投げかけて、とても機嫌がいいが、彼らに席まで来いと誘うことはないのだった。そうした人々（彼がそこに座っているのを見た人々やそのことを聞いた人々）はみな、彼がそこに座って、次の抵当の質流れ処分権喪失手続きをひそかに企てているんだ、と信じていた。というのは、彼が今までにその理由を明かした相手は、ラットリフという名の行商のミシンの巡回セールスマン——年がヴァーナーの半分以下の男——だけだったからである。「わしは、ここに座っているのが好きなんだ。ここのすべてを必要とする馬鹿者になるのは、一体どんな感じがすることになるのか知ろうとしてるんだよ」——彼は、動かなかった。彼は、背後の古い煉瓦の山や円柱のある残骸に覆《おお》われたつたの絡《から》まった遊歩道などを頭で指し示すことさえしなかった——「ただ、中で食べたり、眠ったりするだけよ」次いで彼は言った――そして彼は、真相に通じるそれ以上の手掛かりはラットリフに与えはしなかった――「しばらくは、どうもわしは、ここを閉めて、取り払って片付けてしまおうかとも思ったようだった。だが、確かに人々は、怠惰な余り、残りの板をはがそうとはしごを上がることまではせんだろう。どうも連中は、森に入って、目の高さ以上の焚き付け用の松の小角材に手を伸ばす前に木をぶち切りさえするだろう。けれども、結局、わしはここに残っているものを持ち続けることだけはしようと思う。ただ、わしの犯した一つの誤りを自ら忘れないためにな。ここそが、わしがこれまでの人生で買い取って、しかも誰にも売ることができなかった唯一のものなんだよ」

息子のジョディは、三十ぐらいだった。若い盛りの膨《ふく》れ気味の男で、少々甲状腺っぽくて、単に結婚していないだけではなくて、克服し難い、侵《おか》しがたい独身気質を放《はな》っていた。ある種の人々が、神聖さや精神性の気《け》を発散していると言われている通りである。彼は大男であって、既に、十年、十二年のうちにかなりのお腹《なか》になると見込まれるのだった。もっとも、彼はまだ、きちんとして自立した紳士らしきものを何とか打ち出そうとしてはいた。彼は、冬も夏も(もっとも、暖かい季節には上着《コート》なしですませたが)、日曜日も平日も、黒い幅広のラシャ地のスーツの下に重い金のカラーボタンのついた、つやのあるえりなしの白いシャツで首の周りにピッタリしまっているのを着ていた。彼は、ジェファソンの仕立屋から届いたばかりのその日にそのスーツを着て、そして毎日どんな天候でも、それを身に着けていて、最後には家の黒人の使用人の一人に売りつけるのだった。それで、ほとんどの日曜日の夜でも、夏の道を歩いている彼の古いスーツの一つ丸ごと全部か、その一つの一部かに出合うことができ、すぐに、ああ、あれだ、と分かるのだったし、また新しい次のに変わりもしていたのである。彼がその中で暮らしていた人々の変わらぬ仕事着に比して、彼はまさに葬式のように陰気ではなく、儀式ばった風を漂わせていた——その理由は、彼の有するあの克服し難い独身の気《け》によるのだった。それで、彼をながめていると、あなたは、無気力な、ぼやけた大柄の向こうに、永続的な、不滅の花婿介添人《かいぞえにん》、男らしく類のない神の表象を見ることができたが、それはまさにあなたが一九〇九年のハーフバック（フットボールの中衛）の水腫のような組織の下にかつてボールを運んだやせて貧弱な、気難しい亡霊を見て取るようなものだった。彼は、両親の十六人の子供のうちの九番目だった。彼は店を経営していて、そこは、父がまだ名目上の所有者であり、彼らは、ほとんどは質流れ品やジンを販売し、最初は父が、のちには二人が一緒にこれまでの四十年の間に獲得してきていた、あちこちに散らばっている農地を監督していたのである。

ある日の午後、ジョディは店にいて、新しい綿製のロープの巻き枠《わく》から鋤《すき》用の綱を長さに合わせて切っており、それをきちんとした、船乗りらしい輪にして、壁に一列に並んだ釘に掛けていた。すると、音がして、彼が振り向くと、開けた扉によって輪郭を成して、幅広の帽子をかぶり、その体には大き過ぎるフロック・コートを着た、普通より小柄な男が妙な植わったような堅《かた》さを帯びて、立っているのが見えた。「あんた、ヴァーナーさんですかい」とその男は言った。正確に言えば、耳障りな声ではなく、或いは、意図して耳障りというよりは、むしろたまにしか使わないので錆《さ》びついてしまったといった風な声だった。

「私はヴァーナーの一人だが」とジョディはものやわらかでしっかりした、とても心地よい声で言った。「何か用で?」

「俺の名はスノープスです。あんたは貸し農場を入手したと聞きましたが」

「そうだが」ヴァーナーは言いながら、相手の顔が明かりの中に入るように既に動いていた。「一体、どこでそれを聞いたんだい」それというのも、その農場は新しいものの一つで、彼と彼の父親が、一週間足らず前に抵当流れ販売を通じて獲得したものだった。そしてその男は、全くのよそ者だった。彼はその男の名前をこれまで聞いたことさえなかった。

相手は答えなかった。今や、ヴァーナーはその顔を見ることができた——もじゃもじゃの灰色になっている気短そうなまゆ毛の間の冷たい、不透明な灰色の両眼と羊毛の上着《コート》のようにしまってもつれた、短くて引っ掻き回したような鉄灰色《てっかいしょく》のあごひげを生《は》やしていた。「あんたはどこで耕作してたんだい」

「西のほうで」彼は、そっけなく言ったわけではなかった。彼は、ただ、抑揚はないが、きっぱりとその一語を発した。まるでうしろのドアをぴしゃりと閉めたかのような感じだった。

「テキサスということかい?」

「いいや」

「分かった。ただここから西ということだな。家族はどれぐらいいるんだい？」

「六人で」そこには認識できるような中断はなかったし、次の言葉へと急ぐ様子もなかった。だが、何かはあった。ヴァーナーはそれを感じ取った。それは、その生気のない声が意図的にその矛盾をこね合わせているように思える前に既に、であった。「男の子と二人の娘。妻とその姉妹で」

「それだと五人だけだな」

「それと俺自身でさあ」とその死んだ声は言った。

「男は、普通は、自分のところの働き手の中に、自身は数えないもんだよ」ヴァーナーが言った。「五人なのかい、それとも七人なのかい」

「畑に六人の働き手を入れられますよ」

ヴァーナーの声も変わってはおらず、まだ愛想がよく、まだきつかった。「私は、今年、借地人を雇い入れるのかどうかはまだ分からない。もうほとんど五月の一日《ついたち》だ。私は、日雇いの連中と一緒に、自分でやると思うよ。今年、全部やるからにはな」

「俺はそのようにやりますよ」相手が言った。ヴァーナーは彼を見た。

「落ち着きたいわけでもないんだな」相手は何も言わなかった。ヴァーナーは、男が自分を見ているのかいないのか、よく分からなかった。「小作料をいくら払う積もりかね」

「いくらで貸すんですかい」

「三分の一から四分の一だな」ヴァーナーが言った。「備品もこの店からだ。現金でじゃあないぞ」

「分かりました。備品を七十五セントの計算で何ドルかに」

「その通りだ」ヴァーナーは愛想よく言った。彼は、男が、そもそも何かを見ているのかいないのか分からなかった。

「やりますよ」彼は言った。

六人の仕事着を着た男たちが、ポケット・ナイフや細長い木切れを持って、座ったり、うずくまったりしているベランダの上に立って、ヴァーナーは、彼の訪問者を見つめていたが、その男は、右も左も見ないまま、玄関《ポーチ》を不自由な片足を引きひき、こわばった感じで横切り、降りていって、ベランダの下の綱《つな》でつないだ一組の馬や鞍をつけた馬たちの中からロープの手綱のついた、すり切れた鋤《すき》用の馬勒《ばろく》をつけたやせて鞍のないラバを選んで、階段のほうに連れてゆき、ぎこちなく堅苦しげにまたがって、依然どちらの側も見ないまま、去っていった。「あの足音を聞くと、あの男は二百ポンド〔約九十一キログラム〕の重さはありそうだな」彼らの中の一人が言った。「あれは誰なんだい、ジョディ」

ヴァーナーは舌をなめ、つばを道にはいた。「スノープスという名前だ」彼は言った。

「スノープスだって？」二人目の男が言った。「そうだな。あの男だ」そこで、ヴァーナーのみならず、ほかのすべての者がその話している男を見た――それはやせた男で、まるっきり清潔だが色あせて継ぎを当てた仕事着を着ており、さっぱりとひげをそっていて、やさしげなほとんど悲しそうとも言える顔をしていた。それであなたは、事実上二つの別の表情と言えるものをひもとくことになるのだ――その一つは、仮のもので、静的な安穏《あんのん》とわずかではあってもはっきりした猛々《たけだけ》しさを帯《お》びた、変わることのない表情を静かに上塗りしたものであり、もう一つは、鋭敏な口で、それは、若人《わこうど》のさわやかさや真っ盛りの勢いを孕《はら》んだ特質を有していて、遂にはあなたがこれは生涯禁煙ということにしたほうがいいぞと知ることになるものだった――その顔は、若くして結婚し、娘たちだけの父親で彼ら自身も妻たちの長女に過ぎないすべての男たちの生きて呼吸している原型、主人公の顔だった。彼の名前はタルだった。「あの男は、アイク・マッキャスリン〔ジェファソンの地主マッキャスリン一族の一人。森に通じた謙虚な名ハンター。先祖の負の遺産たる農地をマッキャスリン・エドモンズに譲り、大工として質素に暮らす〕の地所の古い綿花小屋で家族に冬を過ごさせていたやつだぞ。彼は、二年前に、向こうのグルニエ郡でハリスという名の男の燃やされた納屋の件に関《かか》わりがあった男だ」

「はあ？」とヴァーナーは言った。「どういうことだい？　燃やされた納屋だって？」

「俺はあの男がやったとは言ってないぜ」タルが言った。「俺はただ、彼が、言ってみれば、何らかの形でまあ関《かか》わっていた、と言っただけだぞ」

「どれぐらい関《かか》わっていたんだい？」

「ハリスは、彼を逮捕させて、法廷に行ったんだ」

「分かった」とヴァーナーは言った。「まさに身元調査を誤った純粋な事例そのものだな。彼は今賃借りしたばかりだ」

「証拠立てられたわけじゃあないぞ」タルが言った。「少なくとも、たとえハリスがあとで何らかの証拠を見つけたとしても、その時はもう遅過ぎたんだ。なぜなら、彼は、その土地を離れてしまっていたからな。すると、今度は、去年の九月に、マッキャスリンのところに姿を現したんだ。彼と彼の家族は、一日幾らで働いていて、マッキャスリンのところで取り入れをしていた。それで、マッキャスリンは、彼らを、使っていない古い綿花小屋で冬を過ごさせたんだ。それが、知ってるすべてさ。繰り返すことはもうないさ」

「私もさ」ヴァーナーは言った。「人は無用な噂話の評判を立てられたくないものさ」彼は、幅広の、ものやわらかな顔で、汚れてフォーマルな白黒のいでたちで、みなの上に立っていた――つや出ししてしみのついた白シャツと袋地のだらりとしたズボンを身に着けており――その服装は同時に儀式張っていて、かつ普段着のようでもあった。彼は歯をちょっと音立ててなめた。「何と、まあ、まあ、まあ」と彼は、言った。「納屋の燃やし屋かい。何と、まあ、まあ、まあ」

その夜は、彼は、夕食の席で、この件について父に話した。リトルジョンのホテルとして知られているその古くだだっ広い、半ばは丸太で半ばはのこぎりで切った板材の建物ということを除いては、ウィル・ヴァーナーの館は、その地方で唯一の二階のある建築物だった。料理人もいて、その地域でただ一人の黒人召使であるだけでなく、どんな風であれ、ともかく唯一の召使だった。彼女は、そこに何年もいたが、ヴァーナー夫人は、彼女は見守っていないとお湯も安心して沸かさせられない、とまだ言っていたし、また、どうもそう信じているようだった。ジョディは、ともかくその夜、例の一件について話した。他方、彼の母は、ぽっちゃりして陽気な、忙し気な女性で、十六人の子を産み、既に五人を失っていたが、毎年の郡の品評会で果物や野菜を使った保存食品の賞をまだ獲得していて、食堂と台所の間を行ったり来たりして忙しくしていた。また、彼の妹は、まだ十三才なのに豊かな胸をしていて、不透明な温室のぶどうのような目やいつも少々開いた、ぽっちゃりして湿った口をしたやわらかで豊満な娘で、自分の席に座っていたが、豊かで若い女性の肉体の帯《お》びているある種のむっつりした困惑状態にいる感じで、どうも聞かないように何か努力しなきゃあならないといった風でもなさそうだった。

「お前は、その男ともう契約を結んだのかい」ウィル・ヴァーナーが言った。

「ヴァーノン・タルがあの男のしたことを私に話すまでは、契約を目指しちゃあいなかったさ。今は私は、明日《あす》書類を持って行って、あの男に署名させようと思うよ」

「それじゃあ、お前は、どの家を燃やすかその男に指し示すようなもんじゃあないか。それとも、その家を彼に預ける積もりなのかい」

「その通りだよ」とジョディは言った。「私たちはそのことも話し合うのさ」次いで彼は言った——そして今や彼の声から軽はずみな色合いはすべて消え去り、ユーモアの軽い気まぐれの突きと返し、第三の構え、第四の構えそして第一の構えもそうだ〔このあたり、フェンシングの所作にたとえている〕。「私のやらなきゃあならないことは、その納屋の件で確かなところを見つけることだけさ。でも、それでも同じことだろう、あの男が実際にそれをやっていようが、いまいがね。彼に必要なことは、いきなり、ここぞという時に、彼がそれをやったんだと私が思っているのを知ることだろう。まあ、聞いてよ。こんな場合を考えてみてよ」ジョディは今や前に、テーブルにかぶさるように前屈《かが》みになったが、感情に満ち溢れ盛り上がり、一生懸命だった。母は、ばたばたと台所のほうに走っていっており、そこから、黒人の料理人を元気に叱《しか》りつける活発な声が聞こえた。娘は全く聞いてはいなかった。「ここに一片の土地があり、その所有者たちは、この季節はずれの遅い時期には、実際、収穫を当てにしてはいなかった。そこに男がやって来て、それを共同負担で借りるが、その男は、彼が借りていた最後の土地で、納屋が燃えていた。男が、実際、納屋を燃やしたかどうか、そりゃあ問題じゃあない。ただ、もし私が彼がやったと確かめられれば、問題は単純にはなる、ということさ。主な点は、そこが彼がいる間に焼け、その証拠は、その地方を離れるように要求されたと彼が感じたということのようだ。それで、ここに彼が来て、私たちが今年は決して何も期待していなかった土地を借り、私たちが彼に店から備品を供給してやる、すべていつも通りの、当然のことなんだ。そして彼は、収穫を上げ、地主はそれを通常通りに売り、待ちながら現金を手にする。そしてその男は、自分の取り分をもらいに来るが、地主は言う。『お前とあの納屋のことで私が聞いたことは、一体どういうことなんだい』それだけのことさ。『お前とあの納屋のことで私が聞いたばかりの話は一体どういうことだね』彼らはお互いをじっと見合った——少々盛り上がった、くすんだ目と小さな、きつい青い目だった。「彼は何と言うかな。『いいよ。あんたはどうしたいんだね』以外に彼は何と言えるかな」

「お前は店の供給品のつけを失うことになるぞ」

「確かに。それをうまく避ける方法はないさ。けれども、結局、あんたにただで収穫をもたらしてくれる男には、少なくともあんたは、彼がそうしている間は彼を養う立場にあるんだ——待て」と彼は言った。「くそ！　我々はそうする必要さえないな。私は、彼が最後の耕作を終えた次の朝、戸口の上り段の上にマッチを乗せた二、三枚の腐った屋根板を見つけさせてやるだけさ。そうすれば、彼は、もうおしまいだと分かり、去ってゆくしかないさ。それで備品代金請求書の二か月分はカットでき、私たちのやることは、ただ彼の収穫を取り入れることだけさ」彼らはお互いをまじまじと見合った。彼らのうちの一人にとっては、既に終わったことであり、すっかり済んだことだった。彼には、実際、それが見えていた。その時、彼は、まだ先に六か月あっても、時期遅れだと言った。「彼は火をつけるだろう。そうせにゃあならんのだ。彼は戦えんさ！　敢えて戦いはせんさ」

「ふむ」ウィルは言った。ボタンを掛けていないチョッキのポケットから、彼はしみのついたトウモロコシ・パイプを取り出し、タバコを詰め始めた。「お前は、ああいった連中からは、離れとったほうがいいぞ」

「確かに」とジョディは言った。彼はテーブルの磁器の容器から爪楊枝を取って、深々とイスにもたれた。「納屋を燃やすのは、正しくないことだ。だから、そんな癖のあるやつは、まさにそれによる不利益を受けてしかるべきなんだよ」ジョディは、翌日、行かなかったし、その次の日もそうだった。しかし、三日目の午後早く、彼の葦毛《あしげ》の乗用馬がベランダの柱の一つにつながれて、待っていて、彼は、店の後方の巻き蓋《まぶた》デスクに座っており、背中を丸め、黒い帽子を頭のうしろに乗せていて、片方の幅広い黒い毛の生えた手が、豚のもも肉のようにじっとしていて重たく紙の上に乗っており、もう一方の手にあるペンは、彼の重たげで慎重な、のたくるような筆跡で、契約の文言をなぞっているのだった。その一時間後、その村から五マイル（八キロメートル）のところで、その契約書を、汚れているが、きちんとたたんで尻のポケットに入れた彼が、道路に止まっている軽四輪馬車のそばの馬に乗っていた。その馬車は、ひどくこき使われたので傷《いた》んでいて、昨年の冬の乾《かわ》いた泥がこびりついていた。一対のむく毛の小馬《ポニー》に引かれており、それらの小馬《ポニー》は、ロッキーヤギほどに野性的で、活発に見え、更にそれと同じぐらいの小ささだった。馬車のうしろには犬小屋ほどの大きさと形の薄鋼板製の箱がついていて、ペンキで家に似せて描いてあり、一つ一つ画《か》かれた窓には女性の顔が描《えが》かれていて、ミシンの上で作り笑いをしていた。そしてヴァーナーは馬に乗ったまま、ぎょっとし、憤慨した驚きの中でその持ち主をにらみつけた。その男は、陽気にこう言ったばかりだった。「やあ、ジョディ、新しい借地人が得られたそうだな」

「くそくらえっ！」ヴァーナーは叫んだ。「やつが別に火をつけたって言うのかい？　連中がつかまえたあとだっていうのに、別のに火をつけたって？」

「さあ」と馬車の中の男が言った。「あの男がそれらの一つに火をつけたと公《おおやけ》に言い切れるかは俺にゃあ分からないけど。まあ言えるのは、二か所とも、あいつが多かれ少なかれ関与している間に、火がついちまったということでしょう。まあ、火があの男について回り、まるで犬がある者たちについてゆくようにね」彼は、楽しそうで物憂《ものう》い、穏やかな声で話したが、その声はひょうきんというよりずっと如才《じょさい》ないというのか、すぐには区別がつかないものだった。この人物は、ミシンのセールスマンのラットリフだった。彼は、ジェファソンに住んでおり、逞《たくま》しい一連の馬たちと実際のミシンがきちんと中に収まるペンキで絵を描いた犬小屋とともに、四郡の大部分を旅していた。連日、二郡別々に、泥のはねかかった、くたびれた軽四輪馬車と強力で不釣り合いな一対の馬たちが最も近い日陰につながれているのが見受けられるであろう。そして、ラットリフの温和で愛想のいい、いつでも応対できそうな顔と小ぎれいな、ネクタイなしの青いシャツは、十字路の店にしゃがんだ連中の一人だった。或いは――あとあとまで誰もが信じるというよりむしろ聞くことに、実際のところ、意を注いでいるんだけれども、依然しゃがみこんでしゃべっているといった風だったが――その彼、泉や井戸のそばの積み上げた衣類や洗濯の干《ほ》し綱《づな》、桶それに黒ずんだ洗濯鍋などに囲まれた女たちの中にあって、或いはまた、建物のベランダの副木《そえぎ》を添えたイスに座って、礼儀正しいが、楽しげで愛想がよく、ていねいで、逸《いつ》話《わ》じみているが不可解な感じでもあった。ラットリフは、恐らく年に三台のミシンを売っていて、そのほかの時は、土地や家畜、中古の農器具、それに楽器やその持ち主が大して求めていないような物を、ほかの何であれ、下取りに出していて、四郡のニュースを、広く行き渡る新聞のように家から家へと受け売りし、郵便局の信頼性に負けず、結婚式や葬式、野菜や果物の保存のことなどの個人的なメッセージを口から口へと運んでいたのである。彼は、名前を忘れることが決してなく、五十マイル〔八十キロメートル〕以内の誰でも、人も、ラバもそして犬までも知っているのだった。「まあ、言ってみれば、スノープス一家がド・スペイン少佐〔ジェファソンの地主で名士の一人〕に与えられた家に荷馬車を駆ってゆく時、そのあとをついてゆくようなものであり、スノープスは、荷馬車の床に家具を山と積み上げて、それは、ハリスのところだろうが、どこであろうが、一家が暮らした家に馬車で行った際と同様で、そして言うんだ。『ここに入れるんだ』そして、料理用ストーヴや寝台、イスも出て来て、自分たち自身の手で入れられるんだ。ぞんざいだが、悪くもなく、ぴしっとしていて、彼らは移動に慣《な》れていて、そうすることに大きな手助けも要《い》らなかった。そして、アブとあの大柄なやつ、フレムとみなが呼んでいたがね——それともう一人いたな、小柄なやつだ。俺はそいつをどっかで見た覚《おぼ》えがあるぞ。そいつはみんなと一緒じゃあなかったな。多分、みなは、その納屋からいつ出るか彼に言い忘れたんだ——座席に座り、二人の図体の大きな娘が荷馬車の床《ゆか》の上に置いた二つのイスに座り、スノープス夫人と彼女の姉妹が、未亡人なんだが、うしろの持ち物の上に座っていて、彼らがどこから来ようがこまいが、誰も大して気に留めず、そうした持ち物の中には家具も見られた。そして、荷車はその家の前で止まり、アブは、それを見て、言うんだ。『豚小屋にもならねえみてえだな』」

馬に乗ったまま、ヴァーナーは、目につく、言葉で言い表せないほどの嫌悪感を漂《ただよ》わせて、ラットリフをにらみ下《お》ろした。「そうだな」とラットリフは言った。「そのうち、荷馬車が止まると、スノープス夫人と未亡人が降《お》りて、荷物を降ろし始めたんだ。その二人の娘は、まだ動いておらず、そこの二つのイスに座ったままで、晴れ着を着たまま、チューインガムをかんでいた。とうとうアブが振り向いて、娘らをののしり、荷車からスノープス夫人や未亡人が苦労してストーヴを運んでいるほうに行かせた。アブは彼女らをまさに杖でぶつには少々もったいな過ぎる一つがいの若い雌牛のように追ったてた。そして、彼とフレムはそこに座って、彼女ら二人ののっぽでがっしりした娘たちがすり切れたほうきとランタンを荷車から取り出し、そこに立っているのを見つめていた。

遂にアブが出て来て、手前のほうの娘を荷車の後部越しに、手綱《たづな》の端で斜め打ちに打った。『そしたら、戻ってきて、母さんがそのストーヴを動かすのを手伝うんだ』と彼は彼女らの背《せな》に向かって叫びかけた。そして彼とフレムは、荷馬車から降りて、ド・スペインを訪ねに、出かけていったんだ」

「納屋へかい？」とヴァーナーが叫んだ。「あんたが言うのは、連中が、そのまま真っすぐに行って——」

「違う。違う。それはあとでのことです。彼らは、納屋がどこにあるかまだ全然分からなかったようなんです。納屋は、いつも通りに、やがて燃えました。あんたは、彼のことでそう言わなきゃあならんのでしょう。今のはただの訪問です。全くの親交です。なぜならば、スノープスは彼の畑のある場所を知っており、彼のやらにゃあならんことは、そこを引っ掻《か》き始めることで、もう五月も半ばになっていたですからね。ちょうど今のようにね」彼は、まさしくクリームのような天真爛《てんしんらん》漫《まん》さで付け加えた。

「だが、更に、俺は、彼が小作料契約を、いつも、最後の最後になってから結ぶようだと聞いています」しかし、ラットリフは笑ってはいなかった。その如才《じょさい》ない、日焼けした顔は、そのそつのなさそうな不可解な目の下《もと》で、ていねいで、ものやわらかだった。

「それで？」とヴァーナーは、荒々しく言った。「もしやつが、あんたが言うように、火をつけるとしても、クリスマスまでは案ずるには及ばないと思うがな。続けてくれ。やつがマッチをすり始める前に、やつは何をせにゃあならんのだい？　多分私は、少なくとも何か前触れを間に合ってつかめるんじゃあないかな」

「いいでしょう」ラットリフは言った。「そして、彼らは道路を上がってゆき、あとには、スノープス夫人と未亡人が料理用ストーヴと格闘し、二人の娘が今はそこに立って、ワイヤーのネズミ捕り器と室内便器を抱えているのだった。男たちは、ド・スペイン少佐の屋敷に向かって上がってゆき、新しい馬糞の山がある私道を歩いてゆき、黒人野郎が、アブはわざとその中に足を踏み入れたと言った。恐らく、黒人野郎は、表の窓を通して、彼らを見つめていたんだろう。ともかく、アブは、正面玄関を横切って、馬糞の跡をつけ、ドアをノックした。そして黒人野郎がアブに足から汚れをぬぐい取るように言った時、アブは、黒人野郎を押しのけて通り、そして黒人野郎が言うには、アブが汚れの残りをまさに百ドルもしたじゅうたんにこすりつけると、そこに立って『こんにちは、こんにちは、ド・スペインさん』と叫んでいた。遂にド・スペイン夫人がやって来て、じゅうたんとアブを見、彼にどうか出ていっておくれと言った。それから、ド・スペインは昼食の時間に帰宅して、俺が思うに、多分、ド・スペイン夫人が夫を急《せ》き立てたんでしょう、なぜというに午後の半ば頃、彼がアブの家に馬で乗り付け、つれていた黒人野郎が乗っているラバのうしろに巻いたじゅうたんを載《の》せていた。アブのほうは、ドアの脇柱を背にしたイスに座っているのだった。そして、ド・スペインは『一体全体何でお前は畑に出ていないんだい』と叫び、アブは、立ち上がりもせず、『明日《あした》始めようと思ってます。俺はその日すぐには動かないし、働き始めもしないことにしてますんで』と言う。ただ、それは、ここでもほかのどこでも同じことなんだ。私が思うに、ド・スペイン夫人がどんと夫の後押しをしたんだ。それは、彼ド・スペインが『こん畜生！こん畜生！』と言いながら、ただ馬に座っているだけだったし、それにアブは、そこに座って、こう言っていたんです。『もし俺がじゅうたんのことをそれほどに思うんなら、人が入ってきてその上を踏みつけるような場所には置いとかないがなあ』」それでも、ラットリフは、笑ってはいなかった。彼はただその軽四輪馬車の中に座ったままでいて、のん気そうにくつろいだ様子で、なめらかで日焼けした、きれいな顔に如才《じょさい》ない、気の利いた目を見せており、申し分なく清潔だが、色褪《あ》せたシャツを着て、その声は、楽し気で気取って大儀そうで、逸話の語部風《かたりべふう》だった。他方、ヴァーナーの膨《ふく》れ上がった顔が、ラットリフを見下ろしているのだった。

「そうして、しばらくして、アブは家の中へ叫び返し、あの大柄な娘たちの一人が出てきて、アブが、『そこのじゅうたんを持っていって、洗うんだ』と言う。そして、次の朝、黒人野郎が、ドアの前の正面玄関に投げ出された巻き上げられたじゅうたんを見つけたが、玄関をよぎって更に多《おお》目《め》の足跡もついていて、ただ今回は泥だけだったんです。そして、何と、ド・スペイン夫人がじゅうたんを解《と》いた時、今度は、ド・スペインにとって前回よりも熱かったそうです——その黒人野郎が言うに、彼らはじゅうたんを石鹸で洗う代わりに煉瓦《れんが》でたたいたらしい——なぜなら、ド・スペインは、朝食前からさえアブの家に、アブとフレムが、確かに畑に行くために馬を馬車につないでいたその地所に来ていたからで、雌馬に乗っていて、スズメバチのように怒って、ひどくののしっていて、それも正確に言えばアブに対してじゃあなく、ただまあ、すべてのじゅうたん、すべての馬糞一般に対してであり、アブは何も言わないで、ただ軛《くびき》と首の革ひもを締めているだけで、とうとうド・スペインが、何とじゅうたんはフランスで百ドルもしたんだと言い、アブに対して、じゅうたんのためにアブがまだ植えてもいない収穫のうちから二十ブッシェル〔三十五リットル余〕を要求する積もりだと言ったんです。そうして、ド・スペインは帰っていった。そして、多分、彼は、そのことは今はどうでもいいと感じていたんだ。多分彼は、長いことそう感じていて、その件で何がしかのことをしたので、ド・スペイン夫人が彼に対して和《やわ》らいで、恐らく収穫時がくれば、彼はあの二十ブッシェルのトウモロコシのことも忘れてしまってさえいるだろう。ただ、それがアブの気に入らなかっただけのことです。それで、次の日の夕方だったと思うが、少佐は庭の樽板のハンモックに靴を脱いで横たわっていた。そこに、廷吏《ていり》が来て、咳ばらいをし、口ごもりながら、ついに、何とアブが彼を訴えたと漏《も》らした」

「何たるこっちゃ」ヴァーナーはつぶやいた。「何たるこっちゃ」

「確かに」ラットリフは言った。「それこそまさにド・スペイン自身がそういうことなんだと最後に得心《とくしん》した時に発した言葉なんですよ。そうして土曜日になり、荷馬車が店にやって来て、アブが説教師の帽子と上衣《コート》を着て下りてきて、あのエビ足でテーブルのほうへとどんどん進んだ。その足は、バック・マッキャスリンおじさんが言うには、戦争中に、ジョン・サートリス大佐自身が、彼の黄褐色の種馬を盗もうとしたアブを射《う》ったところなんです。そして判事は『スノープスさん、私はあんたの訴えを再検討しましたが、法律上、馬糞はおろか、じゅうたんに関する何も見出すことができなかった。でも、私は訴えを受理する積もりです。なぜなら、二十ブッシェルというのは、あんたが支払うには多過ぎる量であり、あんたのように忙しそうな人には、二十ブッシェルのトウモロコシを作る時間を持てないだろうからです。それゆえ、私はあんたに対して、じゅうたんをだめにした代償として十ブッシェルを課《か》すことにします』」

「それで火をつけたというわけか」ヴァーナーは言った。「何とまあ、何とまあ、何とまあ」

「俺は、そんな風にちゃんとまとめれるかどうかは、分かりません」ラットリフは言った。「そして繰り返した。「ただ言えることは、その同じ日の夜にド・スペイン少佐の納屋に火がつき、全焼したということです。ただ、どういうものか、同じ頃にド・スペインが雌馬に乗ってそこに着いたんです。なぜなら、彼が道路を通り過ぎる音を聞いた人がいたんです。俺は彼が火を消すのに間に合って現場に着いたと言っているのではありませんが、しかし、彼は、既にそこにいたほかの何かを見れたと思います。彼はそれを射《う》つのを正当化したり、馬上の彼には追いかけ切れない溝の中に走り込んでしまったが、雌馬にまたがったまま、それか何かに三、四度射《う》ってぶちかますのをよしとするに十分だと考えれる外的要因があったと感じたんです。そして彼は、それが誰だったかも分からなかった。なぜならば、どんな動物でもそうしたいと思えば、片足を引《ひ》き摺《ず》ることができるし、どんな人間でも、白いシャツを着がちであり、ただ例外と言えば、彼がアブの家に着いた時(それはそんなに前のことではなく、その足取りによれば、その人間は彼が道路を通過する音を聞いた筈であり)、アブとフレムはそこにはおらず、四人の女性以外は誰もそこにはおらず、そしてド・スペインは寝台や何かの下を見るいとまなどなく、というのも、納屋のすぐ隣にイトスギ材で葺《ふ》いた屋根のあるトウモロコシの貯蔵所があったからである。そこで、彼は、彼の黒人たちが水樽を持ってきて、貯蔵所の上に置く麻くず糸製の袋を濡らしているところに馬で戻っていった。彼が最初に見た人物はフレムで、白いシャツを着てそこに立っており、ポケットに両手を入れて、タバコをかみながらそれを見つめているのだった。『今晩は』フレムが言った。『あの干し草ときたら、いきなりですな』ド・スペインは、馬に乗ったまま、叫んでいた。『お前の父はどこだ。どこだい』そしてフレムが言う。『もしここらのどこかにいないんなら、もう家に帰ったんでしょう。俺も父も俺たちが炎を見た時にゃ同時に離れてたんで』そして、ド・スペインには、彼らがどこから離れたかも、またなぜかも分かっていましたよ。ただ、それはここでも、どこでもなかった。なぜなら、言われてるように、どんな二人でも、どこであれ、その中に不自由な足取りや白いシャツは見られるのであり、それに、ド・スペインが最初に射《う》った時、彼が見たその一つで火の中に投げ込まれたのは石炭油の缶だったようなんです。それで翌朝、ド・スペインがまゆ毛と髪の両方をきちんと整えて、朝食宅についている時、黒人が入って来て、会いたいという人が来てますと言い、彼がオフィス(事務所)にゆくと、それはアブで、既に説教師の帽子と上衣《コート》を身につけ、荷馬車にももう荷物を積んでいて、ただ、アブは、荷馬車をその家のそれが見られるところには持ち込んではいなかった。『思うにどうやらあんたは俺と折り合ってゆく積もりはなさそうで』アブが言う。『だから俺たちは、物事に誤解が生じないうちに、もうやってみるのはやめにしたほうがいい、と、俺は思いますんで。俺は今朝《けさ》出てゆきますよ』すると、ド・スペインは言う。『契約はどうなるんだい』そしてアブは言う。『もう取り消しました』そしてド・スペインは、そこに座りながら、言った。『取り消しただと。取り消しただと』それから彼は言う。『わしはそれを取り消そう。更にそうしたものを百回もだ。そしてあの納屋の中に投げ込みもしよう。ただ、昨夜わしが射《う》っていたものがお前だったのかどうか、確実に知るためにな』そしてアブが言う。『あんたは俺を訴えて見つけ出せばいいさ。この国の治安判事は、原告に有利な判決を下すくせがあるようですからな』」

「何ちゅうこった」ヴァーナーは再び穏やかに言った。「何ちゅうこった」

「それでアブは振り向いて、例のこわばった足を踏みつけながら出ていって、帰っていった——」

「そして借家を燃やしたんだな」ヴァーナーが言った。

「いや、いや。俺は、アブが馬車を駆《か》って去る時、人が言うように、ある種の後悔の念をもって借家のほうを振り返ってみることはなかったろうと言っているのではありません。だが、決してほかの何かに突然に火がついたというのではありません。ちょうどその時に、というわけではありません。つまり、俺は――」

「そうか」ヴァーナーは言った。「私は、ド・スペインが彼を射《う》ち始めた時に石炭油の残りを火中に投げにゃあならなかったとあんたが言ったのを思い出したぞ。何とまあ、まあ、まあ」彼は、感情を溢れさせ、怒りっぽく言った。「そして今や、この地方のすべての男の中から、地代契約を結ぶためにやつを選ばにゃあならなくなったぞ」彼は笑い始めた。つまり、彼は「は、は、は」と急に言い始めたが、それは、まさに歯から、肺から出たもので、更に高くもなく、目の色の中にそうしたものは一切なかった。それから、彼は止《や》めた。「さて、私は、ここに座っとることはできん。たとえどんなに心地よくてもな。多分、私は、ちゃんとそこに着いて、彼の私との単なる古い綿花倉庫の契約を取り消させることができるだろう」

「或いは少なくとも、多分、空《から》の納屋のためにですな」ラットリフは、彼の背《せな》に向かって叫んだ。

一時間後、ヴァーナーは再び止《と》めた馬に乗っていた。今回は門《ゲート》の前で、或いはたるんで錆びた針金の垣の中の裂け目の前と言うべきものの前だった。その門《ゲート》自体、或いはその残り部分が片側に分離して横たわり、腐った柵の隙間は忘れ去られた骸骨のあばら骨のように雑草類でふさがれていた。彼は荒い息をしていたが、それは、馬を疾駆させてきたからではなかった。逆に、もし煙があったのであれば、それが見えただろうと信じるに足るまで彼の目的地に近付いていたので、彼が馬の速度を段々とゆるめていたのだった。にもかかわらず、今や、垣の隙間の前で馬に乗ったまま、鼻を通して荒い息をつき、少々汗さえかいて、その避けようもなく木も草もない地所に立つ、風化して古いミツバチの巣箱のようになった傾《かし》いでたわんだ小屋を見つめているのだった。その表情は、不発の榴弾砲《りゅうだんほう》に近付いた男の張りつめて急ぎがちな思いを孕《はら》んだものだった。「何ちゅうこった」彼は再び穏やかに言った。「何ちゅうこった。やつはここにもう三日もいて、まだ門《ゲート》を建て直しさえしておらん。そして私は、そのことをやつにあえて言ってさえいないんだ。私は、門《ゲート》をつなぐ塀さえもあったと分かっているように動きさえしてないんだ。彼は手綱《たづな》をぐいと荒々しく引いた。「さあ」彼は馬に言った。「お前も、じっと立ったままこの辺をうろうろしてると、火を浴びることになるぞ」

その通路(それは道路《ロード》でもなく、小道《レーン》でもない。ただ馬車の車輪が走った二本の平行した、かろうじて確認できるだけの跡で、今年の雑草類によってほとんど遮蔽《しゃへい》されていた)は、すっかり空《から》っぽの家の傾《かし》いで階段のない玄関《ポーチ》へと上がっていっていた。今や、その家を、ヴァーナーは、張り詰めた用心深さをもって、まるで待ち伏せの場所に近付いているかのように、見つめていた。ヴァーナーは、細かいところは気に留めないといった風に、まじまじと見つめていた。彼は、突然、枠のない窓の一つに、それがいつそこに来たのかも分からないままに、灰色の布製帽子の下で覗《のぞ》く顔を見た。その下あごは、奇妙な横向きの突き出し方をして絶えずリズミカルに動いていた。その顔は、彼が「今日は」と叫んだ時でさえ再び消えた。彼がまた叫ぼうとした時、家の向こうにこわばった感じの人影が見えた。それは、フロック・コートを今着ていなくても、見分けがついたが、その地所に通じる門《ゲート》のところで何かしていた。既に彼は、錆びた井戸の滑車の悲しげで一定したぶつぶつ不平を漏らすような音を耳にし始めていたが、今や、二つの平板で意味のない、大きな女性の声を聞き始めた。家の向こう側に回った時、彼はそれを見た——男女両性の絞首台のような狭くて高い枠組《わくぐ》み、その傍らの、二人の大柄でまるで無気力な若い女性たちで、彼女らは、一見しただけで、彫像の有する動かない、漠然とした連帯を思わせた(これを強調するのは、ただ次の事実だけだった。即ち、二人とも、同時に、しかもある相手に対して——或いは多分ただ周囲に——話しているように見え、それもかなり離れてであり、相手の言うことは全く聞いていないという事実だけだった)。たとえ彼女らの一人が井戸のロープを持って、両腕はいっぱいに伸ばし、体はジェスチャーゲームの人物のように曲げて下に引っ張られていて、彫られた姿は、その発端でなくなったある種のものすごい肉体的な努力を象徴しているとしてもである。ただ、一瞬のちには、滑車は、再びその錆びついた苦情を発し始めるが、二人目が彼を見た時、その声が止《や》んだように、ほとんどすぐに再び止《と》まり、一人目の娘がロープをつかんだ両腕を下方に伸ばしたまま、最初の姿勢の反対の形で停止し、そして二つの幅広い無表情の顔が、彼が馬で通過する時、ゆっくりと回った。

ヴァーナーは、そこの最後の借家人のがらくた——灰や陶器の破片や錫製《すずせい》の缶など——の散らばった不毛の庭を横切った。二人の女性が垣のそばでも働いており、そして、全部で三人いて、彼のいることにもう気付いていた。なぜなら彼は、彼女たちの一人が見回しているのを見ていたからである。しかしその男自身(いまいましい小柄な、足の曲がった人殺し、とヴァーナーはあのものすごい無力な怒りをもって思った)は、見上げもせず、やっていることが何であるにしろ、止《や》めさえせずにいて、遂にヴァーナーが馬でまっすぐに彼の背後に上がっていった。二人の女性は、今や、彼を見守っていた。一人は色褪《いろあ》せた日よけ帽をかぶり、もう一人は、一時期、男のものだったに違いない、形のくずれた帽子をかぶり、手には、曲がった、そして錆びた釘が半ば入っている錆びた缶を持っていた。「今晩は」ヴァーナーは言った。ほとんど叫んでいる感じだと気付いたのはもう遅過ぎたが。「今晩は、ご婦人たち」男は振り向いたが、慎重で、金槌《かなづち》を持っていた——金槌《かなづち》の錆びた頭は、その両方の爪は折れていたが、ストーヴの薪《まき》からの手も加えない棒切れに何とか取り付けてあった——そして、もう一度ヴァーナーは、ねじれて張り出したまゆ毛の下の冷たく、不可解なビー玉のような両目を見下ろして覗《のぞ》いた。

「こんちは」スノープスは言った。

「あんたの考えはどういうものか、来て、知ってみたいとちょっと思ったもんでな」とヴァーナーは言ったが、まだ大声過ぎた。彼は、それを直せそうになかった。私は、それを見守る時間を取るために余りに考え過ぎてしまった、と彼は思ったが、同時に再び、こん畜生、こん畜生、と思い始めていた。それはあたかも、一秒の注意力のゆるみさえもが彼をそれにもたらすかも知れないものを彼自身に提供しているかのようでもあった。

「居ようと思いますで」と相手は言った。「この家は豚にも似合わないが、俺は我慢できると思うんで」

「でも、いいかい!」ヴァーナーは言った。今や彼は叫んでいた。彼は構わなかった。それから彼は叫ぶのを止《や》めた。止《や》めたが、それは、ほかに言うことがなかったためである。もっとも、彼の心の中を急激に走り抜けていた。こん畜生、こん畜生、こん畜生め。私は、ここを立ち去れ、とは敢えて言わん。行けというところを用意しているわけでもない。こいつが私の納屋に火をつけるのを恐れて、納屋燃やしの罪であえて逮捕させようとさえ思わん。ヴァーナーが話す時、相手は、塀のほうへ戻ろうと振り向き始めていた。今や彼は、半ば振り向いたまま立って、ヴァーナーを見上げていたが、それは、礼儀正しくでもなく、必ずしも忍耐強くでもなく、ただ待っているという様子だった。「いいよ」とヴァーナーが言った。「私らはこの家のことを話し合える。なぜなら、私たちは折り合ってやっていけるよ。やっていけるさ。何か起これば、あんたのやらにゃあならんことは、店にやって来ることだけさ。いや、そこまでもせんでいい。ただ、私に伝言をくれれば、私はできるだけ早くここに馬で駆けつけるさ。分かったかい。なんでも、ただあんたの好かないことは何でも――」

「俺は誰とでもうまくやってゆけますよ」相手が言った。「俺は、農耕を始めてから、十五人か二十人の違う地主と折り合ってきましたぜ。うまくゆかない時は、立ち去る。もういいかな」

それだけだ、ヴァーナーは、思った。これで全部だ。彼は、馬で庭を横切ったが、散らかった草のない荒廃は、灰や焦げた棒の端や黒ずんだ煉瓦などの傷跡で乱れ、そこは洗濯用や豚をゆでるためのなべが居座っていたところだった。私は、今私が望むほんの少しだけでもあれば、と願うばかりだ、と彼は思った。彼には再び井戸の滑車の音が聞こえ始めていた。今回は、彼が通り過ぎる時、止《や》むことはなかった。二人の幅広の顔、一つはじっと動かず、もう一つは、メトロノームのような規則正しさで滑車のとても音楽的とは言えない苦情に合わせて上下しており、またゆっくりと回っているのだった。それはまるで、彼が家の向こう側を進み、気の付かないような小道《レーン》に入ってゆくにつれて、彼女たちがお互い同士が機械的な腕によって固定され、一致同調させられているかのようであり、その小道《レーン》は、彼がまた見る時、彼には分かっているが、そこの雑草の中に横たわっているであろう毀《こわ》れた門《ゲート》へと通じているのだった。ヴァーナーはまだポケットの中に契約書を持っており、それを彼は、変わることのない、落ち着いた満足感をもって詳しく書いていたのであり、その満足感は、今や彼にはそう思えたが、別の時にも生じたに違いないものであり、或いは、もっとありそうなことには、ほかの人にも全く生じたに違いないものだった。その契約書は、まだ署名されてはいなかった。私は、火の条項を中に入れてもよかったなあ、と彼は思った。しかし、彼は、馬を止《と》めることさえしなかった。確かに、と彼は思った。それなら、私は新しい納屋の屋根板を葺《ふ》き始めるのにそれを使えるだろう。そして、彼は進み続けた。もう遅かった。彼は馬をくつろがせて、軽駆《かるが》け状態にし、帰路ずっとそれを保てるだろう。丘陵の上では、少々休息もしながらである。そして、彼は、まずまずの足並みで進んでいると、突然に、道の傍《かたわ》らの木にもたれている男を見たが、その顔は家の窓で見た覚えがあった。一瞬、道が空《から》っぽになり、次の瞬間、その男は、そのそばに立っていた。小さな雑木林の端だった——同じ布製の帽子、どうやら無から体現したような、同じリズミカルにガムをかんでいるあご、そして馬とほとんど並んでいて、ヴァーナーがあとになってのみ思い出し、推測することになる完全で純粋に付随的な雰囲気が見られるのだった。ヴァーナーは、手綱《たづな》を引いて馬を止《と》める前にほとんど相手を通り過ぎてしまうところだった。彼はもう叫ばなかった。彼の大きな顔は、ただ空《うつ》ろで、しかもひどく用心深かった。「こんにちは」彼は言った。「フレムかい、私はヴァーナーだ」

「そうですかい?」と相手は言った。彼はつばを吐いた。彼は、幅広い、平らな顔をしていた。彼の目は、よどんだ水の色をしていた。彼は見かけは、ヴァーナー自身のように穏やかだったが、頭はもっと短く、汚れた白いシャツを着ていて、安物の灰色のズボンをはいていた。

「会いたいと思っていた」とヴァーナーが言った。「お前のおやじさんは、一、二度地主と少々もめたそうだな。深刻だったかも知れないもめごとだ」相手はガムをかんでいた。「多分、みんなは彼をまっとうに扱うことをしなかったようだな。私にはようは分からんが、気にはせん。私が今話しとることは、間違いだ。どんな誤解だってまっすぐに正せるから、人はいやなやつともなお友達でいられるんだ。そう思わんかい?」相手は、相変わらずガムをかんでいた。その顔は、生《なま》のままの練《ね》り粉《こ》の入った平なべのように無表情だった。「だから、彼の真実を証明できる唯一の道が、彼に荷物をまとめさせて、次の日にこの土地を離れなきゃあならなくするということだと思う必要はないんだ」とヴァーナーは言った。「それで、いつか見回してみて、移ってゆく新しい土地がもうないことが分かる時がくるなんてことはないだろう」ヴァーナーはそこで止《や》めた。彼は今度は長い間待ったので、相手が遂に話した。ヴァーナーは、それが理由だったかどうかは全く分からなかったけれども。

「地域の悩ましいところだ」

「確かに」ヴァーナーは楽し気に、感情をみなぎらせて、和《なご》やかに言った。「しかし、人は、ただそこを通って移動してゆくだけでそれを使いつぶしたいとは思わんだろう。とりわけ、もしまさにそれを引き受けて、まず正されたのに、無意味に終わったということのためにな。それは五分で正せただろうよ。もしちょうどほかの誰かがいて、彼がうまく、そのまあ言ってみれば、ちょっと気短な性格の男を上手に操《あやつ》って、『さあ、まあ、まあ、そこまでで。あの人はあんたに何もかぶせようとはしとらんよ。あんたのすべきことは、彼と穏やかに話し合うってことだな。そうすれば、決着さ。私が彼の約束をちゃんと生きるようにするから、それは本当なんだよ』と言ってやることだな」彼は再び止《と》まった。「とりわけ、もし私たちの話している人物が、その男をうまく操《あやつ》り、そう言ってやる人物が彼を静かに、穏やかにさせておくことから利益が得られるならばな」ヴァーナーは、また止《と》まった。しばらくして、相手が、再び言った。

「どんな利益で」

「ああ、働けるよい農場さ。それに、店のつけさ。やっていけると思えば、さらに多くの土地さ」

「耕作にゃあ利益などない。俺はできるだけ早くそこから抜け出したいと思ってますよ」

「いいじゃないか」とヴァーナーは言った。「そうだな。彼は別の方向を取りたがっていたな、私らの話しとる人物はな。そうするためには、そこから金《かね》を得たいと思ってるその相手の人たちの好意を必要とするだろうな。それで、もっといい道とは何なんだい――」

「店を経営しとるんでしょ?」と相手が言った。

「――ずっといいやり方か――」ヴァーナーは言った。そして彼は止《や》めた。「何だって?」と彼は言った。

「あんたは店をやっとるそうじゃないですかい」

ヴァーナーは彼を見つめた。今や、彼の顔は、ものやわらかではなかった。それはまさに完全に落ち着いていて、完全に真剣だった。彼はシャツのポケットに手を突っ込み、タバコを取り出した。彼は自身はタバコを吸わず、酒も飲まなかったが、生来、幸《しあわ》せなことにしっかり新陳代謝ができているので、自分でそうしたかも知れないが、自然にそうするほうが多分気分に沿っていると思えたのだろう。それで、彼は、いつも二、三本持っているのだった。「タバコを吸いなよ」と彼は言った。

「俺は吸わない」と相手が言った。

「かむだけでも、どうだい」とヴァーナーが言った。

「俺は時々五セント銅貨をかむんだ。下地《したぢ》が出るまでね。しかし、俺はまだそれにマッチの火をつけたことは一度もありませんや」

「そうかい」とヴァーナーは言った。彼はタバコを見た。彼は穏やかに言った。「それで、私は、ただ神に祈るだけさ。お前も、お前の知り合いの誰でも、そんなことをせんことをな」彼はタバコをポケットに戻した。彼は音立てて、息を吐いた。「今度の秋、彼の収穫を終えた時にな」彼は、まさしくいつ、相手が彼を見つめていたかいつそうしていなかったか、全く定かでなかった。しかし、今や、彼は相手が腕を上げ、もう片方の手でほとんど不用心に、袖から何かほんの小さなものを取り出すのを見守っていた。もう一度、ヴァーナーは、鼻を通して息を吐き出した。今度のはため息だった。「いいよ」と彼は言った。「それじゃあ、来週な。お前はそんなに長くを私にくれるんだな。でも、お前はそれを保証せにゃあならんぞ」相手はつばを吐いた。

「何を保証するんで?」と彼は言った。

二マイル〔三キロメートル余〕進んだところで、夕闇が彼に追いついた。四月の終わりの短くなるたそがれだった。その中を、色のさめたハナミズキが、祈祷中の尼たちのように葉を広げて上げて、一層暗い木々の間に立っていた。夕方の星が出ていて、既にもうヨタカが鳴いていた。馬は夕食に向かって旅し、夕暮れの涼しさの中を快適に進んでいた。するとヴァーナーは、ぐいと止《と》めて、しっかりと抑えた。「こん畜生め」と彼は言った。「やつは、ちょうど誰も家から見えないところに立っていやがったな」

訳者解説

一　フォークナーについて

ウィリアム・カスバート・フォークナー(William Cuthbert Faulkner)はアメリカ合衆国ミシシッピー州オックスフォード出身の作家であり、一九四九年度のノーベル文学賞を受賞している。マルカム・カウリー(Malcolm Cowley)が編纂した『ポータブル・フォークナー』(*The Portable Faulkner*, 1946)が、フォークナーの作品を世に広めるために大きな働きをしたと言えよう。フォークナーは一八九七年九月二十五日にミシシッピー州ニューオルバニーに、父親、マリー・カスバート・フォークナー(Murry Cuthbert Falkner)、母親、モード・バトラー(Maud Butler Falkner)の長男として生まれた。曾祖父、ウィリアム・クラーク・フォークナー大佐(Colonel William Clark Falkner, 1825–89)は弁護士であったと同時に軍人でもあり、更に実業家、農園経営者、鉄道建設者、政治家、作家としても活躍した人物で、作家フォークナー自身、大層尊敬していたと言われている。

フォークナーは一八九八年に鉄道の仕事をしていた父の転勤に伴い、同州リップレーに転居し、一九〇二年には同州オックスフォードに移住した。そして、森林が開拓されて綿畑が広がり、ミシシッピー大学を中心に発展したその街で生涯暮らし、「ヨクナパトーファ・サーガ」と称される壮大な世界を創造したのである。

フォークナーは幼友達だったエステル・オールダム(Lida Estelle Oldham)を恋い慕っていたが、エステルは一九一八年に弁護士と結婚してしまう。そしてフォークナーは同年春、アメリカ合衆国陸軍航空隊に志願したが入隊不可になると、同郷の先輩、イェール大生のフィル・ストーン(Philip (Phil) Avery Stone, 1893-1967)が滞在していたコネチカット州ニューヘイヴンに向かい、同地のウィンチェスター連発銃器製造会社に二か月ほど勤めた。六月には英国空軍(The Royal Air Force)の面接試験に合格し、カナダのトロントで士官候補生として訓練を受けるが、十一月に第一次世界大戦が休戦を迎えたため、戦場へ赴くことなく除隊している。その後、一九一九年から一九二〇年までミシシッピー大学に在籍し、一九二一年に大学構内の郵便局長になったが二四年に辞職し、一九二九年に大学の発電所に勤めた。一九二九年にエステルと結婚するが、一九三一年には長女を失い、家計を工面するためにハリウッドへ行き台本を書く仕事を続けることにもなる。家族内に生じた問題や葛藤、恋愛と失恋、社会の急速な変化、戦争、黒人の乳母キャロライン・バー(Caroline Barr)への思慕、南部社会だけでなく、東海岸やハリウッド、ヨーロッパでの経験等が、執筆活動に影響を与えたことがうかがえる。

特に、後にオックスフォードの弁護士になるフィル・ストーンは、フォークナーの初期の執筆活動を物心両面から援助した人物であった。フォークナーはストーン家の所有地の森林で狩猟を体験したり、ニューヘイヴン滞在中にフィル・ストーンに世話をしてもらったり、オックスフォードで彼の文学の勉強会に参加したりしていた。フォークナーはフィル・ストーンの法律事務所(Stone Law Office)をしばしば訪れ、作品の題材などについて語り合っていたと、フィル・ストーンのパートナーの一人だった弁護士、ジェラルド・ギャフォード(Gerald A. Gafford)氏が述べている。フィル・ストーンは、作品に登場するギャヴィン・スティーヴンス(Gavin Stevens)のモデルであるとも考えられている。また、作品に登場するバックおじさん(Uncle Buck, Theophilus)とバディおじさん(Uncle Buddy, Amodeus)はフィル・ストーンのおじをモデルにしたと、妻のエミリー・ストーン(Emily Whitehurst Stone)氏は述べている。

一九二四年に出会ったシャーウッド・アンダーソン(Sherwood Anderson)とはニューオーリンズで親交を深め、世話にもなり、彼から小説執筆について学んだ。

一九五五年八月にフォークナーは来日し、長野では彼フォークナーを囲んでセミナーが開催された。フォークナーは善光寺前の五明館に滞在した。セミナーは当時長野にもあった日米文化センターで開かれ、そのチーフ佐々木文郎氏らが世話役を務めた。長野セミナーの内容は *FAULKNER*

AT NAGANO (Edited by Robert A. Jelliffe, Tokyo, Kenkyusha, 1956) に記録されている。

フォークナーは一九六二年七月六日に亡くなり、オックスフォードのセント・ピーターズ共同墓地に、家族や乳母のキャロライン・バー、フィル・ストーン夫妻たちと共に眠っている。

フォークナーが暮らした邸宅、ローワン・オークは現在、ミシシッピー大学が管理している。オックスフォードの街並みは裁判所を中心に広がり、そこではミシシッピー大学や南軍兵士の像、ローワン・オークのような白い邸宅、農場、牧場、インディアンを描いた芸術作品などを見ることができる。およそ二〇〇年の歴史を持つオックスフォードは、時代の流れと共に少しずつ姿を変えてきているが、フォークナーの作品は素晴らしい文学作品であると同時に、その歴史を保持し、映す貴重な史料とも言えるだろう。

三浦朝子

二　本訳書について

このフォークナーの作品集は、合計十一編から成っており、そのほとんどが南部色の強いものである。各作品の配列順は、それぞれの出版年に沿ったものではなく、それぞれが同じ南部の土俵上にありながらも、独自色もまた有している。内容的には〝濃い目〟のものが多いかも知れない。アメリカ合衆国南部特有の暴力《ヴァイオレンス》とか殺人、人種差別、報復、抜け目のない所為或いはアイロニーやユーモア、情愛等々、しばしばフォークナー世界を特徴付ける色合いが見られ、感じられる次第である。だが、フォークナーは人の世の、人間や人生の暗部、汚れた側面にもあえて手を突っ込むことによって、より一層の実相、真実を暴《あば》き出し、提示し、更には、その先の癒《いや》しや和解、解決への光を見出そうとしているのかも知れない。それは南部世界を越えた普遍の光に通ずるものでもあるだろう。

フォークナーの創作に掛ける激しい意気込みにも、我々は思いを致すべきであるだろう。

なお、訳出に当たっては、「モーゼよ、行け」「ブローチ」「二人の兵士」の三篇を三浦朝子が、他は依藤が担当した。

各作品については、まず最初の「パーシー・グリム」(“Percy Grimm”)であるが、これは、『八月の光』(*Light in August*, 1932)の第十九章の一部であり、『ポータブル・フォークナー』(*The Portable Faulkner*, 1946［ヴァイキング社のポータブル・シリーズの一つ］)にも収録されたものである。己《おのれ》の人生に不満を抱えた若い冷徹な全体主義的愛国者と南部の激しい人種差別の実相を描いた作品である。フォークナーの架空の町ジェファソンを舞台とした代表的長編小説の一つ『八月の光』の悲劇的山場を成す部分である。

「モーゼよ、行け」("Go Down, Moses")は、『コリアーズ・マガジン』(*Collier's Magazine*, 1941)に、そして短編小説集『モーゼよ、行け、その他の物語』(*Go Down, Moses and Other Stories*, 1942)に収録された。黒人の老女モリーに頼まれた弁護士ギャヴィン・スティーヴンスは、彼女の孫を探し出そうと奔走する。彼女の育てたその孫ブッチは、両親の記憶もなく、元来素行が悪かったが、結局、警察官殺しの罪ということで、シカゴで処刑判決を受けていたのだった。モリーは、貧しいけれど、孫の遺体を故郷のジェファソンに連れ戻したいと願うのである。

「黒衣の道化役」("Pantaloon in Black")は、『ハーパーズ・マガジン』(*Harper's Magazine*, 1940)及び上記の『モーゼよ、行け、その他の物語』に収録された。誇り高く愚直な一黒人労働者と彼を取り巻く人々を描いた悲劇的な作品である。いかにも南部的な人種差別下における人間の尊厳のありようが、白人たちの無関心さともどもに浮き彫りにされている。英語の教科書などにもよく取り上げられる暗いが生き生きとした内容である。

「アンクル・バッドと三人のマダム」("Uncle Bud and the Three Madams")は、フォークナーの長編小説『サンクチュアリー』(*Sanctuary*, 1931)の第二十五章に当たる部分である。そして、「パーシー・グリム」同様に、『ポータブル・フォークナー』の第七部〝現代(Modern Times)〟の中に取り込まれたものである。

フォークナー自身が〝金儲けのために三年前に書いた〟とか〝想像し得る限りの最も恐ろしい

物語《テイル》を考えた〝、或いは〝『響きと怒り』や『死の床に横たわりて』を余り辱《はずかし》めないようなものを創《つく》り出そうとした〝と書いた(モダン・ライブラリー版の序文［Introduction］中)『サンクチュアリー』であるが、この作品は、一九二〇年代、いわゆる禁酒法時代の米国の南部社会を背景としており、その一部たるこの短編は、前半でメンフィスのギャング、ポパイに殺されたその子分のレッドのパーティもどきの葬儀の賑《にぎ》わいとそこで生じる一騒《ひと》動を描き、後半では、葬儀から帰った売春宿の女将《おかみ》ミス・リーバとその仲間の女たちの三人の交《まじ》わりを描写している。アンクル・バッドは、五、六才の大人びた男の子で、ミス・マートルと一緒に来ている。

葬儀の場面の人々の振る舞いや売春宿の女たちの会話は、メンフィス(南部テネシー州のミシシッピー河岸の大きな都市。ジェファソンの町からも比較的通いやすい距離にある)の裏社会の様相を含む禁酒法時代のすさんだ雰囲気を醸《かも》し出してもいる。

「ブローチ」(“The Brooch”)は、『スクリブナーズ・マガジン』誌(*Scribner's Magazine*, 1936)、そして『ウィリアム・フォークナー短編小説集』(*Collected Stories of William Faulkner*, 1950)に収録された。息子を手元から離せない母親と奔放気ままにふるまう彼の妻との間で翻弄される男の悲劇を扱った作品である。題名ともなっているブローチは、物語の皮肉な象徴ともなっている。

「屍(カルカソンヌ)」(“Carcassonne”)は、『これら十三』(*These Thirteen*, 1931)と『ウィリアム・

フォークナー短編小説集』(1950)の最末尾に収録されている。きわめて幻想的な一小編である。

主人公の老人と己《おのれ》の分身たる骸骨との対話をもとに、詩人と思《おぼ》しき主人公のまだ「何事かを成し遂げたいんだ」という尽きせぬ高邁《こうまい》な夢を描き出そうとしている。因みに、この主人公の男は、別の短編「ブラック・ミュージック」(“Black Music”)に登場する元建築製図工のウィルフレッド・ミジェルストンを反映しており、この人物は、二十五年前にアメリカ合衆国からスペイン語圏の小さな海港リンコンに移り住み、その当時からちっとも変わっておらず、〝貧しい〟夢見がちな老人である。原題の「カルカソンヌ」(Carcassonne)は、南仏オード県の首都で、中世の城塞都市であり、今日も城塞の騎士の部屋の壁には、十字軍の騎士とサラセン人の戦闘図が残されており、また、carcass（-case)という単語は死体、屍《しかばね》を意味するところから、フランスを旅したことのあるフォークナーは、これらを象徴的に包含して題名に込めたと考えられるのである。

「二人の兵士」(“Two Soldiers”)は、最初『サタデー・イヴニング・ポスト』誌(*Saturday Evening Post*, 1942)、次いで『ウィリアム・フォークナー短編小説集』(1950)に収録された。フレンチマンズ・ベンド地区の農家の息子が、日本海軍の真珠湾攻撃を機に、兵役志願のためにメンフィスに行く。兄をあがめ、自分も志願するんだとその後を追った幼い弟(九才ぐらい)が、周りの大人たちを巻き込んで引き起こす騒動を描いた物語である。一途な少年の視点からながめられている点も印象的である。なお、この話の続編と言えるのが「滅せず」(“Shall Not Perish”)[『フォークナー短編小説集』(依藤道夫訳、英宝社、二〇二二)収録〕である。

「法律の問題」("A Point of Law")は、最初、雑誌『コリアーズ』(1940)に掲載され、その後、既述の『モーゼよ、行け、その他の物語』(1942)の中にその拡大版が第二話「火と炉辺」("The Fire and the Hearth")の第一章として用いられている。この短編は、黒人の小作ルーカス・ビーチャムが地主の地所内で密造酒を製造してきているが、その面で競争相手のジョージ・ウィルキンズとその恋人でルーカスの娘たるナットの三人の絡み合いと彼らの地主との関係、更に裁判を経た後の結末を描いた喜劇的な物語である。身内同士の証言は無効だとする法律の条項を抜け目のないルーカスらがうまく利用する点が味噌《みそ》である。

地主マッキャスリンの血を引くところの、一面で誇り高いルーカスの人物像は、『モーゼよ、行け』の「火と炉辺」では、元の作品を基底にしつつも、ぐっと深みを増している。これはフォークナーの多くの作品の制作過程に特徴的で重要な点であり、本書関連でも、「黒衣の道化役」が『モーゼよ、行け』の第三話に移されているし、「エヴァンジェリン」などもその発展形の長編『アブサロム、アブサロム!』(1936)においては、人間関係もその意味合いも更に一層複雑化し、深化しているのである。

「エヴァンジェリン」("Evangeline")は、『ウィリアム・フォークナーの未収録作品集』(*Uncollected Stories of William Faulkner*, 1979〈ジョゼフ・ブロットナー〔Joseph Blotner〕編〉)に収録されたやや長めの短編小説である。実際に書かれたのは、一九三一年頃で、当時、雑誌には採用されなかったものである。フォークナーの代表的長編小説の一つ『アブサロム、アブサロム！』(1936)の主要な原型作品とされる。フォークナーのニューオーリンズの友人で画家のウィリアム・スプラットリング(William Spratling, 1900–67)をモデルとしたダン(Don)と私が物語を構築してゆく形は、のちの『アブサロム、アブサロム！』におけるシュリーヴリン・マッキャノン(Shrevlin McCannon)とクェンティン・コンプソン(Quentin Compson)の設定へと発展してゆくことになる。

この作品は、南部地主のトマス・サトペン(Thomas Sutpen)の息子ヘンリー(Henry)及び妹のジューディス(Judith)とニューオーリンズ出身の孤児チャールズ・ボン(Charles Bon ヘンリーのミシシッピー大学の学友)をめぐる悲劇的な物語であり、重婚(bigamy)や異種混交(miscegenation)が中心的なテーマとなっている。こうした内容がのちの『アブサロム、アブサロム！』では一層複雑で込み入ったものとなってゆく。なお、題名の「エヴァンジェリン」は、詩人のヘンリー・ロングフェロー(Henry Wadsworth Longfellow, 1807–82)の悲劇的詩作品『エヴァンジェリン』(*Evangeline, A Tale of Acadie*, 1847)から採《と》られている。

「ヴァンデ」(“Vendée”)は、『サタデー・イヴニング・ポスト』(1936)及び『征服されざる者』(*The Unvanquished*, 1938)に収録された。サートリス家の息子らが旅に出て、彼の祖母(〝グラニー〟)の敵討《かたきう》ちを果たす物語である。なお、祖母の死の背景には、毅然とした南部女性の典型たる祖母らのラバなどをめぐる北軍や南部の悪党どもとのやりとりの経緯《いきさつ》がある(『征服されざる者』中の他作品参照)。

題名の「ヴァンデ」(“Vendée”)は、フランス西部ビスケー湾岸の県名と同じであり、「屍」のカルカソンヌ同様にフォークナーのフランス認識と関連していよう(因みに、学者たちは、ヴァンデの人々とアメリカ合衆国南部人のそれとが類似しているとしたフォークナーの言を指摘するジョゼフ・ブロットナーの記述に注目している。そういうことであろう)。

「フレム」(“Flem”)は、フォークナーの後年のスノープス三部作(Snopes Trilogy)の第一作『村』(*The Hamlet*, 1940)からのものである。『村』の第一部第一章に当たる(なお、『村』は、フォークナーの青年時代の文学上の指導者「メンター」だった地元出身の弁護士フィル・ストーンに捧げられている)。

この作品は、ジェファソン近郊の元来貧乏白人(poor white)の多いフレンチマンズ・ベンドを舞台としている。本作は、この地区の大地主で権力者たるウィル・ヴァーナーの息子ジョディと移動労働者たるアブ・スノープスやその息子フレムの出合いを含めて、ヴァーナー家の内情やのちのち発展を遂げることになるスノープス一族の最初期の姿を描き出している。抜け目のないフレムは、ヴァーナー家に入り込み、この地で一族発展の基《もと》を築いてゆくことになる。そこには、理想主義的、南部貴族社会的で旧規範を重んじた旧時代から現実主義的、物質主義的な新時代への移行の予兆を感じ取ることもできるであろう。

因みに、本書の原典ではフォークナー世界特有の南部方言や黒人言葉も多用されており、その点、各訳者なりの工夫や配慮はした積もりである。

本書の翻訳で用いた原典は、以下に掲げる通りである。

Collected Stories of William Faulkner, Vintage International, Vintage Books, A Division of Random House, Inc., New York, 1976

Go Down, Moses, Modern Library Edition, Random House Inc., New York, 1996

The Hamlet, Vintage International, Vintage Books, A Division of Random House, Inc., New York, 1991

Light in August, Vintage International, Vintage Books, A Division of Random House, Inc., New York, 1985

The Portable Faulkner, Edited by Malcolm Cowley, The Viking Press, New York, 1946

Sanctuary, The Modern Library, New York, 1932

These Thirteen, Volume Two of the Collected Short Stories of William Faulkner, Chatto & Windus, London, 1963

Uncollected Stories of William Faulkner, Edited by Joseph Blotner, Random House, Inc., New York, 1979

The Unvanquished, Collected Edition, Chatto & Windus, London, 1967

丸括弧（　）やダッシュ——は原文のものをそのまま訳文に反映させている。
本文中の亀甲〔　〕内の訳者による注も益するところがあれば幸いである。
原文中の斜体字の部分は、訳文の傍らに・印を連ねておいた。

最後に、フォークナーを支えたフィル・ストーン氏の御夫人故エミリー・ホワイトハースト・ストーン(Emily Whitehurst Stone)女史と御息女アラミンタ・ストーン・ジョンストン(Araminta Stone Johnston)女史の我々にいただけたあたたかい御好意と御教示に改めて深甚の謝意を表するものである。更に、故ジョエル・ポーティ(Joel Porte)ハーバード大学(Harvard University)教授のかつての多くの有益な御助言、御教示や故フレッド・C・ロビンソン(Fred C. Robinson)イェール大学(Yale University)教授及びヘレン・ロビンソン(Helen Robinson)夫人の厚い御支援に深く感謝する。『フォークナー・ニューズレター&ヨクナパトーファ・レヴュー』(*Faulkner Newsletter & Yoknapatawpha Review*)元編集長故ウィリアム・ブーザー(William Boozer)氏の御夫人キャロル・ブーザー(Carol Boozer)氏のいつもの励ましにも厚く感謝する。英宝社社長佐々木元氏の深い御配慮、御支援及び同社編集長の佐藤貴博氏の細部にわたる懇切なる御助言、御指導に心より御礼申し上げる次第である。編集部の三浦陽子氏の心のこもった御尽力にも深く感謝する。デザイナーの岡崎さゆりさんの細やかなお心づかいにも謝意を表させていただきたい。

二〇二四年十月五日

依藤　道夫

評論

地獄の猟犬がつきまとう――フォークナーが歌うデルタ・ブルース

三浦 小太郎

伝説のブルースマン、ロバート・ジョンソン。ジョンソンは一九一一年、ミシシッピで小作人の家に私生児として生まれた。母に連れられてメンフィスなどで少年時代を送り、母の再婚後はミシシッピのプランテーションで働く。一九二九年に結婚したが、翌年、妻は出産時に子供とともに死んだ。それまでもギターでブルースを演奏していたジョンソンだが、周囲からは聴くに堪えないと酷評されていた。しかし、妻の死後、そのギターも歌も、先輩のブルースマンたちを驚かすほどの素晴らしいものになっていく。ジョンソンは悪魔に魂を売ってあのテクニックを身に着けたのだ、とささやかれた。

ジョンソンの変貌を神秘化する必要はない。ジョンソンはそれまでの伝統的なブルースのギターやボーカルスタイル(それはアフリカの打楽器のリズムに由来する)に飽き足らず、カントリーなどの様々な要素を取り入れ、音楽的な発展を目指していた。当初は技術がついていかず、妻と子の死をきっかけに音楽に集中することで才能を開花させたのだろう。ジョンソンはギター一本で各地を放浪して演奏するようになり、一九三六年、ホテルで二九曲を録音する。ブルースファンのみならず、ロックをはじめ数多の音楽家が愛し続けている歴史的録音だ。そしてジョンソンは一九三八年に死ぬ。妻を寝取られた男が復讐のために、バーボンに毒を入れて飲ませたといわれる。

ブルースが奴隷制度や抑圧された黒人の苦しみを歌ったものだというのは一面的な解釈だ。特にジョンソンのブルースは、内面から全身を食い荒らそうとしている欲望とそれに対する原罪意識、常に傍らを離れようとしない悪魔(ブルース)から生まれてくる。

「今朝早くここから出ていかなければ　ここから出ていかなければ　ブルースがあられのように降りしきる　地獄の猟犬がつきまとう　地獄の猟犬がつきまとう」(「地獄の猟犬がつきまとう」)

そしてフォークナーの「黒衣の道化役」の黒人主人公「ライダー」もまた、妻の死と共に、地獄の猟犬に取りつかれたのだ。

ライダーは妻を失い、その精神はこの世ではなく、死者たちの側に旅立ってしまう。それまでのライダーと妻の一週間の生活は、毎朝決まった時間に起き、製材所で働く、労働と戒律によって秩序立てられた、どこか宗教者の日常を思わせる。妻の死後、ライダーが彼女の霊と出会うのは、だから全く不自然ではない。だが、同時にライダーは「ブルースに取りつかれ」てしまう。ライダーは製材所で巨大な丸太を投げ下ろし、神におすがりするのだという忠告も退けた後に、まっしぐらに破滅へと向かう。しかし、最後にリンチで殺されるまで、まるでライダーは旧約聖書のサムソンのように堂々としている。ライダーは笑いながら言い続ける。「考えるしかねえ、どうやらな。どうやら考えるしかねえんだ」（本書八一ページ）ライダーは神を信じ、世界の秩序を信じて生きてきたからこそ、その神に妻を奪われた現実を受け止めることができず、この世界から離脱してしまった。この言葉は十字架上のイエスの言葉「わが神、わが神、どうして私を見捨てられたのですか」を、さらには旧約聖書のヨブの苦悩すら思わせる。

アメリカでは十八世紀から現在まで、何度かキリスト教信仰復興運動が起きている。特に十九世紀後半と二十世紀初頭に起きた信仰復興運動は「解放」された黒人奴隷たち、また田舎の共同体から都市に流入してきた白人たちの社会からの疎外感にこたえるものとして爆発的な拡大を見せた。聖書を理性的、知的に解釈するのではなく、おのれの罪への贖罪とキリスト教への回帰を熱狂的に説くこの運動は、霊的な宗教体験と黙示録的な終末観に訴える説教師たちの言葉に満ちていた。そしてフォークナーの文学には、この運動における、近代主義と合理主義への否定、さらに言えば一部「進歩派知識人エリート」の傲慢さに対する根本的な拒否感が表れている。

「モーゼよ、行け」の冒頭は、獄中の黒人青年サミュエル・ビーチャムと戸口調査員の対話から始まる。質問をすべて拒否し、まるで自分には過去も故郷もないかのようにふるまうサミュエルだが、実はジェファソン近郊で生まれ、母は出産によって死に、父は息子を捨てて姿をくらましていた。祖母モリーに育てられたが、サミュエルは十九歳のとき故郷を離れ、その後北部に向かい、そこで犯罪を繰り返し、最後には警察官殺しとされる罪で処刑となる。

二十世紀初頭、南部からは、北部の工業地帯や都市部に職を求め、多くの黒人たちが移住していった。その中には成功者もいたが、多くの犯罪者をも生み出している。サミュエルはそのありふれた一例にすぎない。だが、モリーはサミュエルの一生を、旧約聖書におけるユダヤの十二氏族の始祖であり、母親の死と共に「苦難の子」として生まれたベニヤミン、そしてエジプトに売られたヨセフの物語になぞらえている。ただし、フォークナーはなぜかモリーにはヨセフの名を語らせていない。これは、聖書では兄弟たちと再会し和解するヨセフのイメージを払拭し、異教の地で処刑されるビーチャムの孤独な死を強調するためと思われる。南部の黒人共同体を脱した黒人青年は、時代の運命によって北部の工業資本に「売り飛ばされ」二度と戻れぬ悲劇的な存在とされているのだ。

モリーからサミュエルの行方を捜してほしいと頼まれた法律家、ギャヴィン・スティーヴンスは、いわゆる「リベラル派白人」の戯画化された姿だ。スティーヴンスは法律業の傍ら、聖書を古代ギリシャ語に逆翻訳することを趣味としているが、これは鉄鋼王カーネギーの、大学でギリシャ語やラテン語など「何の役にも立たない言語」を学ぶのは無意味だと語ったエピソード(森本あんり『反知性主義』新潮社、二〇一五年)を思い起こさせる。スティーヴンスは黒人たちに同情し、モリーには、サミュエルのみじめな最期をひとまず隠そうと報道関係に手を尽くし、遺体を引き取ろうともする。だが、モリーたち黒人の望みは、死者を故郷に連れて帰って立派な葬儀を挙げることであり、サミュエルの死を報じることで彼を「歴史的」な存在として讃えることだった。無知で蒙昧に見えるモリーたちは、聖書を言語学的に学ぶスティーヴンスの及びもつかぬ宗教的存在として描かれている。

だが、フォークナーの姿勢を単なる南部の共同体や宗教世界への美化ととらえてはなるまい。そもそも、一部の南部文学が描いたような貴族的な身分秩序とそれに支えられた共同体など、南北戦争以前から存在していなかったことは、マーガレット・ミッチェルの『風と共に去りぬ』ですら明らかにしていることである。サミュエルを含めて若い黒人たちが北部を目指したのも、ロバート・ジョンソンが全く新しいギター・スタイルを生み出したのも、そしてフォークナーが、仮想の共同体ヨクナパトーファを創造したのも、それまでの閉鎖的な南部共同体からの自由を求めたからだ。しかし、自由は同時に共同体への憧憬と、己が捨ててきた伝統や信仰への回帰や、原罪意識や疎外感をもたらす。まさに「地獄の猟犬がつきまとう」のだ。

フォークナーの文学では、たとえ犯罪者であれ無垢な存在として描かれるが、それが最も美しく表れた作品の一つが「二人の兵士」だろう。「パール・ハーバー」により兵士を志願する兄と、まだ九歳足らずにもかかわらずその後を追おうとする弟の物語だが、ここで描かれている戦争は、この無垢な兄弟にとって、遠いかなたの自然現象のような存在である。兄の軍への志願も、災害が起きればとりあえず駆け付けねばならない家族共同体としての感性であり、近代的な愛国心とはほとんどかかわりがない。そして、田舎の畑から都市に向かう兄を追う弟の道行も、止めようとする大人にはためらいなくナイフを向ける姿も含めて、未知な世界に向けて歩みだす少年の童話世界のように描かれる。弟は故郷に戻されるが、この少年もいつか共同体を去る日が来るだろう。今、少年にとって美しく彼を包む共同体は、一方で「ブローチ」にて、夫に捨てられた白人の母親がすでに病気で身動きができないことに象徴される、桎梏《しっこく》と死をもたらす傷ついた空間なのだ。

そして兄が赴いた戦場には、近代戦と国家主義による、家族共同体とは無縁の血なまぐさい現実が待っている。たとえ英雄として凱旋しようと、戦場に斃《たお》れようと、いずれにせよ兄の共同体意識はアメリカ国家と資本に簒奪《さんだつ》されるのだ。そして「戦争に遅れた」弟は、戦後ますます進む南部の資本主義化と共同体の崩壊の中「パーシー・グリム」の主人公のような、一見時代錯誤の「民兵」に向かうかもしれない。もちろん、パーシー・グリムは第一次世界大戦に参加しえなかった兵士であり、小説の舞台は全く異なる。だが、その置かれている立場は本質的な変わりはない。グリムは戦場に行く機会を失い、戦後、戦争の意味さえも希薄化され、旧軍人たちも官僚化している現状に直面し、幻の戦士共同体の意識を守ろうとする。グリム自身は法と秩序の守護者としての在郷軍人を称賛するが、それは現実の軍人とは何のかかわりもない。北部の論理、近代法と資本主義の論理が支配する南部で、白人としての伝統共同体を守ろうとする意志なのだ。

グリムは脱走した犯罪者、ジョー・クリスマスと激しい追撃戦を行う。手錠をかけられたまま走るクリスマスと、ほかの南部白人を置き去りにして追うグリムの姿は、どこか神話の呪的逃走を思わせる(フォークナーもそれを意識してかクリシュナ神などの言葉をちりばめている)。二人は近代と資本制によって崩壊しつつある共同体から抜け出し、神話世界を駆けていくのだ。ジョー・クリスマスが混血児かもしれないことが暗示されるのも、共同体から軽々しく越境するトリックスターを連想させるし、南部白人としての誇りを時代錯誤なまでに持ち続けるグリムは、近代的な「法と秩序」の管理者である保安官代理や、すでに崩壊した共同体に大衆としてすがり付く南部白人を超えているのだ。

この小説におけるグリムの言葉には露骨な差別意識がしばしばあらわれる。だがフォークナーは、共同体が近代や資本制、あるいは国家権力によって解体されるとき、そこには必ず「差別」の形でしか現れない反抗が起きることをよく知っていた。グリムを離れ「二人の兵士」に戻れば、第二次世界大戦勃発時に九歳足らずだった弟は、戦後、公民権運動の時代を成人として迎えただろう。そのとき弟は、戦場に赴いた兄の後継者たちを批判するベトナム反戦運動、父の世代の価値観を否定する公民権運動に直面したはずだ。おそらくこの弟は、グリムのようにそれに反発するだろう。それはおのれを育てた共同体への献身なのだ。

フォークナーは生涯、アメリカにおける共同体とは何か、という問いを愚直なまでに問い続けた文学者だった。南部白人社会の弁護人や、時には差別主義者とまで疑われても、フォークナーは北部リベラリストの南部政治への攻撃や早急な人種差別撤廃には批判的だった。それは共同体というものが外部からの批判によって解体されれば、ルサンチマンと、より屈折した差別の構造を再生産するだけだと信じていたからだろう。これはフォークナーの個人的な思いではなく、南北戦争後、南部にて白人も黒人も、またネイティヴ・アメリカンも、ともに体験してきた歴史的経験に基づいていた。本書では、しばしば黒人と白人は対立した存在、相互理解の不可能な存在として描かれている。だが、それは安易な「対話」「多文化共生」そして、人権や平等といった、だれしも反論しにくい進歩的な「普遍への強制」によって、白人、黒人双方の共同体と歴史が簡単に否定されることへの拒絶なのだ。

思想史家渡辺京二は、優れたフォークナー論の中でこう述べている。「フォークナーは何よりも共同性のかくれた根の方に向かって人間の存在様態を解明してゆく志向の持ち主であった」（渡辺京二「サンクチュアリの構造」『渡辺京二評論集成Ⅳ　隠れた小径』葦書房、二〇〇〇年）この共同性とは、ときには自己を他の共同性から峻別するための差別や偏見、時には狂信や因習としてあらわれることもあろう。だが、それは同時に、人間がお互いを信頼し共に無垢な存在として生きることができるような、ある種のユートピア共同体の夢にもつながっているはずだ。だからこそ、ロバート・ジョンソンは、悪魔に付きまとわれ、自らの罪をアルコールとセックスの中に見出し、時には絶望を歌いながらも、次のようなフレーズを己のブルースに歌い込んだのである。

「俺が死んだら　どこに埋めてくれてもいいんだ　街道際に　俺の体を埋めてもいいよ　そうすれば俺の悪霊は　グレイハウンド・バスに乗れるから」（「俺と悪魔のブルース」）

グレイハウンド・バスが連れて行くのは、この世では決して実現することのない、悪魔と神が和解しうる、すべての罪がぬぐわれる共同体なのだ。そして、「地獄の猟犬が付きまとう」には、次の歌詞が挟まれている。

「今日がもしクリスマス・イブで　明日がクリスマス・デイならば　ねえ、ひとつ愉快にやらないかい」

（みうら・こたろう　評論家）

（引用したロバート・ジョンソンの歌詞は、「ロバート・ジョンソン　コンプリート・レコーディングス」（CBS）における三浦久氏の翻訳をもとに筆者が加筆したものです）

【訳者紹介】

依藤 道夫（よりふじ　みちお）Michio Yorifuji

1941 年鳥取市生まれ。東京教育大学（現筑波大学）大学院修了。英米文学専攻。都留文科大学名誉教授。日本ペンクラブ会員。ハーバード大学客員研究員。イェール大学客員研究員。国際文化会館会員。（他に、日本アメリカ文学会会員。日本英文学会会員。日本アメリカ学会会員。日本ウィリアム・フォークナー協会会員。国際異文化学会会員［理事］）

著書：『フォークナーの世界——そのルーツ』（成美堂、1996）、『フォークナーの文学——その成り立ち』（成美堂、1997）、『黄金の遺産——アメリカ一九二〇年代の「失われた世代」の文学』（成美堂、2001）、『アメリカ文学と「アメリカ」』共編著（鼎書房、2007）、『イギリス小説の誕生』（南雲堂、2007）、『アメリカ文学と戦争』編著（成美堂、2010）〈国際ペン東京大会 2010 参加作品〉、『言語学、文学そしてその彼方へ』（都留文科大学英文学科創設五十周年記念研究論文集）共著（ひつじ書房、2014）、『多加鳥城物語』（短編小説集、文化書房博文社、2013）、同（完結編）（文化書房博文社、2015）、『フォークナー短編小説集』（翻訳、英宝社、2022）、『源頼朝』（1968）、その他。

三浦 朝子（みうら　ともこ）（旧姓、依藤）Tomoko（Yorifuji）Miura

青山学院大学文学部史学科西洋史専攻卒業。早稲田大学大学院文学研究科史学専攻西洋史修士課程修了。白百合女子大学大学院文学研究科言語・文学専攻博士課程単位取得退学。米オレゴン州立大学、米イェール大学大学院で学ぶ。韓国延世大学で韓国語を学ぶ。高等学校教諭地理歴史科 1 種免許所持。

韓国の（株）デイリーNK で北朝鮮の人権・民主化問題と関連する取材、翻訳、通訳に従事。首都大学東京に非常勤講師として勤務。ダライ・ラマ法王日本代表部事務所等で翻訳、通訳に従事。

現在、白百合女子大学、中央大学、専修大学非常勤講師。アメリカ史・アメリカ文学専攻。日本アメリカ文学会会員。日本ウィリアム・フォークナー協会会員。日本ペンクラブ会員。

著書、訳書：『アメリカ文学と戦争』共著（成美堂、2010）、『北朝鮮、隠された強制収容所』共訳（草思社、2004）、『北朝鮮の人権』共訳（連合出版、2004）、『「テロリスト」と呼ばれた男』翻訳（飛鳥新社、2023）。

フォークナー作品集――南部の苦悩
The Stories of Faulkner――Agony of the South

2025年3月10日　印　刷　　2025年3月31日　発　行

著　者　ウィリアム・フォークナー
訳　者　依藤道夫
　　　　三浦朝子
発行者　佐々木元

発行所　株式会社　英宝社
〒101-0032 東京都千代田区岩本町2-7-7
電話 03-5833-5870　FAX03-5833-5872
https://www.eihosha.co.jp/
ISBN 978-4-269-82060-9 C1098
［装丁：岡崎さゆり／製版・印刷・製本：日本ハイコム株式会社］